邱劭文

著

Ode to
Four Seasons

春夏秋冬颂

上海文化出版社

图书在版编目（CIP）数据

春夏秋冬颂 / 邱劭文著. —上海：上海文化出版社，2022.8
ISBN 978-7-5535-2566-2

Ⅰ.①春… Ⅱ.①邱… Ⅲ.①长篇小说—中国—当代 Ⅳ.① I247.5

中国版本图书馆 CIP 数据核字（2022）第 142270 号

出 版 人　姜逸青
责 任 编 辑　吴志刚
　　　　　　王茹筠
装 帧 设 计　长　岛

书　　　名：春夏秋冬颂
著　　　者：邱劭文
出　　　版：上海世纪出版集团　上海文化出版社
地　　　址：上海市闵行区号景路 159 弄 A 座 3 楼　201101
发　　　行：上海文艺出版社发行中心
　　　　　　上海市闵行区号景路 159 弄 A 座 2 楼　201101　www.ewen.co
印　　　刷：苏州市越洋印刷有限公司
开　　　本：880×1230　1/32
印　　　张：7.375
版　　　次：2022 年 8 月第一版　2022 年 8 月第一次印刷
书　　　号：ISBN 978-7-5535-2566-2／I·998
定　　　价：48.00 元
告 读 者：如发现本书有质量问题请与印刷厂质量科联系 T：0512-68180638

自 序

长夜漫漫，回首往昔故事，执笔飞扬思绪。一时间难以停下，便洋洋洒洒一挥而就。记录下一些属于少年的心事，一些属于曾经的梦想，一些属于春夏秋冬的不平凡的故事。时代在走着，人们在走着，我也在走着，写下属于少年们的诗歌文章。

书中涉及到的现代诗词，除了引用名家作品之外，以及《舞者与守望者》和《秋水之寻》两首诗歌系友人陌上先生所作，并允许笔者在文中所使用，其余诗歌均为笔者自行创作。

本书乃是于高考之后些许闲暇时间创作。其实想写此书，构思已一年半载有余，期间两易其稿，最终从落笔到成稿，耗时一月有余。想想时光飞逝，转眼高中三年就匆匆流逝。从初见时，尚显稚嫩的笑脸，到临别各奔东西时对于未来的憧憬，笔者相信所有属于这个年龄的学子们，都有着不一样的，或许难以言说掩藏在心底的快乐与痛苦。思想的成熟和灵魂的升华以及世界观的初步建立，或许并不是在步入社会后才产生的，甚至不是在大学里，而是在高中。笔者知晓不少年轻人在思考人生、感悟生命、追寻价值，乃至本人也是其中的一员。因此，在这样一个特殊的时间里,记录下一些现实和梦想中的故事,大约是有意义的吧。

  谨以此书纪念高中三年的生活,并献给所有为高考努力奋斗、为梦想执著追求的学子们。

邱劭文

2022年1月

目　录

contents

一、育德人事

  1. 吴承文的笔记 ………………………………… 001

  2. 育德高中 ……………………………………… 005

二、春夏秋冬

  1. 挣　扎 ………………………………………… 008

  2. 放　荡 ………………………………………… 011

  3. 爱　情 ………………………………………… 015

  4. 初　识 ………………………………………… 019

  5. 闲　聊 ………………………………………… 022

  6. 演　讲 ………………………………………… 025

  7. 风　波 ………………………………………… 028

  8. 悲　凉 ………………………………………… 032

  9. 回　忆 ………………………………………… 036

  10. 寂　静 ………………………………………… 039

11. 探 病 …………………………………… 042
12. 蹊 径 …………………………………… 046
13. 告 别 …………………………………… 049
14. 进 言 …………………………………… 053
15. 解 脱 …………………………………… 056
16. 出 游 …………………………………… 060
17. 吟 诗 …………………………………… 063
18. 学 习 …………………………………… 069
19. 顿 悟 …………………………………… 072
20. 争 论 …………………………………… 076
21. 赠 礼 …………………………………… 080
22. 舆 论 …………………………………… 083
23. 感 动 …………………………………… 086
24. 食 堂 …………………………………… 092
25. 思 索 …………………………………… 095
26. 对 骂 …………………………………… 098
27. 动 员 …………………………………… 102
28. 训 话 …………………………………… 105
29. 誓 师 …………………………………… 108
30. 转 变 …………………………………… 111
31. 闲 坐 …………………………………… 115
32. 教 诲 …………………………………… 118
33. 离 开 …………………………………… 121
34. 游 玩 …………………………………… 125
35. 长 谈 …………………………………… 128

36. 读　诗	132
37. 欲　望	136
38. 工　作	140
39. 冰　释	143
40. 商　议	147
41. 误　会	150
42. 成　效	154
43. 爆　发	157
44. 苦　闷	160
45. 沉　默	163
46. 灯　火	167
47. 亲　吻	170
48. 溃　败	173
49. 放　弃	176
50. 成　功	180

三、龙文的梦想

1. 好朋友	184
2. 脚踩两只船	188
3. 孟宇的支持	190
4. 无人机	192
5. 寻　找	194
6. 最后的抉择	196
7. 拍　照	198
8. 破碎与重圆	200

9. 诗人的梦想 …………………………………… 201
10. 掌　声 ………………………………………… 203
11. 意　外 ………………………………………… 205
12. 爱与梦想 ……………………………………… 207
13. 悔　恨 ………………………………………… 209
14. 焦　急 ………………………………………… 211
15. 消　息 ………………………………………… 213
16. 毕业典礼 ……………………………………… 215
17. 关　怀 ………………………………………… 216
18. 再交谈 ………………………………………… 218

四、结束和开始

1. 鸿江之滨 ……………………………………… 221
2. 育德之人 ……………………………………… 223
3. 无名之梦 ……………………………………… 225

一、育德人事

1. 吴承文的笔记

记于高考十年后：

  龙文的生平，大概和很多人都一样，接受九年义务教育，并凭借着中考的跳板，考上了高中。他的成绩很一般，既不属于那种每年高考便被吹捧上天的各省状元，也不是那种家长口中的学渣差生。他的生活不算好也不算坏，吃饱饭不仅不成问题，相反，就像当今中国大部分孩子的问题，不是吃不饱，而是吃得太多。当然，吃得多并不一定就是问题，很多孩子吃多的恶习也不一定就是他们自己所导致的。对这一点龙文可以说是深有体会，从小就孱弱的他，本就不爱吃东西，却被认为是不健康的征兆而被灌吃灌喝，很早就落下了胃病。随着年龄的成长，胃病不见好，反而越来越厉害，就这件事令他十分苦恼。

  初中的时候，一片药就可以解决的事情，到现在要三片药才能勉强抑制。在他看来，对于药物的依赖本身是不正确的事情，但是为了抑制痛苦，有时候放纵药物的治疗也是必然的。或许这种观点有些偏激，或者说是将治病救人的药物，说成是上瘾依赖的物质，这恐怕不太符合科学精神，然而对于一心想成为科技时代诗人的龙文来说，科学似乎只是失去感性的人类用理性控制本就不能控制的世界的一种手段。因而，这种手段是危险的，至少对于一个有志于写诗的人来说，过于理性的科学抑或是过于理性的教育，都可能是扼杀少年心底火焰的寒冰。

对于他想成为诗人的这一梦想，我是很早就知道的。作为他的高中同学，我始终以为这是一个人文学科极度没落的时代，因此自然也就不赞成本就家境不算富裕的他学习文学。当然我毕竟不是他的家长，也不是关系特别好的朋友，也就不好对他说三道四。只是在某一次闲谈时，我问他："你靠写诗过日子？"龙文淡淡地说："也不是不可以，追梦嘛，总得有些代价。想看月亮，就不能太在意人民币。"大家哈哈大笑。对于《月亮与六便士》这本书，在当代中国的知名度，在读书人当中还是很高的，对于月亮和六便士的争论也始终喋喋不休。当然，大多数人嘴上说着要月亮，行动上倒是老老实实地捡起了人民币。至于其他人，至少在他们的少年时代，还不知道自己心里装着的，到底是月亮还是六便士。

我之所以对于龙文印象如此之深，以至于第一笔就提到了他，倒不仅仅是因为他早就看清楚自己要的是什么，还在于他怪诞的行为方式和执著的人生态度。当然，这里说不清楚，毕竟高中三年时间留下来的事情太多，对于我来说数不胜数，而对于这位叱咤风云的学校名人来说，那就更可谓是个多事的年华。

我印象最深刻的，就是当他站在宁静轩的楼顶，当着全体学生的面喊出自己梦想的那一刻。虽然此时此刻，已经离开校园多年的龙文说不定也早就放弃了做诗人的梦想，这倒不是他如何软弱或者口是心非，而实在是写诗挣不了几个钱。后来同学聚会的时候，他告诉我们他最终还是选择了学工科的道路，并且现在也应该忙碌在家庭和事业之间。但至少，对所有其他人来说，那一天的呐喊，属于所有曾经有梦想的孩子们，属于千千万万个我们。在时代的洪流中，梦想变得奢侈，文学变得迷茫。在这样的时候，有这样一个年轻人，做了别人不敢做的事情，虽然有败坏校规之嫌疑，总还是令人敬佩的。

说起来有些怪异，我自己的高考十年笔记，写的却全然不是我自己，而是这位我们戏称的"龙文大学士"。这个称谓，并不是同学们给他起的，倒是当年我们的班主任许德的原创。这位思想深刻的语文老师总是给人以理性的指引，教导我们规则的意义，因而龙文对此很不屑一顾。我倒是很尊重这位脚踏实地的老师，他对于尼采的批判，就像龙文对他的批判一样尖锐。不过，对于大多数人来说，究竟尼采是不是哲学家，那根本就不重要，重要的是他的名言能不能用在作文里给高考的分数增光添彩。

我倒是对于这个家伙有那么点兴趣，不过也只是知道些皮毛而已。赫尔曼·黑塞和米兰·昆德拉都是这人的信徒，也都是为文学和思想贡献终生的人。龙文就似乎没有这个运气，他最终选择了和大地为伍，回到了和其他大部分人一样的土地上生活。不过对于中国人来说，在云端起舞的价值应该比不上在地上一步一个脚印、依靠自己扎实而辛勤的劳动换来的人民币有价值。改革开放的成功，就证明了中国人实干的力量是无穷无尽的。

当然，再怎么样，每个人心里都有那皎洁的月光。就算是流离于烟花柳巷的堕落青年，谁敢说他们曾经没有梦想？就比如说孟宇，同样是我的高中同学，选择在世俗中生活，但我相信他也有梦想。其实早在高考的时候，我们就已经意识到，梦想的奢侈，是实实在在的；而诗句的美妙，则是虚无缥缈的。高考作文里看得见聂鲁达的诗句，也时而闪现叶芝的灵光，间或有太白的仙人风骨，或者是子美的朱门酒肉。可在现实世界当中，除了换取那高考的分数之外，像我这种俗人就很少在别的地方看见它们的影子。

我挺怀念我的高中的，尤其是高考前的一段时间。那时候和喜欢的女孩子玩得很好，也时常和同学们讨论思想、人生和未来，仿佛回到了古希腊的时候——尼采最为崇尚的那个时代。龙文倒是陷入了极大的痛苦之中，或许是他喜欢的女孩不喜欢他，这让他时常痛苦万分。在这个爱情并不昂贵的时代，学生时代的一日恋人很多，喜欢龙文诗才的女生也不少，可他偏偏执著于心中所爱的那个人，是我们班的班长夏奇瑞。这是位温柔体贴并且成绩傲然的女孩子，当时她是好多男生爱慕的对象。爱情是个神一样的东西，促使不少不会写诗的人也会写诗了，而且写得还柔情似水。比如说我，唯一写过的一些诗篇，是专属于爱情的。

深夜时灵感总是迸发，一晃眼已经凌晨三点多了。我就站在家里的窗台前，看着空中的明月，秋风清冷，扑面而来，裹挟着少年时的回忆，冷冰冰地砸在我的热脸上。我的思绪梦回十年前的那所高中，那还是十八岁的时候，那还是在梦想和现实之间纠结的时候，那还是为了自己的未来拼尽全力的时候。每每想到此，就想起政治老师刘君放的循循善诱。在高考体制席卷人生三年的时间里，这位特立独行的老师给我们几乎所有人都留下了深刻的印象。这位年轻的老师冲破规矩的行为或许是当年龙文出格事情的先兆，或者说正是刘君放与校方的对抗激励了龙文的青春热血。

我关上窗户。我在想：十年前的这个时候，我正在做什么呢？

——吴承文于深夜

2. 育德高中

王为民来到育德当校长的时候,这所二流学校刚刚迎来三十周年校庆。他走进校园的时候,看见主楼上"崇真尚实"的校训十分醒目,就是年久失修有种摇摇欲坠的感觉。他眉头一皱,没有多说什么,只是隐约觉得有些不对。

主楼是行政楼——育德楼,边上则是教学楼——修行楼,再往那边就是操场,操场的另一端是学校宿舍宁静轩和食堂三味堂。

宁静轩的取名本意是让同学们能安静地就寝,可是往往事与愿违,工作日九点钟以后的宁静轩,倒是颇不宁静的。尤其是天台,这原本被封闭的空间却时常有学生光顾。实际上,学校一直就没有注意到这个问题,顺着杆子往上稍微爬两步就能到达的地方,仅靠一块"禁止向上"的标牌是挡不住学生们的好奇心的,尤其是如龙文这种无拘无束的学子。

三味堂语出鲁迅《从百草园到三味书屋》。只不过,三味书屋读的是书,三味堂品的是饭。虽说学校的午饭也没什么好品尝的,但是配上了这个名字,倒也显得文雅而富有底蕴。当然,三味堂可真是个五味杂陈的地方,绝对不止有三味五味,而是个百味混杂的地方。举个例子说,八班的班花陈阳阳就时常和夏奇瑞一起手牵着手在食堂里坐上一会,聊聊学习,或者聊聊男人的故事。她们的身边总不缺男人,就像孟宇的身边不缺女人一样,不过性质上倒是有着本质的不同。另外就是,吴承文曾经在三味堂的角落里偷偷盯着陈阳阳看了十几分钟,而他不知道的是龙文也几乎在同样的时间在另一个角落盯着夏奇瑞看。

主楼育德楼倒是真的配得上宁静两字,而相形之下教学楼修行楼就显得热闹非凡了，人潮川流不息，大有买卖集市的那种感觉，丝毫配不上"修行"两字。虽说小时候老师都教导要轻声说话，但实际上，早就没人还记得了。在内卷严重的当下，即使是二流的学校也跟着凑热闹，该卷还是得卷，虽然学生们似乎并不买账，但也总有些志在清华北大的学生们，在孜孜不倦地学习着。一所学校，一所高中，就是那样的五彩斑斓。尽管大家内心深处可能都知道未来自己的去向，也都隐隐约约明白自己高考的结局，可是最终结果出来的时候，照样是几家欢喜几家愁。那些年高三（8）班的同学们，最后也都各奔东西了。

每当高考结束，刘君放总是感慨万分。他的偶像是昔日北大校长蔡元培，渴望播撒的是"春风化雨"的教育。送走一批又一批学子，倒是有些令他失望，有些令他欣慰；而对于这所学校，也是时而厌恶，时而又欣喜。他毕竟还年轻，相比之下许德就显得波澜不惊许多，作为任教二十多年的老教师，他早就看透风雨，看穿了教育改革不断进行过程中永远不变的东西——高考。正是这社会上所说的"一考定终身"的制度赋予了中国孩子们别样的人生体会，那轰轰烈烈的青春拼搏，耳边时刻回荡着"此时不搏何时搏"的誓师宣言。这全世界最为公平又最为残酷的选拔，激发着少年们的斗志，也挫败了不少年轻人的勇气。高考为所有人打开公平的大门，这是中国孩子的幸运啊！许德时常这样想，也时常告诫着那些撑不下去的青年学子们。就在这告诫中，他送走了一届又一届学生，看着自己的头发一天比一天泛白。

而主管后勤的钱有军，就对于学问和高考没有什么研究了。但他要做的，却是管理食堂和宿舍这两块硬骨头。所以，即使兢兢业业，到最后依旧引发了不少矛盾，尤其是龙文这位"惹事分子"

总是给他带来些许麻烦。

　　王为民看着办公室里悬挂着的蔡元培的照片,那是上一任校长留下来的"遗产",兴许是搬东西的时候遗漏了。他小心翼翼地把相框拿了下来,用纸小心地擦拭着,擦拭着,擦着擦着,浮现出四个大字:崇真尚实。

二、春夏秋冬

1. 挣　扎

　　清冷的夜色笼罩在宁静轩的上空，星辰的方位不停变换着，展现着地球千姿百态的脸。龙文爬上消防楼梯，从这里顺着杆子可以直接到天台。天台上除了一些建筑上必须有的结构之外，还有些许花草，不过如今早已枯萎和腐烂了。龙文想，这或许是曾经也有某位有缘人时常来天台坐着，偏巧他或者她喜欢植物，便在这里留下了属于他或者她的痕迹。

　　龙文坐在天台的一角，看着整个学校的建筑群落。最远处的育德楼是校内最高的建筑，那偌大的校训"崇真尚实"四个大字即使在夜晚依旧看得清晰。育德楼并不是漆黑一片的，借着楼外的灯光，能看到远处树梢上的几只飞鸟，既看不清它们是否归入巢中，也看不清它们是否有一个"巢"。

　　修行楼是回字形的建筑，就是在这个楼里面，曾经培养出了一批又一批的能人志士。育德高中尽管是个二流学校，但建校三十年来，也总有些刻苦用功的学子成就了一番功业。可此刻的龙文却想不起入学前刘君放慷慨激昂的讲座《育德精神》中所描述的那些老校友们的丰功伟绩和"育德精神"。相反，面对这秋夜空荡荡的操场，他想起的只是心中的女孩以及心中那个诗人的梦。

当几个星期后的清晨，迎着初升的阳光，那是在高考之后的日子，他一个人站在天台上的时候，还能回忆起这天晚上一个人的时光。或许对很多人来说，从未有过在一个夜晚静静俯瞰自己生活的学校，静静享受这宁静的夜空。原本有机会去到全省最好的"四大天王"学校读书，可最终只来到这二流的育德高中，虽也不算太差吧，可是离他心目中理想的学校还差得很远。三年来，他或许早就接受了现实，但还是耿耿于怀，尤其是当他站在宁静轩的顶端，贴近天上的云层之时，更感觉心有不甘。这种不甘并没有因为高考的临近而消减，反而愈加浓烈。

一阵风吹来，冷却着少年英雄火热的心，他深深爱着自己的初中同学夏奇瑞，缘分使然，他们在高中又是同班。三年时间，龙文追了三年，其实也不止，算上初中，喜欢夏奇瑞的时间也有四五年之久了。龙文拿出那张照片，那张初中的毕业照，夜色中根本什么都看不清楚，可是他却能用手感知到夏奇瑞的位置。他看过太多遍，无论什么时候，只要把照片放在手里，他便能知道夏奇瑞的位置就在那里。他吻了上去，是那样的精准，伴随着他的泪，定格在风中的宁静轩的顶端，仿佛静止一般，好久没有变化。可英雄难得到爱情，英雄在风中是孤独的存在。他放弃了吗？不知道，是爱情还是心中的执著在驱使着他，他也不知道。感情的事情，坚持久了，可能更加看不清为什么要坚持。他拿出笔记本和笔，在城市的灯光以及月光的映照下，写着，写着。空白的笔记本越写越厚，整整四五年的时间，天地日月见证着墨汁渗透白纸的一个个瞬间，见证着少年心中的苦痛与欢笑。

他的胃突然一阵绞痛，额头上也开始渗出汗珠。常年的不规律作息给他带来了慢性胃炎，而且他自己知道这病越来越严重。他赶紧拿出两片药嚼着，可是一时半会不见效，他知道是要加大剂量了，于是又吃了一片，才算缓解了疼痛。

斗转星移，乾坤换位，他就静静地坐在那里，等待着黎明的到来。他想着，这黑夜的洗礼是多么别致啊！别致得让人不想离开，因为这里没有现实的沧桑。

可是总要面对现实的。现实就是距离高考仅有三个星期的时间，最后一个星期学校放假，真正在学校学习的时间，也就只有两个星期了。龙文天资还算可以，即使不怎么学习，在班级里混混还是可以的，只是成绩想要往上走那是绝无可能。随着月亮的方位开始移动，龙文计算着时间的变化，就在此时身后传来了脚步声。

脚步声是清脆的，不过在月色的笼罩下显得格外瘆人，就算是龙文这种常年登楼的人士也不免一惊，让他想起了三年前刚入学时和孟宇的一次谈话。其实也不能算什么谈话，应该说是一次偶然的对话，对于青少年们来说，刻意安排的谈话往往意味着被老师抓到办公室"请喝茶"，因此几乎是没有意义的；而只有自发地在寝室里的闲聊，往往会在不经意间闪现出智慧的火花。至少在那个还比较远离社会的地方，青涩的头脑还能有着创造性的发现，或者说是思想的飞跃。脚步声越来越近，龙文的额头上渗出细细的汗珠，他本可以往回看看是谁半夜三更来楼顶放风，但他始终保持着这个姿势。他镇定地把笔记本放在背光的位置以免被人看见，然后从容地把笔收好。他不能被越来越近的脚步声逼倒，诗人不怕鬼，况且他也知道,这怎么可能是鬼。

一声,一声,声音越来越近,月亮的角度越来越偏,刚好打在龙文的脸上,仿佛一面镜子,映衬着诗人苍白的脸和微微颤抖的面部表情。他长出一口气,闭上眼睛,让思绪接上前面所想——三年前和孟宇的那次聊天。

修行楼的孤灯照耀着树上的鸟巢,几只飞鸟早就不见了踪影。龙文想,它们的梦总是美好的,缺少演绎的时间,也总是平淡的。就像人回忆起过去往昔,除了念旧的情感之外,也少不了对于记忆的编排和选择性回忆,唯有如此,回忆才显得美好或者悲伤,而不至于如现实中的平淡了。虽然现实往往不平淡,但对于大多数的高三学生来说,除了做题考试之外的其他事情,似乎都不曾在十八岁这个年龄发生过。而像龙文这种特立独行的人,在当今那真的是少之又少了。

这么说吧,育德高中建校三十年来,放荡不羁如龙文,还是真的少见。不过话又说回来,如此挣扎而不愿放弃的学子,除了龙文或许也找不出第二个。就如孟宇虽然也挣扎许久,但终究还是找到了解脱的道路,开启了新的生活。

2. 放 荡

龙文的放荡和孟宇的放荡是截然相反的,就像有些人任由自己的成绩一落千丈,却不愿意自己的脸有些许的瑕疵;而有些人十分看重修身养性,却落得个不修边幅、不在意外表的名声。中国古人素来讲究内在的重要性,可放眼当今,圣贤的教诲似乎早就脱离了时代。内外之争或许还是对于两种美的事物的追求的重要性认知,而放荡与否却是与心中欲望有着密不可分的关系。欲望的强烈与否，看似是人类本性的阐释，实际上与一个人接受的思想有着密不可分的关系。早在三年前的时候，龙文就是尼采式的人物。

"自由意志的价值高于一切，那么多规矩只能束缚我们前进。"龙文坐在寝室的床上，喝着偷偷买进来的酒说着，"今天我就非要出校门看看，才几点就被束缚在寝室里，真是可恶！"

对面的孟宇不屑地说道："凡是都得讲究后果，放荡的结果是难以承担后果。龙哥，你为什么非得翻出去不可呢？有什么意思？"

龙文猛喝了一口："当然有意思！诗人是不甘于束缚的，就像文学的世界本是自由的天地一样。打破规矩的快乐，你是不知道的，那是一种发自内心的、彻底的欲望释放。"龙文的脸色有些泛红，或许是酒精的作用，或许是内心的火焰。他跳下床，推开门大踏步地走了出去。

从宁静轩后面那个长久不开的后门翻出去，龙文看到的世界既熟悉又陌生。说起来时间还不算太晚，夜市上的人们还在欢歌笑语。当地的小吃，在白天是很难被寻觅到的，只有到了晚上的时候，才扎堆地冒出来，互相吆喝着自己家的独门手艺。龙文并不打算吃什么，只是拎着那瓶酒在街上闲逛。那是属于他的最为自由的时间，那是逃脱了世俗禁锢而充分释放他诗人天性的时间。也不能这么说，诗人的天性？他或许本就不该成为诗人，而爱情的魔幻让他坠入了理想与现实的交织之中，或许让他无法看清现实，也或许让他错误地选择了理想。可对于大多数人来说，又怎能在少年时代就明白自己想做什么，又怎能看清未来的自己会变成什么样子呢？米兰·昆德拉阐释了生命的瞬间性，正是这个瞬间性让我们的生命不能预演，也就注定了人的一生都是在不确定的过程中进行的。所有的确定都只是虚无缥缈的人生幻影,细细梳理人生,才发觉,最终有几人寻梦而走?又有几人立志不变?在时代的洪流中,在科技的舞台上,人性的残余苟延残喘,挣扎地放荡开去,就像龙文在酒精中寻找救赎,而孟宇在爱情中获得慰藉。所有古人认为高尚的东西要么成了富家子弟的奢侈享受,要么成了虚无缥缈的魔幻故事,龙文就在这样不断被酒精磨砂的过程当中逐渐看不清自己的过去,却逐渐看清了诗人的轮廓,梦回太白梦游天姥,遥想陶潜归去来兮。就这样走着走着,越走越远,身后育德高中的身影越来越小,越来越小,最终化成看不清的奇点。他在往哪里走呢?他在往他自己的桃花源里走去,看见的是逍遥而行的庄周和御风而行的列子,他还看到了很多很多他想看到的一些人,就像在仙境一般,也如同在云端起舞。他只有在梦里才能感觉到梵高所说的心中的火在何方,也只有游离在世界之外的那点点时间,他才能与自己想见的那些人谋面。这或许也是他常年饮酒的原因,也是他患上胃炎的根源。整整一夜,龙文醉倒在街头,酒瓶掉在地上碎得到处都是,凭借着一身校服,才让警察把他成功地送回了学校。从此,龙文便成为了学校严加管束的对象之一。当然,上有政策下有对策,他总是在查寝结束之后悄悄溜出去,而又在早上查寝之前再回来,就这样三年时间,他虽然几乎天天晚上都不在寝室里,但被发现的次数却不多。

当然,自从翻墙事件之后,那扇小门的上面就加装了电网,所以就没法翻出去了。因此龙文只能选择在天台上度过自己的夜晚。

第二天早晨,看到龙文醉醺醺地被"请"回了寝室,同在寝室的孟宇倒是不觉得有什么意外。巧得很,孟宇恰好身体不适在寝室休息,因此白天的宁静轩内,只有他们两个人。孟宇咳了两声说道:

"你到底喝了多少,现在还能闻到酒味。"

龙文张嘴笑了两声,看样子还没完全缓过来:"不多,不多,就,就一点点,没事,没事的!"

"少喝酒,伤身体。"孟宇说着,猛喝了几口水,"纵欲过度的结果是什么,是自讨苦吃。你所谓的自由,是以牺牲自己生活和生命长度为代价的。"

"我是啊,牺牲生命。"龙文躺了下来,感觉头还是有些昏沉,"你呢,孟宇啊孟宇,你牺牲的何止是生命?你的放荡牺牲的是,牺牲的是,别人的生命!"

"放屁!"孟宇一下子坐起来,仿佛被人戳中了要害,"你说啥呢你,我带来的是快乐,你带去的是痛苦!"

"快乐与痛苦,你倒是说得轻巧!放荡是有代价,但是代价不能是别人的生活!"龙文愤恨地说着,"你看得懂你自己的内心吗?灰暗而布满灰尘,欲望裹挟在其中,释放的是撒旦一般的笑容,你在乱搞你知道吗!你,你根本就不像个学生!"

"你喝醉了,你你你,你喝醉了,我不和你说,不和你说。"孟宇的语气颤抖着,他似乎知道龙文在说什么,却又不肯承认,至少在理智尚存的时候不会在任何人面前承认。龙文确实喝醉了,只是不喝醉的时候他又怎能说出这种话,又怎能让孟宇的灵魂得到猛烈的冲击?孟宇的内心在纠结中显得迷惘和疲惫,在初中阶段感情挫败的经历之后,在那时候写下数万字的情书却被人扔进废纸篓的时候,就在那个时候,他认为他看清了人性。可是,直到现在看着眼前这个半疯不疯的龙文大学士的时候,人性这个词却又显得模糊起来。孟宇闭上眼睛,刚才吃的药物或许有些安眠的作用,他逼着自己往没有思考的睡眠中前进。只有失去了思想,才能避免灵魂的拷问。

龙文看着孟宇睡去，他的脑子也如同炸雷一般，酒的后劲上来挡也挡不住，就这样在乙醇的压迫之下，他也闭上了眼睛。偌大的宁静轩，真的归于宁静，只剩下来自寝室里睡眠者的呼吸声；或者说，整个校园都在一片宁静之中，只有那些躁动的灵魂在思考着一些他们认为重要的事情。举个例子，对于吴承文来说，寝室熄灯时间的不合理，让他十分不满，而这位踌躇满志的学生的脑子里就在想着怎样作出改变。

3. 爱　情

"大学士还喜欢夜坐观星呢！"吴承文的声音带着些许的嘲讽和揶揄。龙文"哼"了一声："你小子怎么也有工夫上来了？不好好和你的陈阳阳聊天，来这干啥呢？脚步细碎的，换个别人准被你吓死！"

"陈阳阳？"吴承文盘腿坐了下来，"她呀，她喜欢我，你知道吗，我也喜欢她，可是，哎，算了，不多说，这种事情真是闹心。要不是最近烦恼得很，我也不至于上来透风，眼看着要高考了，却心思全无，倒也是厉害。"

龙文仰着头，看着月亮说："互相喜欢多好啊！我想，想有这样的经历，可是眼看着十八年时光流水而过，或许学生时代的恋爱离我而去了！"他顿了一下接着说，"你小子可以的嘛！陈阳阳这么好看的女孩子也能喜欢上你个糟老头子？你不会是吹牛吧？唉，不对啊，我记得是你喜欢她吧，从高一入学开始就喜欢了好像。"

"我靠，你见过老子吹牛吗？真是的。"吴承文似乎有些躁动，刚坐下又站了起来,"不过,这事情有些复杂了。算了,龙哥,你呀,为什么要在一棵树上吊死呢?你的诗才,还是很受人欢迎的!"

"我可不渣。"龙文淡淡地说,"一生就执著这一次。"

"时代变了,不可执著。"吴承文抛下一句话,便走了。在黑夜笼罩下的宁静轩,两个不一样的人想着不一样的事,都是少年心事,都是对于恋爱的情不自禁的遐想。龙文想起他和夏奇瑞的第一次相识,是在初中的某一次午饭。食堂里人声鼎沸,座无虚席,他们碰巧就坐了对面。那时候还只是十四岁的孩子,虽然在这个年纪有些人早就谈情说爱,但对于龙文和夏奇瑞来说都还是情窦未开的时候。龙文低着头吃饭,当他无意间抬头看向对面的时候,看到的是他一辈子都忘不了的脸庞,透着清纯、纯粹,怎么形容呢?好像一时间也无法准确形容,就是"一见钟情"吧!总之,当时他脑子里蹦出来的就是聂鲁达的诗句:万物生机勃勃,我遂能生机勃勃;我无需移动即可看到一切;你的生命中我看到一切生命。

在夏奇瑞的生命中,或者说在她的眼神中,龙文看见了生命的希望,看到了一切的生命。那种洪流的翻涌,从过来人的角度来看或许是无意义的感情用事,在当事人眼中却是实实在在的、真真切切的情感的流露,如洪荒之力的倾泻和嘶吼,在内心里翻江倒海的挣扎,而在表面上还得装着处变不惊的从容,尽管装得很失败,但是也会去装。龙文并不知道,或者说不愿意承认,那种想当诗人的强烈的渴望,是从那个情窦初开的瞬间开始的。

当然不管他承认不承认,他的第一首诗作,就是在那个时候写下的:

舞者与守望者

暗淡的星空一片苍茫,
无言的真空渐欲结霜,
唯有她那一丝艳影,
方能穿破这寂静悄怆。

翩翩白裙,恰似烟雾缭绕。
莞尔一笑,仿若浪花荡漾。
碧蓝秀发间,盛开着七朵簪花,
眼眸深处,是亘古不灭的光芒!

我欲被她的引力束缚,
沉沦着,与她一同摇曳。
可惜幻梦绝不能长久,
她在她的宜居带起舞,
我在寒冷的一方驻足!

自有星空为她彻夜长明,
自有银河为她铺下舞台,
自有时光铭记她的身影,
自有远方观众为她守望。

　　因为爱而敬而远之,因为爱而倍加小心,龙文始终和夏奇瑞保持着距离,一种很微妙的距离,那种表面看起来正常,但在深夜里却一个人哭泣的距离。不止一个人哭泣,也只有龙文晓得,其中的痛苦,被旁人说起来的"为赋新词强说愁",在他眼里却是悲痛欲绝的呐喊。

然而,直到夏奇瑞给他写信吐露心声的时候,龙文才明白,这种已然克制的爱,却依旧给了夏奇瑞莫大的压力。这或许令他崩溃,而这种崩溃促使他来到宁静轩的屋顶,这一来,就是整整三年的时间。

在宁静轩的无数个夜晚,无论是月明星稀还是风雨瓢泼,无论是站在楼顶还是躺在床上,无论是与天对话还是在笔记本上写着诗歌,他的心,却始终在另一旁的女生宿舍。与孟宇的"见人爱人"不同,龙文渴望的不是爱情,而是一种怦然心动的感觉的延续。对他来说,那种感觉仅仅是他和夏奇瑞之间可能存在的,存在于龙文脑子里的爱情故事。

吴承文其实没有走远,他就站在背后看着龙文,虽然似乎什么也看不清楚,但就着月光还是能显现出人的轮廓来。他在想,有些事情,究竟是要藏下去,还是应该早日开诚布公呢?比如眼前这位执著于爱情的龙文,有些话,真的能对他说吗?他今天上天台,是想一个人独自静静的,可是他不是应该能料到龙文一定就在这天台上吗?既然如此,他的潜意识里是知道的,那么他是打算开诚布公和龙文讲清楚了?吴承文心中的纠结,就像罗素悖论一样纠缠不清,他越看越发看不清自己,也看不清一些人事。他尽力克制,想让自己回归学习的轨道,可是感情的问题真的如洪水猛兽般冲击着他的灵魂,他十八岁的身体里,混杂着数不清的矛盾与挣扎。

三年前,他也曾和龙文在天台上有着相似的会面。那时候,对于吴承文来说,宿舍熄灯时间的问题处处碰壁加上对陈阳阳的追求没有回应的时候，那时候他和龙文之间的隔阂，无非是龙文始终崇尚非正规途径解决问题，而他还是认为应该遵守规则。而现在，三年之后的他们，历经不一样的事情，不一样的境遇，则又是一种不一样的、微妙的关系。

"早些休息，我先撤了。"不知是思考后的结果，还是趋于逃避的本性，吴承文甩下一句，匆匆离开了。不似三年前的寂静与沉默，三年后的他们都难以平静。比如寝室熄灯时间的问题，他明白必须要尽早提出解决，不能有任何逃避，因为逃避就相当于在默许。可是就是有那么些事情，却让他无比纠结。

4. 初　识

向学校提出建议是学校一直鼓励学生们做的事情，当然校领导究竟是说说而已还是真心想要如此，学生们往往不得而知。宁静轩的熄灯时间是晚上九点，九点之后不允许看见任何灯光出现，否则一律没收光源。除此之外，手机自然也是被禁止使用的，不过这只是个条例，学生们偷偷摸摸地总是带着自己的手机。

有些时候负责后勤的钱有军还会在熄灯后到宿舍里兜一圈，这并不是他的职责，但他总是担心出事，也算是个勤勤恳恳的老黄牛了。宿舍熄灯时间的安排，是高一一开学时学校和家长们签订的协议。自然地，家长就代表了学生，意味着学生们也是同意的。

事实上，学生们是进入学校之后才被告知这些事情的。至少对于吴承文来说是这样。可是寝室熄灯时间太早，学校作业也多，这就导致了很多学生来不及完成作业。当然每个班上都有好学生可以在八点之前完成作业，不仅仅是笔头作业，还有背诵朗读之类的口头作业。由此，学校认为这样的制度是合理的，而且还有家长的支持；加之所谓"早些睡觉对学生健康有益"的说法，这项制度始终延续着。直到吴承文第一天体会了一把九点之后熄灯的快乐后，他就下定了决心一定要改变这个不合理的规则。

他找到班主任许德希望他能向上反映一下，许德倒是没有直接拒绝他，而是苦口婆心地给他讲了讲"早睡早起身体好"的圣贤之道，令他铩羽而归。于是晚自习课间休息的时候，他又找到班长夏奇瑞，希望下次学代会的时候能提上这个意见。

这次公事的见面倒是两个人的第一次面对面说话，吴承文非常仔细地端详了这位貌美的女班长。细细观察是吴承文的强项，无论是对于一个男人的内心所想，还是一个女人的纠结心境，他都能通过察言观色略知一二。与孟宇的"察颜观色"不同，吴承文看的是人的内心。看清了人的内心再看人的外在，看到的可能是完完全全两个人的样子。有些试图用外在掩藏内心真实性格的人，在吴承文面前，或许就要落败了。当然，初次见面的时候，吴承文对于夏奇瑞的美，只是停留在外表上。

吴承文是用十分正常的语气提出的请求："班长，你看这个寝室熄灯时间是不是太早了些？九点钟根本做不完作业，我想这次学代会，能不能提出把这个时间往后延迟一些，至少延迟到十点钟。"

夏奇瑞的大眼睛里透露的是一种成熟的气质，一种居高临下的威严感咄咄逼人。这是一种气质，让吴承文吃了一惊，一个十六岁的女孩，居然有着如此不凡的眼神，他一眼就认定，这是个高冷的角色。不过，再怎么高冷，毕竟是一个班级的同学，初次见面时说话的口气还是比较正常的，不过这正常中透露着掩饰，掩饰着那种冷峻，尽量显得平易近人，似乎能瞒过许多人，却完全瞒不住吴承文的感觉。她说："好的，好的，那我们班的代表就选你去了。"

初识仅仅两句话就结束，倒也是令人震惊的，他本来已经对这位班长产生了兴趣，可是她却没有给他再进一步认识的机会。或许是班长竞选时，她始终认为吴承文在给她使绊子而留下的阴影，或许是一种来自胜利者的嘲弄。也正因为有前面发生的一些事情，吴承文对于夏奇瑞的这种兴趣不是感情上的，而纯粹是好奇，是一种对于不一样的人性的探究。在那时，他喜欢的人是班级里最好看的女生陈阳阳，这位可爱而清纯的小姑娘在第一天军训时就吸引了他的目光。近水楼台先得月，他刚好就坐在陈阳阳的后桌，有了仔细观察的机会。更进一步，有了深入交流的机会。

这种交流的建立居然是夏奇瑞促成的，或者说至少和她有关，这可以算得上是一段很有意味的历史往事。陈阳阳不愿意提及这些事情，吴承文也似乎有意隐瞒着什么，不过，不管他们怎么回避，所有八班的同学们都见证了那些往事的发生。后来再看这些事情显得索然无味起来，和高考的紧张角逐以及爱情的苦苦求索相比，所谓班长竞选不过是一场荒唐的闹剧罢了，不过对于十六岁的少年来说却玩得有滋有味的。

陈阳阳却不这么看，她置身事外看得很清楚，却从不点破，只是在吴承文落败的时候出现在他的身边，给予了他同学间的安慰和鼓励："别灰心啊，小夏还是很看好你的，你很有才华，你口才很好的，不过就是为什么非要争一个位置呢？大家做同学开开心心的不好吗？"就那天晚上，她安慰了他一个小时，就这一个小时打开了吴承文封闭了十几年的心门。他还清晰地记得那天晚上的事情：

宁静轩寝室里吴承文把自己闷在被子里，外面的同学们都在高谈阔论，龙文在传播他尼采般的思想，孟宇却时不时予以反驳。自从开学第二天龙文醉酒路旁的事情发生以后，孟宇和龙文就经常在寝室里有一句没一句的交锋着，说到火药味上来的时候，不是众人劝架就是龙文上天台独坐。不过对此，吴承文都知之甚少，或者说不怎么在意。那天班长竞选落败，他在全班人的嘲弄中走下了讲台。他愿意将此理解为同学间的玩笑，但内心深处却留下深深的创伤，以至于当陈阳阳给他发来消息的时候，他一开始都没有心情点开看。

仅仅一个小时的聊天，他看到的是女孩身上展现出来的人性的光辉。读书十余年自认为理智的他在温度面前被迅速融化，如同一块寒冰靠上一团巨大的篝火。那是他第一次和女生聊天，那是他第一次被人安慰。尽管安慰的内容，仅仅是因为班长竞选的落败，而不是什么惊天动地的大事。

当他在和夏奇瑞说话的时候，他的眼睛是看向陈阳阳的。倒也不是，是两只眼睛看着两个人，一个高冷的班长，一个可爱的班花。当然，他并没有注意到，同样的时候，就在很近的地方，也有另外两只眼睛落在夏奇瑞身上，那是龙文在注视着心爱的姑娘。

不过一切的眼神随着王为民的走入都收了回去。教室里一片肃静，校长亲自驾临还是第一次。学生们，就连龙文都收敛了许多。黑夜笼罩下的育德高中，威严而庄重，似乎显示着这是做学问的绝佳地方。

5. 闲　聊

吴承文回到寝室的时候，孟宇还没睡。虽然已经和龙文杠了三年，孟宇倒还是初来时的样子，可能是他的生活没什么纠结，也可能是因为曾经有过过度的纠结，导致看开了许多，或者说，也看透了不少。

"龙教授还在上面呢？"孟宇随口问着，灰暗的灯光映衬着他英俊的脸。三年以来，宿舍发生了不一样的变化，熄灯时间推迟不说，也允许自带台灯了。吴承文叹了口气，他没有回答，只是心底想着自己的事情。孟宇坐起身来，又说："老吴，怎么了这是，最近看你心绪不宁。怎么，和龙教授染上一样的毛病了不成？"

"孟宇，我问你，你说感情问题怎么解决呢？"吴承文略有保留地说着，似乎在斟酌着词句，"我看你，在这方面很自如啊！"

"自如？"孟宇似乎在苦笑，但是吴承文没有看，也就不知道。只是孟宇的语气变得不似那么轻盈，至少不如他平时那么轻盈，"自由的代价是放弃一切非自由所拥有的便利。"他顿了一下，接着说，"我倒是挺佩服龙文，这小子很执著，令人敬佩。"

"你敬佩他，却也看到他的痛苦，日复一日地酗酒，日复一日地楼顶静坐，是拿自己的身体开涮。高考迫在眉睫，我可不希望因为感情纠纷而因小失大。"吴承文说着，拿了片饼干嚼着，深夜里饼干被嚼碎的声音显得格外清脆悦耳，像是把过去的故事都放进粉碎机里统统粉碎的感觉，解压得很。一阵风吹来，夏日的风显得很燥热，让原本燥热的人心变得更加浮躁起来。吴承文索性下了床，在地上来回踱步。孟宇却轻轻叹了口气，拉紧了蚊帐不愿意再多说下去。

吴承文明白他不愿意多谈。其实三年来，一谈到感情问题孟宇就不愿意再说下去，既不愿意说自己是如何成功地进行了十三次恋爱的，也不愿意给那些迷途之人给予指点。他对于感情生活的保密早就遭来许多流言蜚语，相传他曾经脚踩数只船，也有人说他骗人上床还逼着人家吃避孕药。如此种种越传越离谱，但是他似乎从未想过辩驳。行走在走廊上引来别人不屑的目光抑或是崇拜的眼神似乎都与他无关,他只是一个接着一个频繁地谈着,而且全在校外,这更让他的所做所为不为人知,名声也越来越差。但由于他始终没有和学校里的女生有过什么实际的接触,因此没有人抓住他"作恶"的证据,也自然没有人自讨没趣地去口诛笔伐。

孟宇在被子里浮想联翩,初中时的场景时不时浮现在他的眼前,背上的伤疤也仿佛预示着惨痛的教训。那是教训吗?那还是其他什么暗示呢?他不知道,他的天资一般,学习成绩在初中还行,到了高中便一落千丈,可在情感上似乎又成功得令人羡慕,当然很多人也认为那是下流的行径。不过从道德的角度来说,互相需要的欲望也是可以被理解为道德的。他其实心里对自己是有一个评判的,但是又不甚清晰,只是能够明白些许,在这个道德底线被压得很低但却又抬得很高的时代,学生们总是在欲望和克制之间纠结。而对于孟宇来说,他或许早就作出了决定。

吴承文嚼着饼干,那颇有节奏感的声音在耳边回荡着,他喃喃自语道:"无数个一夜的狂欢和痛苦多日后的长久快乐,究竟哪个更好?"

"废话,当然是后者!"吴承文倒是没想到孟宇突然搭话了,想要问时他不答,自言自语之时却又获得回答,墨菲定律的意义倒确实不可小觑。吴承文倒是对孟宇的回答有些诧异,毕竟在他眼中,孟宇是属于享受着第一种快乐的人,却反过来为龙文式的苦恋摇旗呐喊,真是奇哉怪也。

"为什么呢?"

"你喝酒上头的时候,感觉很爽,走路摇摇晃晃,手机都拿不稳。"孟宇感觉背上的伤口还在隐隐作痛,他知道好几年前的伤早就该好了,可是为什么今日却疼个不停?他不去理会接着说:"那时候是很快乐的,飘飘欲仙的感觉。可是一觉醒来,那是一种很沉闷的头痛感,说不定你还会忘记曾经发生的某些事情。那时候,后悔莫及,美好的回忆失去了就再也找不回来了!兄弟,你呀,你们互相喜欢,干嘛非要藏着掖着呢?"

吴承文一愣,心想:难道天台上说的话还能被他听到不成?他停下脚步,最后一点饼干的残渣也咽了下去,喝口水的时间,周围变得异常安静,开着的窗户没有丝毫的风。吴承文感到一阵凉意上涌,夏天的天气使他硬生生打了个寒噤,脑中突然浮现出陈阳阳和夏奇瑞的脸,越来越清晰。他颤巍巍地问道:"我和谁,和谁互相喜欢?"

"你说谁啊,当然是夏奇瑞啊。"孟宇淡淡地说道。

"啪"的一声响,龙文破门而入。

6. 演 讲

王为民穿得很朴素,一身便装,头上的几粒汗珠说明他是急急忙忙赶过来的。新校长的到来总是要点上三把火的,废了老校长的一些规章制度,再另立一些自己的牌坊。不过对于学生来说,新校长还是老校长似乎并没有什么区别,只是每个学期开学典礼上那个讲话的人变了,说的内容却还是大同小异的。王为民打乱了所有观察美女的男生的眼神,也模糊了所有想看帅哥的女生的双眼。倒不是这位老头子有多么英俊,而是有一种学者的气场,或者用龙文的话说,是教父的气场,能镇住不少人。

究竟是学者还是教父,这或许并不好说,同样一个人在不同人的眼睛里看出来的样子是千奇百怪的,一个人本身究竟是什么样子,本来就是难以捉摸的。王为民擦了擦头上的汗珠,清了清嗓子说道:"同学们,你们是我们这一届最好的班级,聚集的是我们育德高中最好的几十名同学。我作为校长,刚刚到任,对你们寄予厚望。育德高中三十年历史,英才辈出,你们就是育德的希望,也是未来的国家栋梁,我包括全部的老师们和家长们,都对你们寄予极大的希望和肯定。但是又是老生常谈的问题,怎样过好高中三年?学习,学习,还是学习!"

王为民着重地把"学习"这两个字说了三遍,教室里鸦雀无声,其实大家能猜到一二,龙文事件之后,学校一直没有个说法,似乎校方希望减小这种违纪事件的影响。龙文也只是被训诫,警告下次若有再犯就开违纪单,也没有做实际上的处罚。这或许是学校对于学生的宽容,也应该是刚刚开学不愿意就把事情闹大。王为民用目光扫视着班级的同学们,当他和龙文的眼神相碰撞的时候,有意多停了一秒钟,这短短的一秒钟能被龙文捕捉到,却不会让别的同学觉得有什么异样。他接着说:"学习如何保障?首当其冲的便是要注意规则意识的养成。国家倡导依法治国、依法治校,作为学生就应该遵守校纪校规。校纪校规的形成,也是有利于大家更好地规范自己的言行,更好地为学习服务的,说得直白一点,也是为高考服务的,因为高考考察的就是大家的学习。当然,除了考试之外,遵守规则也有助于大家的修身。当你们踏入社会的时候……"

接下来的话龙文似乎都没有听见,他的眼睛始终看着夏奇瑞的方向,夏奇瑞倒是听得蛮认真的,龙文却早就对老生常谈的圣贤之言感到厌倦。尼采是冲破圣贤的,他很伟大,但是最后还是疯了。荒原狼高于世俗,却也只能居于世俗。遵守规则的好处是多的,中国古人早就有训诫"无规矩不成方圆",无论是道德规则还是法律规则,都是规矩,都不能逾越,这几乎是不争的事实。龙文或许也明白这一点,可他就是不愿意接受。感性给他的冲击太大,只有完全释放的天性才能让他感到彻底的满足。他被脚下的椅子束缚,只是因为脑子里的些许理智告诉他如果贸然离开,后果将会比较严重,这是十多年来受的教育在挽救他,哦不,还是在束缚他?成为诗人的梦想遥不可及,在这个饿死诗人的时代,自由意志是个奢侈的东西!龙文想着,感觉喘不上气来,那种压迫,是少年的愁苦还是"为赋新词强说愁"的产物呢?他自己都不知道,自然也就没人知道。因而,那些所有自认为知道的人,都只不过是自以为知道而已。

夏奇瑞对于龙文的爱感到深深的压力。这种压力是来自于他的,也是来自于她自己的。那始终如一的喜欢并不是不能感动她,可也只能感动她而已。当在后来的某一天她和吴承文两人聊天的时候,她是这么说的:"他是个好人。他真的对我很好,可我确实不喜欢他啊!但我又不能残忍地不理他,因为这样会让他伤心的。他这种性格,我真怕他出什么事。但是他给我的压力太大了,我根本不可能和他在一起。唉,他要是个现实主义者就好了。"

当然在王为民激情演讲的时候,作为优等生的她听得十分认真,并没有去想那些男女之事。王为民的声音有一种长者的感染力,对于少女来说是一种魔幻的力量,能够给予她们恰到好处的安全感。只听得王为民说着:"有了规则意识之后,一切的事情就有了基础,有了基础就可以稳步进行了。你们班级是重点班级,学校给你们配备了最强的师资力量,实验室和图书馆等设施场所都会给同学们服务到位的,有什么困难尽管提,只要是有助于学习的,学校都会积极考虑,这个大家尽管放心。我想啊,我今年刚来,刚送走上一届学生,那不能算是我的学生。从你们这届新高一开始,真真正正算是我在育德高中的第一届学生,我真心希望你们能在高考中取得好成绩啊!那么从现在开始就要努力备战,不可松懈!我也不多说了,大家接着学习!"

台下掌声雷动,王为民点点头示意大家安静,然后便离开了教室。学生们对这位校长的感觉还算是不错,至少大部分人觉得校长的气质令人折服。除了龙文始终认为他身上有着一股黑社会老大的感觉,吴承文也并不对所谓"气质好"的说法感到十分信服。秋风透过窗户扫进来,负责管理班级秩序的晚自习老师刘君放打了个寒颤,他坐了下来,回味着校长的讲话,思量着心中对于学校的改革之策。

7. 风　波

龙文其实早就下了天台。吴承文走后,他也无心再留着,就像一场单人的盛宴被第二个人打断之后,即使还了他宁静,却依旧找不回之前的感觉,这和恋爱有着异曲同工之妙。回到寝室门口本打算直接进去,却听见孟宇和吴承文在说着什么,却不料听到了他最不愿听到的事情:吴承文和夏奇瑞之间的互相喜欢。虽然实际上,这只是孟宇的一面之词,谁也没有考证过,但本就由感性支配的龙文早就顾不得许多,啪的一声推门而入。正好吴承文就站在门口不远的地方,正愣着,龙文一记飞腿着实给吴承文来了个痛快,伴随着一声惨叫,吴承文应声倒地。

孟宇吓得一激灵,赶忙爬下床,一边喊着:"干啥呢?干啥呢?搞什么呀,有话好好说。"说着就来拉龙文,龙文却似乎陷入了癫狂之中："去你妈的,你们两个都不是啥好货色。姓孟的,你别管闲事,不然老子连你一起打!"这时间几个室友也都被惊醒了,一看躺在地上的吴承文,身边还有些许血迹,几个健壮的小伙子赶紧过来硬拉着龙文。龙文本来就体质不好,一拉之下没站稳摔在地上,他破口大骂:"我把你当兄弟,你他妈的抢老子女人!你是不是人?"他喘着粗气,试图站起来,但好像有些力不从心,只是不断地挣扎着。而另一边的吴承文,腿上被重击之后刚好撞上边上的铁架,一大块的淤青,他疼得大叫:"去你妈的,你自己菜,追不到!你个傻逼,我靠,你要是害得我不能参加高考,我弄死你,哎呦我去……"

众人叫来了值班阿姨,看着吴承文腿上的血流不止,只能把他抬上床,用有限的医疗资源给他做了些许处理,那边的龙文则被拉到一旁冷静冷静。不大的寝室在半个小时之后又恢复了宁静,龙文也被单独安排了一间房间,暂时算是事情得到了平息。孟宇的心怦怦直跳,说到底,这件事情是他引发的,如果不是他说话被龙文听到,今晚还会是一个十分平常的夜晚。可偏偏天有不测风云,随着窗外的雨声,天气变了,人也变了。高考前夕,吴承文被打伤,照现在的情况看还算是没有伤到骨头,不然考试都成问题。他躺了下来,气息凝重,想着这些男女关系,真的有这么大的魔力吗?当然有,他苦笑着,他是这些人当中,最明白的那一个,因此,也显得最波澜不惊了。

吴承文一早就被送到了医院做检查,家长也来了进行看护,并且要求学校一定严惩肇事者。学校也就不能就此息事宁人,事故责任还得进一步追究下去。龙文作为罪魁祸首当然被请到办公室"喝茶",许德一脸怒气地看着他,从教二十年以来,还从未见过如此不守规矩之人。三年来,学校在龙文身上花了不少心思,甚至有几次都惊动了王为民。学校曾有人建议将这个不学无术的学生开除出学校，都是许德在其中说和，他知道一个学生的档案中如果留下被学校开除的记录，那对他未来实在是影响极坏，而且也容易挫败一个学生的自尊心。再者说，龙文虽然处处不守规矩，但在成绩上还算过得去，至少在这个育德高中里不至于垫底。虽然他几次劝说龙文回归到学习的正轨，无奈他总是不听，还始终认为是许德将很多事情上报校方，因此龙文对他的积怨也越来越深。当然作为老师，许德的胸襟足够容得下这样的不理解，也就没必要和他争论是非了。但这次打伤人的事情，可是性质十分恶劣，尤其是在高考之前，吴承文的父母一定要有个说法才肯罢休，对此王为民也亲自出面替学校承担了一定的责任。而对于龙文的处理，由于是在高考前的特殊时间，也就只能外紧内松了。

龙文被开了违纪单，这东西他抽屉里有不少，也没什么效力，不过是摆设罢了。好在之前他所有的违纪都不涉及到他人，比如说旷课、迟到、早退之类的，许德都想方设法给他压了下去。至于夜不归宿或者离开学校这类情况，他后来就不再干了，一方面是因为他更多的时候选择在宁静轩楼顶，而不是市井夜市去度过他的夜晚；另一方面是那唯一可以攀爬的后门上方加装了电网，阻碍了所有试图以非法形式离开学校的人的脚步。正因为没有什么特别大的违纪，他还能自由自在地在学校里活动。破坏规矩的人，在规则的世界里生存，要么是权贵子弟，要么就得是有贵人相助了。有一次王为民问许德："老许啊，你怎么这么偏袒这个学生？我来这几年时间，怎么没看见你袒护别的学生呢？"

许德笑着说："王校长啊，你知道，我以前也是这样子的啊！"

王为民看着这位温文尔雅的儒生，狐疑道："老许以前也这样？

我不信啊。"

"少年时候，谁还不犯点错误呢。那时候我的老师也包容我啊。说起来，那位刘老师刘国定，后来还做了我们学校的校长呢。"许德似乎把思绪带回到自己的学生时代，老校长刘国定的慈眉善目以及他播撒的如蔡元培般的春风化雨的教育，兼容并包，给他这位深受西方自由主义思潮影响的青年人留下了深刻印象，现在回想起来仍记忆犹新。

"刘国定校长是你的老师啊。"王为民点点头，"这是我们学校的著名校长，现在我办公室里还有当年他在任时市委书记下来视察时候拍的照片。我们那么多任校长，在任上的时候惊动市委书记亲自下来视察的，也就他老人家一位了。"

回到当下，高考迫近，学校的氛围自然是紧张的，学生们内心无形的压力也不自觉地越来越大。中午有午间测验，只有放学到晚自习之前的一段时间，大家可以在操场上散散步，休息休息。夏奇瑞和陈阳阳挽着手在操场上散着步，昨晚下雨的痕迹还没完全散去，几只飞鸟在空中盘旋着，空气显得压抑而凝重。夏奇瑞说："小阳，我们在这里散步的时间还有几天啊？"

"两个星期不到了呀。"透过栅栏看着街道上的车水马龙，她似乎随意地说着，"那外面的生活和这里的生活有什么不一样呢？"

顺着陈阳阳的视线往外看，夏奇瑞首先看到的最高的一栋建筑就是市立医院，也就是吴承文正在检查腿上伤情的地方。她突然站住了，不再往前走，直勾勾地盯着那医院。陈阳阳问道："瑞瑞，看什么呢？"

"想他了。"

8. 悲　凉

学代会是一年一度的学生和学校的对话活动。吴承文初入育德，便拿到了学代会提案的资格，他的心里满是欢喜。宿舍熄灯时间太早，早就是学生当中议论纷纷的事情，即使是已经开学了两个月，这样的抱怨还是时常能听到。吴承文苦心经营，花费数小时完成的提案令他自己十分满意，他对此也充满了信心。

在一片掌声中，钱有军走上了讲台。作为学校主管后勤的老师，食堂和宿舍这两个大头由他负责。光秃秃的脑袋极引人注目，那粗大的嗓门使他的声音能传播百里，不知道的还以为他是整天拿着麦克风在讲话。

吴承文对这位老师并不熟悉，除了听说他脑子不太好使以外，对他并没有深入的了解。直到他听到钱有军否决了自己的提案时，才算对这位老师有了更深刻的了解。其实，提案被否决根本就不是什么新鲜事。毕竟宿舍熄灯的条例，既是学校的传统，又是家长们同意签过字的，这样的双重保险确保了这个条例的权威性，怎么会因为几个学生的不满意而随随便便改变呢？

吴承文离开大礼堂的时候心是冰冷的，这种失落感并不全来自于自己花费多日拟写的提案没有被采纳，而是来自于对于王为民开学时所说的"有什么困难尽管提，只要是有助于学习的，学校都会积极考虑"这句话的失望。虽然王为民实际上和学代会没什么关系，但是只要是学校的事情，自然而然都会归结到这个校长身上，这也是身为领导所必须要承担的责任。

回归宁静轩，坐在书桌前，感情和提案的双重失败打击着他。那天下着蒙蒙细雨，十一月的天气有些寒冷了，却仍不能算是冬天。

他独自一人上了天台,也不打伞,任凭雨点洗礼自己的灵魂。说起来,这还真是个"冷雨夜"呢。两个月来对于陈阳阳的追求落得的是旁人的讥笑与嘲弄,"癞蛤蟆想吃天鹅肉"的声音始终回荡在他的耳畔久久不绝。陈阳阳那迷人的脸始终挥之不去,可她那不理不睬的冷淡也令人心寒。从情窦初开到心如死灰,这短短两个月的时间,说长也长,说短也短。有时候上天台能看见龙文,两人似乎在那时是同病相怜的境况,也就自然容易结成朋友。也正因如此,他更加想不到三年后给他这一重击的居然是自己最好的兄弟,曾经的同病相怜和惺惺相惜变成了后来恶语相向,不是为了别的,只是为了那个女孩。不过在那天晚上,他倒是没有看见龙文,说不定那天龙文是躲在学校某个角落里独自饮酒吧。

吴承文对着悠悠苍天,把那两个月以来的爱与恨、罪与罚,是与非、黑与白,全部熔铸在那诗篇之中。当时,他只是即兴吞吐文字,而三年之后,他被龙文踢伤而不得已躺在病床上时,回想起这个夜晚,便给这首诗赋予了一个颇有深意的名字《秋水之寻》:

星空,装饰众人欢声笑语的寂寞,
留一盏孤独,给夜夜祈盼的过客。
远处的飞鸟想必早已归巢了罢,
他们习惯忍受生活的不堪,
却相拥在夜幕的温柔。

遥望天边,华灯初上,
多愿星空下的尘世也有长明的灯,
希望将被点亮,阴翳无所遁藏。

届时人们放下隔阂，坦诚相待，
自由平等将不再沦为一纸空谈。

可秋风裹挟的是萧瑟，
星光在萧瑟中渐欲阑珊，
他们也将睡去，消逝在飘渺的云霭。
总有人在黑夜中守望，
守望无法探知的孤独。
总习惯在孤独中思念咫尺天涯的人，
总在黑暗中，亲吻遥不可及的幻梦。
也想就此别过，权当过往云烟，
可就算雪泥鸿爪，也留下挥之不去的痛。

天边的层云翻涌起来，
秋雨是夜幕无言的泪滴。
眼角的晶莹化作不止的宣泄，
任凭雨幕冲刷眼前，
冲不淡这茫茫黑夜。
林间的鸟儿想必陷入惶恐，
浩大的声势扼住咽喉，
于是呼救也变为一场徒劳，
我们在这骇人的景象中挣扎，
人们选择了退缩，低头，
最终只剩下妥协与让步。
于是群星再也不愿施舍，

哪怕一点最弱，最弱的光芒。

夜已深沉，我苦苦追寻着什么，
伸出手，却始终无法触碰，
指尖分明只有风雨划过。

　　雨下大了，浇在少年的头顶，也浇在他的心头。他没有龙文那样的笔记本，能够随时把诗歌记录下来。当然，他也不像龙文那么高产，只是在气氛烘托到位和心境恰如其分的时候便吟诗一首聊以自慰。虽然被雨水浇灌，他却并不感觉有什么冰冷，只觉近些日子的苦闷都被雨水冲刷殆尽，顺着排水管道一起融入那黑暗之中了。他顺着杆子滑了下来，回到寝室的时候已是浑身湿透了。他连打了好几个喷嚏，琢磨着是感冒了。孟宇从蚊帐内探出头来："老吴，你怎么回事啊，又上天台了？"

　　"畅快！冷雨夜，独上高楼，望尽天涯路。"吴承文的声音带了些鼻音，"在雨中漫步，真也是一种奇妙的感觉。"

　　"不是，你是不是感冒了？"孟宇道，"赶紧吃点药，现在十一月，天气凉了，你这乱搞不给自己整病了？"

　　"老孟啊，你这么放荡的人想不到也这么在意身体健康？"吴承文略带讥讽地说着，"我这感冒事小啊，你老兄肾功能是不是还完好倒是真需要注意注意了。"

　　没有回音，吴承文也就不再说什么。他吃了包药，在床上躺下，却感觉无比的局促。小小的床虽温暖，怎能比得了冷雨夜之天地辽阔；宁静轩的楼顶固然清冷，却胜过寝室里温暖的问候和药汤。这是十六岁少年的梦想，遨游于天地之间，登高望远俯瞰世间万物，这是为什么而阐发的呢？是人性本身如此，还是事事挫败的必然结局呢？也未必吧，至少对于孟宇来说，拥有梦想的代价，是失去了追逐梦想的自由。

9. 回　忆

"他呀，"陈阳阳看着医院的方向，"你真的喜欢他啊？"

夏奇瑞的眼睛里有了泪光，许久才说："我说的是我的外公。他就是在这个医院里走的。"

"哦哦哦，"陈阳阳点点头，"是的啊，你又想到你外公了。那时候，还是高一下的时候吧。"

"对的。"夏奇瑞每每想起那天便会痛苦万分。生活给每个人都赋予了不一样的剧本，快乐和悲伤并存，那些欢乐的时光或许很多但也匆匆而过，而那些痛苦的回忆或许短暂，可能短得只有一瞬，但却有着无穷的魔力。这其中的道理，或许就和开学了感觉时间过得很慢，而放暑假的时间却飞快的道理是一样的。

回忆那天晚上的事情，的确令人伤心。这或许是老天的安排，夏奇瑞回到寝室的时候，就感觉身体有着些许的异样。可能是那两天因为担心外公的安危导致的饮食不规律，她本就虚弱的身体更加支持不住，回到寝室没多久就开始上吐下泻。陈阳阳就在一旁陪着她，陪她说话，听她哭泣，等着她被家人接走送往医院。

那时候，她和两年后一样，也是站在操场上的几乎同一位置，看着医院的方向，可那又是一种什么感觉呢？两年前的春天，高一下的时候，春日的夜晚很宜人，走在操场上散步本是一种惬意的享受，然而人性赋予的情感在痛苦的时候束缚着人们，让愈加深沉的东西浸润着少年的心。女孩子的心思本就是细腻的,在风雨飘摇的时间里,她们展现出与男孩子不一样的态度与心境。就像两次看向医院的方向,同样的人,不同的年龄,不同的事情,展现在外面的却是一模一样的容颜。陈阳阳的心,虽曾因为被欺骗感情而变得冰冷,却也在真心相待的人面前展现出火热的一面,因而显得格外动人。

夏奇瑞被送到医院的时候,已经是面色苍白了,她没有力气坐起来,就像被打了麻药的感觉,意识还是清醒的,但身体已经不受控制。她想到自己的外公也正在医院里住院,自己因为上学的缘故只有周末可以有空探望。曾经的忤逆和不屑,如今变成了深深的忏悔和苦楚。当老人家还能和她说上话的时候,她总是不屑一顾,甚至在大庭广众之下觉得丢人;可当她看到病床上奄奄一息的外公时,才回想起过去错过的时间,就像泼出去的水一样,消失在大千世界的各个角落里,唯独不在她的视线中。

后来她才知道,那天晚上,医生诊断她病危,而对于她外公的病情却有着乐观的估计。第二天早上,她好得很快,外公走得也很快。命运就是这样捉弄人,世事难料,有些事情就是这样神魂颠倒。令她最遗憾的事情是,即使是她得知了外公去世的噩耗,也不能见上最后一面,因为她自己被诊断病危,已经被安排进了病房,不允许离开半步。

龙文来看她的时候,她已经恢复了,自然也没有病危的意思,只是还吊着水。她就这样看着龙文在她面前哭泣,为她的病痛而揪心。这位独处般英雄式的人物,只在她面前展现出最为柔弱的一面。他在病床前待了很久,说了很多话,临走时他说:"我能摸摸你的头吗?"

"啊这,算了吧!我还病着,要是传染你了可不好。谢谢你,龙文,你是好人。我,我觉得……谢谢你,你真的很好。"夏奇瑞编不出理由,只能如是说。她本想说的是让他不要再喜欢自己,自己配不上他。但这又感觉很做作,并且会让他更伤心。越是真实的话越是令人心痛,越是虚伪的谎言越是给人以慰藉。真心的关怀往往是沉重的体验,虚无缥缈的蜻蜓点水或许胜过万语千言。人类情感的相通,或许仅存在于那表面的一点点,因而也就只有一点点的感情流露给人以最强大的冲击;而深入的交流和灵魂的共振,除非是本就相互契合,否则只能是相互纠缠,或者是相互伤害。

龙文微笑着,他很少有这种微笑。从初中开始陷入爱情漩涡,他便变得沉默寡言起来,除了有时候诗兴大发或者喝酒上头时会有长篇的言语,其他时间都只是只言片语。在和夏奇瑞的相处中,他或许早就想好了怎么说、说什么,可最终见面时却只能拿出十分之一来,事先预演好的一切都变得毫无意义。这是魔幻的现实,也是现实的魔幻;这是属于美好的回忆,也是属于痛苦的回忆。

夏奇瑞看着龙文的背影渐行渐远,最终消失在门边。她对于他,是种什么样的感情呢?是当作朋友相处,还是敬而远之呢?是互相伤害还是互相保护她不知道,她不知道龙文对她的喜欢究竟到了何种程度,只是因为龙文保留了太多。初中时的狂热追求随着中考的结束而告一段落,本以为将要分道扬镳,可是偏巧在高中又被分到了一个班级,龙文濒死的心又复活了。当她终于忍受不了他的追求的时候,她写信给他,告诉他自己的压力。正是这种纯粹的爱赋予的压力令她难以承受,他对于她的爱,就像特蕾莎对托马斯的爱一样,是软弱的沉重。她告诉他,她的压力,就像西西弗斯手里的石头,每当她稍微喘过气来,他却又重新压了上去。

从那以后,龙文便收敛了许多。不再写信,不再每天发消息,只是在远远的地方，欣赏着她特有的美丽。她或许感觉得到，也或许感觉不到，但她始终不敢和龙文开诚布公，始终隔着一层窗户纸在交流。

这种隔阂持续了三年。三年后，当她得知龙文在寝室里大打出手的时候，她就预感到事情和她有关。她本该去看看龙文和吴承文，但是高考迫在眉睫，她不希望因此而节外生枝。她的思绪回到现实，回到和陈阳阳一起散步的现在，她和陈阳阳拥抱，互相为对方加油，希望高考能给予一个满意的答案。她们继续走着，迎面看到刘君放也在散步，这位曾经献身学校改革的年轻老师，两年后也显得老练了许多。在历经世事变迁之后，所有人都做出改变，刘君放也不例外。人之所以不同，并不是有些人始终如一，而有些人总是变化无常，不过只是选择的改变方式不一样罢了。

10. 寂　静

宿舍熄灯时间的问题，吴承文并不甘心。而且，经历了失败之后，他或许更加坦然起来，也在不断尝试各种方式，试图解决问题。龙文倒是提出过建议，建议大家组织起来进行非暴力不合作，就和学校干到底。不过，更多的人，包括吴承文和孟宇在内，都认为事情宜小不宜大，主要是大家也都不愿意担这个责任，因此此事也就不了了之了。从此之后，龙文便和其他人保持了一定的距离，这种距离是无形的，是一种来自思想上的隔膜，或许也是不可调和的鸿沟。诸如感情问题，或许说开了就好了，但是这种问题，怎么谈似乎都是没有结果，反正只要没出事情，大家表面上也都和和气气的。

吴承文给校长信箱写过信，却仿佛石沉大海一般没有回音。他终日去往校长信箱的地方看着，终于有一天看到信消失了，理应是被拿去阅读了，可是等了一个月也没有消息，他实在是等不及，便放弃了这条线。其实，倒也不是等不及。他给陈阳阳的信，两三个月没有回复，实际上就是没有回复，和时间无关。王为民照常出现在校园里，吴承文却没有这个胆子直接上去询问，只能用校长还忙着，这个理由安慰自己。另一边的龙文倒是开始幸灾乐祸起来，按他的说法，这种情况早就是必然发生的结果。

吴承文站在天台上，和三年后一样，前面坐着的是龙文。那天夜里黑得吓人，已经是数九隆冬，两人都穿得比较厚实。当然，再怎么厚实也还是单薄的，穿的太多就不好爬杆了。不知道什么时候，那块"禁止向上"的标牌已经被雨水腐蚀掉一半了，变成了"向上"两字。这或许是上天想让学生们向上的意思吧。当然这个向上理应指的是学习的向上，而不是顺着杆子向上爬。

龙文已经不像开始的时候那么狂热地追求了。一方面是夏奇瑞给他的信让他知道了她的负担；另一方面是冬天的到来着实让他的胃病发作得更为频繁了，痛感也更加强烈了，肉体上的折磨让他更加疲惫，也就不可能再紧追不舍了。

吴承文的境况则更加糟糕些。陈阳阳不同于夏奇瑞，夏奇瑞对待感情生活的保密程度甚至强过孟宇，这在很大程度上给予了龙文自由发挥的机会。而陈阳阳对于喜欢自己的人毫不避讳，或者说她虽然不主动说，至少别人问起的时候不会避开而是实话实说，因此吴承文落下个"癞蛤蟆想吃天鹅肉"的名声，其实是有些喜欢陈阳阳但是又追不到的男生在造谣生事。谣言总是比真理传播得快，因此还没等吴承文自证清白，他的形象就已经毁在了谣言的手里。

龙文背对着吴承文，先开启了话题："你是找了个调剂品，结果盐放多了？"

"不只是放多了，还溢出来了。"吴承文苦笑着，"想干成个事情给自己转移注意力，结果不但没成，反而连败两次，真他妈的晦气！"

"刘君放都试了，不也废了吗，你个学生搞什么花里胡哨的。"龙文略带讥讽地说着，"钱有军直接否了你算是好的了，没给你听官话已经很不错了。"

吴承文沉默，失败或许是他早就该料到的结局。黑夜里几乎看不清人，也看不清物，即使借着对面育德楼的灯光，也依旧人鬼难辨。龙文不阴不阳地说："在这个地方看得清学校的全貌啊！"他顿了一下，接着说，"说实话，我也是很想干成一件事情。可总是事与愿违，情感和学业，总是纠缠着不放。和你说实话，我是一直想啊，在这个天台上，面对全校师生，吟诗一首。那种感觉，天地为庐、万物为宾，真快哉！"

吴承文笑着："读诗啊，真是一种奢侈啊！人文科学的没落，像我们这种学文的人将来想要混口饭，要么就是特别优秀，要么就只能迎合世俗。"笑着笑着，语气中透露出一股悲凉的感觉，仿佛茫茫天地少有容身之地。

"人文本不是科学，却只因科学占据了时代，就冠以人文科学之名。"龙文似乎有些激动，在黑夜中仿佛能看见他心中的那团火越来越旺盛，越来越激昂，激荡着青春少年的梦想，裹挟着惊人的力量。那种力量是属于十六岁少年的，在这样一个内卷和躺平争锋的时代里，破除内卷也破除躺平的时候，那就只能是为了梦想而呐喊的时候。

吴承文在夜色中点头，他并不完全同意龙文的说法，却自然有令他肯定的某些方面。一时间鸦雀无声，黑夜映衬着寂静，让人想

二、春夏秋冬

起梭罗《瓦尔登湖》般的贴近自然。站在全校的高处，和云层离得最近，和逍遥游也就离得最近了。两人就这样，静静享受着这片宁静，没有人打破它。没有人愿意失去这片刻的安详，因为在嘈杂的校园中，在这激流般的时代里，停下来仔细品尝一个无声的黑夜，拥抱寂静的声音，那是一种过于难得的机会。或许也就只有在这个时候，才能发掘出大自然赋予人类的最深层次的财富，那些超脱于信息文明之外的东西，才能有机会在科技巨轮的碾压之下，悄悄地崭露头角。

和三年后一样，吴承文也是先回了寝室。不同的是，他没有打招呼，而是选择保护这宁静的时间。他很聪明，因为之后的时间里很少有那种无声的时候了，这是天地自然与人类的完美配合才能营造出来的境界。至少三年之后，他就不可能作无声的告别，因为心中有别样的心事，所以不可能放松哪怕片刻。如今，尽管事与愿违，但始终都是纯粹的，是真实的，是不加修饰的痛苦。

又是一个人的时间，这次没有月亮相伴，龙文感觉到身后的人已经离开，他却没有要走的意思。冷冰冰的夜，微微作痛的胃，热泪盈眶的双眼，又是一个夜晚，又是一份思念。他把笔记本从阴暗处摸索着拿了回来，翻开来，用手感受着里面的温度。而另一边的女生寝室里，漆黑一片的寝室里，手机的灯光忽闪着，犹豫着，迟疑着。最终一条信息发出，灯光一闪，又是一片漆黑。

11. 探　病

在医院做了一次全面的检查之后，医生认为吴承文的腿并无大碍，因而准许他出院回学校。躺在病床上的短暂的时间，他的思绪飞扬在大千世界之外，或许是对于曾经立下的誓言未能实现而悔恨，亦或许是对于人性变幻莫测的困惑。

孟宇是第一个来看他的人，这倒令吴承文有些意外。虽说孟宇确实是这件事情的导火索，但是实际上与他也并无关系，倒是龙文，这位罪魁祸首至今也没能见到。孟宇见到吴承文的时候，吴承文的脸色还是有些惨白的，嘴唇也没了血色，眼神里的光也是黯淡的，着实有些凄凉。

"感觉怎么样？"孟宇问道，"不影响吧？"

"哦，还行吧。"吴承文没什么兴趣说话，但是人家既然来看望自己，也就不好太过于冷淡，"谢谢你了。"

"没事，同学间应该的。"孟宇似乎也有些神情恍惚，看着吴承文腿上的淤青还没完全消退，他想起的是初中时期如魔鬼一般的经历，那种痛苦或许在吴承文的身上再现了，那种肉体上的痛苦。

"你和她明明两情相悦，为什么不肯再进一步呢？这样拖着，你觉得就能解决问题吗？"孟宇接着上次的话题。

"你想知道为什么？"吴承文也来了兴趣，既然身体上没什么大碍，他倒是很想借此机会了解了解孟宇的情感历史，"那你先说说你是怎么知道这件事的吧，我可从来没和别人说过。夏奇瑞我知道，她也不可能和别人说。"

"那天下午你们在操场角落里抱来抱去，我看到了。"孟宇淡淡地说着。

"啥玩意？"吴承文有些震惊，"怎么可能，从来没有的事情！你小子看错了吧？"

孟宇看着吴承文说："兄弟，你脸色不太好啊。身体还不舒服吗？要不先休息休息。这些事情以后再聊，反正我跟你说，不管怎么样,所有的事情我都严格保密,从来没向别人说起过。"

"不不不,我身体没问题。"吴承文感觉其中有些隐情,而孟宇如此斩钉截铁地认定了此事,其中肯定有蹊跷,"是真没发生过这些事情。你是怎么看到的,你看到的是别人吧?"

孟宇摇摇头,回想着曾经看到的一幕:"不至于吧,虽然是在晚上,但是我这眼神还算是合格的好吧。两个人虽然只看到部分,但很明显的就是你和她。"

吴承文想接着说下去,孟宇却打开了话匣子。

"你知道有一个真心爱你的人有多难吗?错过了就是错过了,再也遇不到了,双向暗恋这种事情,如果不能在一起,那就是注定的悲哀啊!"看着吴承文腿上的淤青,孟宇似乎也被挑起了情绪,曾经的一幕幕都在眼前展现,"初中的时候喜欢一个女孩子,是别的班的,我就给她写情书,她拒绝了我。我就反复写,哎,那时候不懂事,写了算起来都能出书了。最后估计是她对我已经厌烦了,就当众把我情书扔了,还交了个男朋友,以为能堵住我的嘴。可是我那个时候估计是走火入魔了,死缠烂打不停下。可我不知道的是,她交的男朋友是个社会上的小混混。就那一天,我永远忘不了的那一天,他们六七个社会青年,就在我回家的路上,把我痛打了一顿,我的背上,背上……"他哽咽着,没有继续说下去。

吴承文沉默着,说不出一句话,良久,还是孟宇收住了情绪接着说:"背上的伤,现在还能看到痕迹。当时我不敢说我是被人揍了,他们威胁我如果敢报警或者和别人说就敲掉我的牙。那个时候还小,哪经得起这样的恐吓,我就一直没说,就和家里人说是那天下雨天路滑掉沟里给摔的。他们不信,但我坚持这么说,他们也就不好逼问什么。每每想到他们恶毒的眼神和蔑视的口气我就感到背后发疼啊！这几年，治安好了很多，估计是扫黑除恶一下子把他们扫进去了，我就没有再看到他们。可是那个女孩，那个我喜欢了好久的女孩，她挺惨的，本是想找个人让我死心，没想到被这么个混混勾搭，这小子一边说着喜欢她，另一边和另外的女人厮混在一起，鬼知道他们干了什么。她有时候就哭，还来找过我，但是我怕，我他妈的怕，我他妈的就是个胆小鬼。我没理她，怕报复……"

看着孟宇极力克制着情绪，吴承文愈发觉得眼前的孟宇和之前的孟宇判若两人。

"从此我就恨呐，恨我自己，恨那些薄情寡义的伪君子！"孟宇似乎打算把尘封多年的旧事一股脑地全说出来，就在这高考的前夕，就在这巨浪还未席卷之际。或许，如果等到高考以后，大家各奔东西，进入新的环境，所有人的历史都会显得模糊而不可渗透。有些人隐瞒自己的历史，有些人修改自己的过去，不是因为他们虚伪，而是因为他们害怕，害怕年少无知的错误重新被提起。孟宇也打算如此，本来想将自己的过去永远封存在心中，直到遇到那个真爱之时再完全吐露心声，或者也就永远不再提及。可是今天，看着吴承文淤青的腿，和自己梦想中的两情相悦的愿景，他似乎难以控制地想起了被自己选择性忘却的记忆。

"薄情寡义，你是说那个脚踩两只船的那个人？"吴承文感觉腿上的伤口隐隐作痛，遂咬紧了牙关，还是忍不住发出一声呻吟。

孟宇却没有注意到吴承文的异样，点点头说着："恨死了。如果她遇上的是一个真心对她好的男人，就算揍了我，我也不会怎么样的，毕竟现在想来是我自己死缠烂打。"他看了看吴承文腿上的伤又把话拉了回来："当然，打人嘛，总是不对的。就说这个龙文吧，再怎么喜欢夏奇瑞，也不应该打你……"

"薄情寡义……脚踩两只船……"吴承文闭上了眼睛喃喃说着,腿上的伤口愈发作痛起来。夏日的阳光明媚,照在所有人的脸上和心头。大地在多数的时候是喧嚣的,而学校在大多数时候是沉寂的,在沉寂中孕育的是什么呢?是属于少年们肆无忌惮的时光,还是依附在心头难以言说的种种不堪与不屑?

12. 蹊　径

又到了一年的招生季,学校的公众号和官网上又是清一色的宣传文章和视频。今年不同往年,学校花重金购买的高科技设备无人机派上了用场,把整个育德的航拍景观展现在社会面前。别看只有一台无人机,在宣传上可是起到重大作用的。所有看到的人都赞叹校园的美丽,尤其是毕业于 20 世纪 90 年代的父母们,更是纷纷感叹学校的设施实在是比以前好太多,要是他们在这样的学校里学习生活,那该会是多么惬意的高中时光啊。

刘君放也时常在校园里漫步,绿色植被近年来越来越多了,王为民主政之后更加强调生态校园建设,因此又有很多原本废弃的场地种上了新的植物,校园里的空气也由此焕然一新。

不过每当中午刘君放走过教室,看到刚刚入学的高一学生就在那里做午间测验的时候,他的心里总感觉不是滋味。自己读书的时候,虽然也辛苦,可是中午的时候时常会去操场上打打球跑跑步,或者去校园里各个角落瞎转悠,以缓解上午沉闷的学习带来的疲惫感。可是现在,中午的时间被占用了,学生们趴在桌上写着题目,整个教室一股颓废的风气,学生们就在这样一种卷起来的氛围中为了考试而不择手段。就说学校里的期中考试,因为做不出来题目就站起来怒撕别人卷子的事情不在少数，痛哭流涕破口大骂的也大有人在。若是高考的时候如此倒也能理解，毕竟是最为重要的一次考试，可是现在的情况是，随堂的一次小测验就能引发心理问题，家长们都认为是现在的孩子们太娇生惯养了，经不起一点点挫折。可身在教育第一线的刘君放，却认为是学校的某些管理措施导致了学生心理的压力。

由此便引发出他的第二个思索——对于考试的反思。一次月考要占据大量时间，还要换教室换座位考试，频繁地给予学生不必要的压力；另一方面，月考打断教学进度，有些急功近利的老师为了月考就只重点强调月考要考的内容，而不是把高考作为唯一的目标，这样的考试刘君放认为没有意义。

再者就是体育的问题。自从国家严令不许取缔或者占用体育课之后，占用课程的现象倒是少见了，可是其他额外的体育活动比如篮球赛或者体育界之类的项目，都被削减了，这点令刘君放十分不满。本就热爱体育运动的他，非常喜欢和学生们在球场上一决高下，可是就这点爱好，现如今实行起来都显得有些困难。不知怎么的，一方面是学校组织活动的次数不多；另一方面是学生运动的热情在不断减退。

曾经向副校长提过建议，但是被一堆官话挡了回来，他就干脆直接找王为民。不过既然要见校长，就必须把功课做足些，免得再吃闭门羹，就在他仔细思考字词句读的时候，吴承文走进了办公室。

"小吴啊，有什么事情吗？"刘君放问道。

"刘老师，我听说之前您的建议被否决了？"吴承文本不知道这事，上次龙文提了之后他才去打听的。

"是的。"刘君放没打算避开这个话题，"当时没准备好，随口一提,可能领导也没在意吧。这次我是打算正式地提出建议了,取消中午的午间测验、减少大考次数、增加体育活动。这三点,我觉得迫在眉睫了。我打算直接去找王校长谈这些问题,希望有所改变。"

吴承文打心底里佩服这位没比自己大几岁的青年教师。相比起许德的老成持重,他倒是更欣赏这位颇有冲劲的老师。其实在学校里待了九年——九年义务教育,吴承文的心里可能也知道有些事情注定没有结果了,但是却仍渴望一试。所谓"知其不可为而为之"恰恰是所有还未被打磨过的少年的最纯粹的心声,而刘君放在成为老师后还能持有这样的拼劲,那是真的不容易的。

"老师,既然如此,我有个事情想请您帮忙。"吴承文说着,把那封放在校长信箱里的信的复制版本递给了刘君放,"学代会提了,没过;校长信箱投了,这眼看都好几个月了,寒假都过了,也没消息。但是这是个关乎学生的大问题啊,学生们意见很大,您看看。"

刘君放浏览着这封不算短的信件,里面将理由和原委讲述得非常清楚,不禁暗暗点头。"小吴啊,你可以啊,脑子清楚得很呐!行,这是个问题,说实话你不说,我根本就不知道,自己的事情要自己争取,你既然这么认真地去做了,这个忙我帮。"

吴承文点点头,心中已经几乎被浇灭的火焰,又重新燃起来。有了刘君放这个跳板,直接面呈王为民,那事情就可能会发生反转。这个另辟蹊径的做法至少有了取得成功的可能,若真是这样,他这些日子以来的失落就能得到弥补,那《秋水之寻》中所描绘的"希望将被点亮"就"不再沦为一纸空谈"。少年的心终究是难以被打败的,那种渴望胜利渴望成功的热血,千百年来就不曾变过。

回班级的路上,迎面碰到许德。这位四十多岁的学者在步入中年后就成为了圣人的门徒。吴承文一向很尊敬他,见到其他老师他只是问好,见到许德他除了问好还会微微鞠躬。这自然不是我们这个时代打招呼的方式,却是表达他尊重的一种途径。

许德问他干什么去了,他本想实话实说,但是一转念间就想起许德对他所说的"早睡早起身体好"的高论,便改了口:"啊,我去找刘老师问些政治学科上的问题。"

"好啊,有问题多提问,有好处的。"许德拍了拍他的肩膀,做出了肯定的答复。

春日的阳光从窗户洒进来,给心境复苏的吴承文来自自然的慰藉。顺着窗户能看见行政楼上"崇真尚实"四个大字显得赫然醒目,吴承文露出了久违的微笑,或许能够微微缓解那来自陈阳阳的冷漠。长达好几个月的冷漠,就像校长信箱给他的回复一样冷漠——无有回复。倒也不是斩断了,也是每天有一句没一句地聊着,这种感觉真是煎熬,由爱生恨的道理,其实就蕴含在其中,或许他已经不再喜欢,或许他的喜欢已经变成了执著。

13. 告 别

周五,夏奇瑞在回家的路上,眼角的余光看到了龙文似乎在尾随着。这已不是什么新鲜事了,四五年来皆是如此,如果换作任何一个其他人,她都会义正言辞地给予警告,或者严正地要求他不要再做这种令她十分厌烦的行为。

可偏偏这个男人太爱她,在她胃疼的时候把自己的药给她吃,在冬天的时候每天都提早给她买好早餐,在她哪怕有一点点不开心的时候出现在她的身边。虽然每次她都很礼貌地说谢谢，更多时候也会退回早餐，退回药物，也告诉他不要再给予自己太多的关心，可是他却似乎不愿意退，每次说要退，也都是退在一旁，而不是斩断关系。

高考的负担压着她，每天晚上，都感觉有做不完的事情。作业越做越多，越复习越感觉复习不完。就像许德所说的那样，越是深入研究一个问题，越是感觉这个问题没有被研究透。其实这个道理苏格拉底讲过，也被传唱千年。数不清的文字和题目在眼前飘过，这还只是属于学霸的担忧。纠结的情感问题挥之不去，那就是属于她自己的，私人的忧虑。

梅雨季过去之后，空气变得好了许多。温度渐渐上升，伴随着高考的临近，人心也在悄无声息中发生着微妙的变化。即便是龙文这种如此桀骜不驯，看似毫不在意高考的人，到这种时候，也感觉到了巨大的压力。就算是在回家的路上，夏奇瑞也难以不思考语文数学和英语，只是有时候龙文的影子会突然冒出来打乱她的思绪。

她脑中浮现出吴承文的影子来，原本在班长竞选时觉得这家伙脑子有些轴，可是当龙文给予的压力实在大到让人难以解脱的时候，她去找了吴承文。那个时候，因为她给龙文的信告知了她的压力，龙文已经收敛了很多。但众多的事情，包括班级和学校的事务，以及学习上的些许压力让她实在不堪重负。而吴承文恰恰是在学代会碰了一鼻子灰，刚在天台上和龙文享受完来自大自然的宁静的时候，手机里就跳出了夏奇瑞的消息。那天晚上，两个失意的人聊了很久。火花就是在这样一种机缘巧合中产生的。

那个高一的冬天，夏奇瑞常常在深夜里哭泣，虽然外公有时候会给她打电话问候，但她却几乎从来不接。她不接的次数越是多，外公去世以后她的悔恨就越是多。至于为什么找的是吴承文她不知道，她相信是缘分，是上天的安排，是有意而为之的。以至于当外公去世的噩耗传来的时候，她还躺在病床上，但她第一个想到发消息的人，就是吴承文。吴承文没有来看她，是她阻止了他，目的是谨防流言蜚语。初中时期有一段时间，因为龙文的追求给她带来的流言蜚语实在令她伤心，她愿意相信那不是龙文找人做的，可是谴责她不近人情、钓着龙文的说法人尽皆知。她受不了这谣言的污蔑，却因为中考的缘故无暇理会。当她某一天想着要为自己的清白正名的时候，才发现初中同学已经散去，人去楼也空，早就没人再传谣言了。

其实，外公去世那天，她倒是希望吴承文来看她，但是又不希望他来看她被别人看见。吴承文却完全没有意识到这一点，只是谨遵夏奇瑞所说的"低调"行事。这种低调和有些暧昧的关系持续了挺长一段时间，吴承文却对这种关系似乎浑然不觉。在高一的暑假他彻底放弃了对陈阳阳的追求，却也没有将热情再用在爱情上了。其实，早在高一下后半段的时候，吴承文对于陈阳阳的感觉就已经变淡了。

越是想得多，就越是累，越是认为讲清楚搞明白了，就越是感到困惑和迷惘。夏奇瑞的回家之路，就充斥着思绪的万千飞扬。女孩子的脑袋里，总是充满着不一样的智慧，也是和男人不一样的心思，许许多多矛盾的心思只有你彻彻底底看透一个人的时候才能发现这些想法的合理性，可往往人与人之间无形隔阂的产生，就是在尚未彻底看透一个人的时候就放弃看透一个人，而已然根据自己片面的认知对她或者他贴上了标签。

眼看着夏奇瑞就要进小区的门，龙文追了上来。纠结许久，他还是选择把该说的事情说出来。

"瑞瑞,我不知道我应不应该这么叫你,不过,其实我是想,快要毕业了,我给你准备了些小礼物,我打算过两天给你带过来。"龙文的声音很弱,既是因为他胃病又发作了,也是因为他在事后也觉得宿舍里对吴承文的暴力行为是不正确的,却没有勇气去找他道歉或者补救,毕竟他心中的傲骨还是认定夏奇瑞对自己的不喜欢可能和对于吴承文的喜欢有着不可分割的关系。尽管这个信息还有待查证,但是他似乎已经默认了这一点,因为如果是这样的话还算是为自己失败的感情经历找到了理由,但如果不是这样,那就连一点理由都找不到,只能找到自己的失败上去了。而对于本就狂傲的龙文来说,承认自己的失败,或许在嘴上可以,但在心里是永远不可能的。

"哦哦,那真的是谢谢你啊,龙文。"夏奇瑞其实想拒绝,但又不知道如何拒绝,只能答应,不过这个答应的语气其实已经代表了她的态度。龙文也听出来了,这种语气他已经听到过无数遍,每次这个语气都会将他逼退,不过这一次,他是真的下定了决心。

"周日可以吗,我知道你不想在学校里留下什么流言蜚语。要不就在鸿江边上的步道,我把礼物带给你吧。然后……然后……然后我就……我就不会再来打扰了。谢谢你。"

龙文强忍眼中的泪水,也不等夏奇瑞再回答,转头就消失在她的视线之中了。或许是吴承文的加入给了他最后一击,也或许是常年的酗酒真的消磨了他的斗志,更可能是宁静轩的天台有着魔幻般的力量。不过,令他没有想到的是,准备了那么久的话,想了无数个日日夜夜,最终说出来的时候,倒是显得云淡风轻了。

14. 进　言

　　作为一校之长，王为民是个大忙人。他是安排了好大一会才抽出一些空闲时间接见刘君放的，而且说得明白，时间控制在半个小时以内说完。

　　刘君放来校长室的次数很少，距离上次来已经有了一大段时间了，之前也从未仔细观察，这次他倒是留了个心，想要仔细看看这一校之长的办公室有什么不一样的地方。

　　育德楼的七楼是校领导办公的楼层，大约还是取自"七上八下"的寓意。两个副校长室的门十分显眼，校长室和党总支书记的办公室要往里面走一些，而且隔着一扇玻璃门。玻璃门里面是两位领导的办公室，各有一扇雕刻着不一样图案的木门，这里说的不一样，是相对于学校别的地方的门而言的。王为民是校长兼书记，两间办公室里坐的就他一个人，也就没什么区别的必要了。刘君放想起了近些时间在学生之间流传的一首小诗：

　　　　子民先生修教育，
　　　　高尚儒者风韵存。
　　　　而今风云江山易，
　　　　却见育德玻璃门！

　　刘君放心想，这玻璃门想必就是眼前这扇不大不小的门了。这扇门一般情况下是打不开的，需要刷校园卡才能进。刘君放好奇，试了试自己的卡，发现进不去，想来只有校领导的卡才能进去。当然，副校长的卡能不能进去那就不得而知了。这个玻璃门进去之后有一些空间，再往里面才是两间办公室的木门，或许是这样一来在外面敲门的话，在办公室里的校长根本就听不见，也就少了许多烦心的事情。

刘君放暗自诧异，自己的爷爷刘国定当校长的时候，可没有这玻璃门啊。小时候有一次随爷爷来学校里玩，他还清晰地记得，那时候育德楼还没像现在这样宏伟，整个学校的规模也没有现在这么大。刚进校门的时候，刘国定就指着校训给他看："君放啊，你看啊，'崇真尚实'，多好的校训呐！爷爷希望你以后，也成为崇真尚实的人，一辈子光明磊落，做堂堂正正的人。亚里士多德说过，吾爱吾师，吾更爱真理，这即是崇真。将来长大了要为祖国建设出一份力，要脚踏实地工作，这就是尚实啊！"那时候还小，这些话听了个似懂非懂。等年纪大了，爷爷也退休了，也就没有机会再来学校里参观了。后来作为老师的身份再次踏入育德高中的时候，教学楼已经是大翻新，校园面积也扩大了不少，而青年刘君放的心胸也更加博大。因而，每次看到育德楼上高高镌刻的校训时，他都能想起爷爷的教诲，想起他那慈祥的眼神中透露着的殷殷期盼。

刘君放在玻璃门前等着，王为民亲切地请他进来。校长室的装饰很朴素，办公桌后面一整排的书橱里堆放着满满的书籍，墙上挂着的相框里的照片，是当年的老校长刘国定和时任市委书记握手的合影。

王为民让刘君放坐着谈。刘君放这回留了个心眼，鉴于上次和副校长的对话经验，他对于接下来可能发生的一些事情有了准备。既然做了准备，就不可能再在同一条阴沟里翻船，因此他在一开始就提出了要公开录音的请求。王为民看着他，微笑着点点头："好。"

刘君放开门见山，把三点意见一一罗列出来。他斟酌了许久的说辞，就像是背诵一样行云流水，加之是学政治的出身，口才也是相当的好，十五分钟时间，把午间测验、月考和体育活动的事情讲了个清楚明白。

实际上，他对于艺术课程、实验室开放、图书馆使用问题以及学校的其他活动之类的事情也有自己的看法，但是思量下来认为若是一股脑地全说了，那操之过急可能适得其反，因此也就没说，只是把这三项他认为最为重要的事情先说了。讲完之后，又把吴承文的那封信递给了校长："王校长，宿舍熄灯的问题我看也刻不容缓了，这是影响到学生学习的大事啊。"

王为民听完刘君放的长篇大论，点点头："午间测验的问题，有道理的。不过也不能操之过急，一下子全没了不好。要慢慢来，可以考虑减少。

"月考，这个是老传统了吧，我看我们兄弟学校也都在搞，你这说取消就取消，我看不妥。而且老师们是什么意见呢？这个也讲不清楚的。我们不搞特立独行，和兄弟学校的联考有助于全面比较，排名也更有意义，这样的机会，不能错过。

"至于体育活动的事情，我们要给学生充足的活动时间，教育部也有明文规定学生每天的体育锻炼时间不少于一小时。不过我看根据这个标准，我们学校的体育运动时间是充足的啊！我们每周有三次体育课，每天早上有出操升旗的项目，每天放学学生也可以运动嘛！

"宿舍熄灯时间的问题，等下次家委会开会的时候，和家长们商议商议，这件事情家长们签过字的，学校不好越过家长直接私下作决定。"

沉默片刻，王为民又说道："年轻人，有问题是好的，但也要考虑到实际情况。有些事情学生们不懂,你应该懂,要顾全大局嘛。合理的意见我们一定接受,改革永远在路上嘛。有些事情,不能一厢情愿。好了,今天就到这里,我后面还有个会。"

"校长,这……"刘君放还想说什么,王为民却没给他说话的机会,刘君放只好说:"好,那校长您忙,我先走了。"

出了玻璃门,门口的绿植散发出的清香让空气好了许多,刘君放才感觉那沉闷的气氛有了些许缓解。来一趟校长室,除了午间测验的事情有了说法,其他依旧是陈词滥调,这令他很不满意,连续两次的碰壁让他实在不甘。其实,他提的意见都是学校宣传片里提及的,他只不过是想让那吸引人的宣传真正落地罢了,可是为什么却那么难。想起每天上班一进校门就能看到的"崇真尚实"的校训,不禁心中一阵心酸。刘君放想,不知道当年爷爷刘国定在任的时候是什么样子。

15. 解 脱

孟宇看着吴承文的脸色有些不对,赶忙问道:"老吴,你怎么了,腿上的伤还没好?"

吴承文咬着牙,脑中那个"薄情寡义"的声音始终在嗡嗡作响,好一会才停下来,腿也不疼了,只是感觉身体实在虚弱。"还好,应该没啥的。老孟,多谢了。"他顿了一下,犹豫着还是说了,"这三年对你总是有些芥蒂,实话实说吧,我从来没相信过那些流言蜚语,和你有关的那些屁话,不过要说不受影响也是不可能的,可能就这样有了隔阂吧。不过我倒很好奇,你在感情上的放纵和你在规矩上的保守显得大相径庭啊。"

吴承文其实早就对此感兴趣，之前一直没有机会说出来，但是眼看就要分别了，又得知了孟宇初中时的故事，倒是真的更有兴趣交个朋友了。对此，孟宇倒是没有准备，他来看吴承文只是出于负责任的态度，毕竟说起来这件事情也是由他引发的。他虽然不用负责任，但也不想撒手不管，说着说着，倒是自己先把话都说了出来，而且还是对着一个并不特别熟悉的吴承文。可能也不是，三年来，吴承文虽然从未和他有过过深的交往，但是也从未因流传的风言风语就对他另眼相看，还是保持着良好的关系的。这可能就是他潜意识里认定的可以对其吐露心声的人。

短暂的沉默后，孟宇笑着说："行，今天就开诚布公一回，反正再一个星期就可能见不到了，高考完，鬼知道大家都去了哪里。不过，君子协定，我说了我的事情，你也跟我说实话，那天晚上，你跟哪个女的抱来抱去，我不会看错的，肯定是你小子，而且另一个人就是夏奇瑞，虽然你死不承认。"

"好好好，你说，你先说，说完我再说好吧。"三言两语倒把气氛活跃了起来，"我也可以告诉你，你是真他妈的看错了。要真是这样，我这腿上的伤，你得负全责。"

孟宇听他的语气已经是在开玩笑了，便拍了拍他的肩膀，说道："好啊，我负全责。你知道那种心理阴影，就是被人打过的，不是你这种就被踢了一脚，是整个背都被打，全是淤青，我现在看你这腿啊就想到我的后背，也是这样，只不过不是一处，是全部。

"可能就是那时候我变得守规矩了吧。这种守规矩是被迫的，可能我潜意识里就觉得，守规矩了就不会被人打，守规矩了就可以保护好自己。所以无论是食堂问题还是宿舍熄灯的那个事情，你和龙文还有刘君放，你们搞得起劲，我是一点没参与，因为我下意识觉得可能会惹麻烦。并且我也认为守规矩是正确的,而激进的闹事破坏规则是错误的,这个观点的由来或许也和我的经历有关。但是其实,我也是狂放不羁的那种,只不过都是在规则之内,或者在规则之下,绝对不可能和规则对着干就是了。

"所以以前总是和龙大学士争辩,其实我倒也不是要辩个什么出来,只是为了自己的选择找一些理由罢了。当然这不重要,对于规矩是否应该遵守这个命题,也很值得进行辩论。我是觉得,还是马克思厉害,辩证法是能解决几乎一切问题。扯远了。

"不过对于情感问题的所谓放荡,不过是找寻安慰的一剂药方。如果我没猜错的话,你在大肆的搞宿舍熄灯问题的时候,并不全是出于你自己的需求或者是大众的需求吧,很可能有来自于对于情感问题失败的调剂在里面。"

"你老兄看问题是透彻。"吴承文点点头,"确实,不想承认哈哈,但是也没什么了,毕竟已经是历史了。我是从其他事情上寻找爱情的调剂品,而你是从爱情上寻找其他事物的调剂品。"

"也不是其他事物,大部分还是爱情啦。"孟宇喝了口水接着说,"写的情书被人扔了,还被人打,那种伤痛是刻骨铭心的。可能从此就变得脆弱了很多,到了高中,陌生的环境陌生的人,更加令我恐惧了。所以在校外寻求感情上的慰藉,而且还不敢太认真,就是怕悲剧重演,我即使不会再被人打了,可是若是因为用情至深却换得他人白眼,我可能就接受不了了。那种死皮赖脸的精神没了嘛,那就变得恶俗了。

"有时候我恨自己,但是又解脱不了,十三段恋爱,只是用人来填补空虚感。因为痛恨脚踩两只船,我从来不多管齐下,这你可以相信我的,这是我的原则。这就像毒品一样,吸上瘾了,戒不掉了。

嗜，不过和我谈恋爱那几个人里面，也没几个好鸟，大部分都是社会人，互相利用罢了。所以，我从不找学校里的人，我既不想给人抓住实际的证据，也不想欺骗那些真心实意的人。所以学校里那些谣言都是假的，我就不会在意它们，随他们去编。封口三年的事情，也不知怎么的，就一下子想全说出来了。

"所以说，放荡与放荡，是不同的，形式不同。我的放荡和龙文的放荡，说白了都是为了解脱而已，这又是相同的，内容相同。酒和感情都一样，不会让人醉，只是人自醉而已。"

孟宇长长叹了一口气，这么长时间憋在心里的话终于一下子倾泻而出，这或许比情感的调味来得更猛烈和彻底，算得上是一种解脱。一种对于过去的自己的解脱，一种纯粹的释放。他的脸色好了很多，笑着说："老吴，轮到你了，你说说看。"

吴承文还在犹豫，就像那天在天台上在龙文面前的犹豫一样，他如今还是犹豫着的。只是，两次犹豫的事情不甚相同罢了。良久，他字斟句酌地说道："我说了你肯定不高兴的，你确定要听？"

"不高兴？"孟宇疑惑道，"我又不和你抢，你以为我是龙文啊，早没他身上那股子劲了。说真的，他还是很牛逼的，不说感情上的执著，就说宿舍和食堂那事情，我一个局外人看得可清楚，他可是起到关键作用的人。虽然最后解决问题，还是你老兄技高一筹。"

"确实。毕竟我还是很厉害的嘛！"吴承文点点头，笑着说，"可惜这小子太不爱惜自己的高考了，不然考个好大学，他施展的空间就大了。可他偏偏要在高考制度下展现自我，那有些可惜的。"

"说到高考，我才是那个真正放弃的人。不说这个，我看你在岔开话题。"孟宇道，"快说你自己。"

沉默良久才有回音。

"不，严格地说，我应该就是脚踩两只船。"

16. 出　游

当夏奇瑞提出要和吴承文一起出去玩的时候，吴承文着实有些吃惊。和早就游荡于情场的孟宇不同，吴承文唯一的感情经历是对于陈阳阳的失败追求，女生的邀请对他来说可是第一次。他很欣然地，又略有些紧张地答应了。自从那天晚上夏奇瑞主动给他发消息以来，两人聊天的频率是很高的，不过无论如何都是朋友的关系。吴承文心里还装着对陈阳阳执著的喜欢，只是那种感觉已经在悄然之间发生了微妙的变化。

正值高一下学期接近尾声，刘君放进言失败，所有问题都悬而未决的时候，吴承文那刚刚被点燃的一点激情眼看着就又被浇灭了，加上燥热的天气一天比一天邪乎，这心境的低落是可想而知的了。而夏奇瑞自从外公去世以后，始终处在悔恨和焦虑之中，也急需一个人在她身边陪着她。

两人在江边漫步。鸿江是鸿清市唯一的一条大河，将鸿清市一分为二。据说当年育德高中选址的时候，曾有人建议临江而建，说是水边环境好，空气清新，还没车。后来跨江大桥建起来，经济又蹭蹭往上走，遂车水马龙起来，才庆幸当初没有选在这河边上。临江步道是政府的项目，沿江十几千米不搞大型商业，只作市民健身散步之用。两个心境不同但都是一个"苦"字的年轻人，就阴差阳错地走在这并非专为年轻人设计的场所。

夏奇瑞说起自己前男友的故事来。那还是在初中的时候，一个苦苦追了他三年的男生，在最后的时候征服了她，促使她和他在一起。"没敢跟龙文说,他到现在还不知道。"夏奇瑞有些忧伤地回忆着以前的事情,"不过一个月就分手了。现在我还是一个人,以前想家的时候还能给他打个电话,他就会来安慰我陪我说话,以前还有外公……现在,现在他们都走了……"

"我不是在的吗。"吴承文有些紧张,但所有的语言都是自然流露出来的,这似乎是个悖论,越是想怎么说话,越是说不出来,最后只能随性而说,说不定冒犯了别人,说不定就恰到好处了。

"和你出来玩真开心。"夏奇瑞笑起来,那真是绝美的样子。略带凄苦的神色,苦中有乐的那种表情,真的是恰到好处,这种样子只属于十六七岁的青春少女,令所有见过她的男人都魂不守舍。吴承文没有魂不守舍,他告诉夏奇瑞自己对陈阳阳的喜欢有多深:"给她写了信,手写的,她看了,手机上给我回的,一句话'谢谢你,你是个好人',然后就没有然后了。教室里,我就坐在她后面,看着她的背影,准确说来是,头发,能看上好久。有时候她上课起来回答问题,我就仰着头看她,要不是同桌提醒我,我浑然不觉。就这样眼看着一个学年就要过去了,她还是那么美,我呢,一脸痘,晚上想太多了,精神就一直不算太好。"

"你的爱用一个词来说,叫深沉。可是现在的女孩子都不喜欢深沉的,用情太深了,反而适得其反,压力太大,没法接受的。"夏奇瑞说着说着就想到龙文,"龙文啊,他挺好的,可是……哎,太执著啦!可是大概喜欢我的人里面,也就只有他不是脚踏两只船的。我最恨的就是那种,同时喜欢不止一个人的那种人,那种人真是可恶。……要不,你陪我,喝喝酒?"

"这,啊,好啊。"吴承文有些吃惊,但他还是同意了。与其说同意,不如说是不知道怎么拒绝,夏奇瑞的大眼睛有着让人无法抗拒的魅力。对于吴承文来说，他可能早在看到她的第一眼就动了情，尽管他自己并不承认。动不动情可能还在其次，但说到"拒绝"两字的时候，没人可以否认，拒绝这样的美女的要求，得有多大的勇气啊！

吴承文以为她要去酒吧，可是夏奇瑞的意思只是从便利店里买了点度数很低的水果酒，找了个江边的长椅，两个人喝喝酒聊聊天。吴承文逐渐不再紧张，可能是酒精的麻醉作用让他不再瞻前顾后，也可能是纯粹的友谊令人放下戒心。没错，吴承文想，这是一种纯粹的友谊，异性之间的纯粹友谊。他看着夏奇瑞，夏奇瑞也看着他，眼神交流中保持着应有的克制和恰如其分的和谐，是不带有感情的，因而更加纯粹，更加独特而令人陶醉。

"你看，如果你和陈阳阳也能是我们这种关系的话，该多好啊。"夏奇瑞笑着说，"这样你们就可以时常出来玩啦，而不是她感到烦、你感到累了。"

"可是，我们……我们吵了一架了。"吴承文似乎感到很愧疚，和心爱的女人吵架不是他的本意，可当他看到陈阳阳和别的男人谈笑风生却对他不理不睬的时候，积压了数个月的苦痛还是忍不住爆发了。"我不敢当面和她说，我就逃了晚自习，先跑回寝室，躲在被子里给她发了消息，我问她：'为什么不找我说话却找别人？'晚上她给我的回复是：'我和你之间，有什么必须要说的话，我没有说吗？'我就不知道该说什么了，但是还不肯认输吧大概，然后就胡搅蛮缠起来了……"

"笑死了，哈哈哈。"夏奇瑞和他碰杯，"你好傻啊，你是真的直男癌。不过我看你和我聊天挺自然的啊，看来是一遇到动情的人，就啥都说不出了吧。"

"其实,大概吧,"吴承文不愿承认在她面前还是有些许紧张的,只是在夏奇瑞的调节下这种紧张的感觉无形中缓解了。这种看似毫无理由的东西恰恰是最吸引人的魔幻之处,吴承文半晌又说出一句:"我发过誓,要喜欢她十年。现在过了几个月,还有好长的时间。嘻,不说了……和你出来玩真开心,你真好。"

"哈哈,你也好啊,来我们干杯。"

觥筹交错,笑声代替了哀叹。夏奇瑞拿出一个八音盒递给他,说:"初次出来玩,就当我的见面礼啦!"

"啊这,可我,我什么都没带……这怎么好意思?"吴承文有些不知所措。

"没事,以后有的是机会,下次再还。"

吴承文点点头,接过八音盒放进了包里,这一放就是两年。华灯初上,月影斑驳,晚风轻抚,看那鸿江始终在不停地向前奔流,无论四季交替时空变化永不停息,就像一个个少年人的心境,也在随着时间不断的前进中,不断发生着微妙的变化,直到永恒的明天。

17. 吟 诗

龙文转身离开的时候,几乎是强忍着眼泪的。的确,放弃四五年来追逐的女孩,这是一种多么痛苦的经历,可当那句话最终说出口时,事情又显得那样波澜不惊。他又来到鸿江边上的健身步道,这是他时常来的地方,与一般情侣结伴而行不同,他总是一个人来,而且有时候一坐就是一整夜。有时候也倚在栏杆上,在笔记本上写上两笔,有时候就静静地享受一个人的时间。

孤月高悬,月光洒满鸿江的江面和整个健身步道。龙文看着人流逐渐变多,又看着人们纷纷离去,就像看电影,开端发展高潮结局,最后,只剩他一个人,享受着这偌大的黑暗。他想起一位大作家曾经有一篇《我对黑暗的柔情》,现在,他深深感到,是黑暗给予他的柔情。龙文或许习惯了享受死寂带来的温暖,每个周末给夏奇瑞发消息却许久得不到回应的时候,每次写信被退回还附上一些安慰的话语的时候,若是不能到宁静轩的顶端和云共情,就来这午夜的江边让黑暗和寂静给予温暖。

拥抱黑暗是一种能力,或许是被迫的,但也是美好的。他站了起来,顺着江边的步道一路向前跑着。回首间,看到的是自己多少年的人生路啊,是食堂里撕心裂肺的嘶吼,是宿舍里秉烛夜行的浪子,是自己诗人的理想,是自己对夏奇瑞的爱。他的十八岁年华就这样在无尽的奔跑中即将画上句号,他不知道高考之后的自己,还能去做什么,失去了学校的庇护,走向大学走向社会的自己,还能不能如此"不羁放纵向自由",浇灭了一团爱情的火焰还能不能再燃烧,能不能啊?这些无数的问题涌上心头,放荡与克制、呐喊与彷徨、黑暗与光明,他或许想过,却每每想到的时候,就不自觉地停下来。他害怕,害怕自己的未来,害怕年少无知不能再成为犯错的理由,害怕许多他不承认的事情实实在在地发生着。迎着微微的江风,在奔跑中的少年寻找着自己的道路,用诗一般的文字给自己的十八岁赠礼。一个星期之后,当他和孟宇坐在江边的咖啡馆长谈的时候,他给自己的诗命名《夏夜之梦》:

夏夜的风,
夏夜的月,
奔跑的旅人,

行走的时光，
匆匆忙忙一步不回，
拥抱黑暗的光明，
恪守彷徨的呐喊。

我度过我的青春，
是多么蹉跎的岁月，
也是充满激情荡涤的，
这一生中，仅有一次的，
夏夜之梦。

本该是最美的时光，
本该是最好的年华，
而我，仿佛在痛苦中自我折磨，仿佛在地狱中苦苦修炼。

当旁人报以讥笑的目光，
当灵魂发出撕心裂肺的怒吼，
当满腔激愤化作无尽冰霜，
多少人臣服于现实的残酷？

曾经纯真的情感，被一一浇灭；
曾经真诚的心灵，被蒙上阴霾。
诗人笔下浪漫的爱情已是浮云，
作家笔下美好的情谊似乎也渐行渐远。
我不得不接受这个事实，

却又不想屈从于黑夜的魔爪。
于是点燃一支蜡烛，
微弱的光，前行在满是泥泞的街道上。
步履蹒跚，无依无靠。

其实，我只要扔下那蜡烛，就能融入这黑暗，
然而天生傲气让我妄图对抗天地，
让我更加握紧了蜡烛。

我所坚守的那一点厚重，
我所珍视的那一些孤独，
却成了旁人眼中的痴人说梦，
曾多少人劝我扔掉那蜡烛，
加入他们的队伍中去，
我始终不曾放弃。
也不愿放弃。

因为我相信，也会有另外一个拿着蜡烛的人，
祂也受尽众人的不解，
祂也选择不放弃，
祂也坚守心中存有的，那属于人类最本质也最真诚的感情。
我相信，我会遇到祂，
而我们的蜡烛虽不足以照亮他人的梦，
但足以照亮对方的路，
我的路，祂的路，

还有那属于我的夏夜之梦。

因此我忍受痛苦，因此我愿意等待。
我始终相信，
痛苦终会变成财富，
痛苦使我更加强大，使我的蜡烛更加明亮。
痛苦不足以摧残那小小的火焰，
只因我心中有灵魂，
向往真诚善良与纯真的灵魂。

江水在咆哮，
是生命在激荡，
是梦想在扬帆！
夏天的火助我一臂之力吧，
因为那梦想的火焰是多么脆弱和渺小。

我渴望时间的救赎，
渴望天地的震颤，
我奔跑在世界的尽头，
充满着未知和疑惑。
不曾忘却曾经的年少轻狂，
只因还向往没有酒精的时光，
坚守爱情的责任，
渴求灵魂的抚慰。

夏夜之梦，

我将灵魂寄托给你。

我的生命因为梦想而灿烂，

我的世界因为奔跑而绽放！

吟罢，他仰天大笑，停下奔跑的脚步，回转身去，对过去一路跑来的自己作别。夜，到了最深的时候，路灯给予最微弱的帮助，就仿佛他前方的路，看得清些许，却还是迷茫不少。

一路跑来，失意和惆怅变得淡起来。龙文想，毕竟还是少年人，怎能没有凌云志？他没有喝酒，这倒是奇怪的。不过当他对吴承文大打出手，对夏奇瑞说出那最终告别的时候，他或许就不再需要酒精的作用了。他释放了最深层的痛苦，换回的是比曾经坦荡了许多的人生，这是他的选择，这是诗的魔力。

龙文就靠在椅子上睡着了。他很久没有好好地睡过一次觉了。梦境里回想起高一时和孟宇的辩论，那时候还是自由的斗士啊！虽然也苦，但乐在其中，后来宿舍和食堂的事情，还是热情满满、热血满腔。可是自那以后，对于爱情的执著绊住了他，不顾一切的执著终于在时间的无情拍打下消磨了心中的希望。可最后希望散尽，彻底决定放下的时候，又是想不到的一种解脱，就像孟宇对吴承文吐露心声是一种解脱，龙文和天地对话也是另一种方式的解脱。回想起来这一切，他在梦中对自己说：值！

可是真的是这样吗？或许当时间又往前推进了一段之后，才会有答案。这世界上无数自己给自己的解脱，到最后，又有多少是真正实现了的解脱呢？

高考的钟声越来越近，每个人心中都有着不一样的心事。对于未来，对于现在，对于过去的失望或希望，都在随着自己的感悟不同，而变得五彩斑斓。黑夜逐渐过去，黎明已经到来，龙文熟睡了。那时候，还有无数熟睡的人们在享受安静的快乐，也有其他无数挑灯夜读的学子们奋力迈向高考的终点。

随着太阳从地平线上升起，新的一天又开始了。

18．学　习

午间测验的取消是深得某些学生欢心的。比如以龙文为首的本就对这个节外生枝的制度不满的学生们都欢欣鼓舞，中午的教室里充满了欢声笑语。不过，也有些同学感到了空虚。比如说，陈阳阳到此时才发觉，如果不是午间测验的安排，她还真不知道中午该干些啥。这或许是个悖论，当没有选择的时候感觉被束缚，可拥有自由的时候却显得无所适从起来。

可好景不长，还没过一个星期，各个午间测验就又通过各种形式移了回来，有的说是学校的安排，有的说是年级组的要求，有的说是任课老师个人的意见。龙文大概猜到了一二，一次闲聊中，他从刘君放口中得知了王为民的说辞，就感到这件事情不会长久，事实果然印证了他的猜想。

大家的反应是平淡的。因为除了龙文等少数人外，大家都或多或少感到迷茫，获得了自由的时间，却不得不虚度，这大约是很多当代中国学生的困惑。或许这种迷惘在高考之前的内卷环境下显得不那么明显和重要，可对于陈阳阳这种优等生来说，缺少学习的时间，就是缺少生活的时间。她把自己的时间排布得井井有条，平日里除了完成学校布置的所有功课之外，她还额外给自己追加了许多超越高考的内容。周末也不会闲着,当龙文在鸿江边上的步道漫步的时候,她用好几个补习班充斥自己的生活。

唯一让她感到棘手的,是太多人的追求。如果说夏奇瑞是那种带有成熟的睿智美,那她就是长了张尚未成熟的可爱的校园脸,这着实俘获了不少男生的心,按照夏奇瑞对吴承文的说法:"小阳从初中到高中这几年,暗恋她的明恋她的有不下百人。"这是不是有些夸张自然不得而知。总之,用"数不清"来形容是绝对没问题的。正是由于此,她才形成了冷淡对待的态度,因为她既厌倦了花言巧语的虚伪,又害怕真情实意的压力。所以当吴承文郑重其事地给她写了五千字的情书表白的时候,她只是表明了自己的态度,并附加了句谢谢,然后便再也没有下文了。

所谓"来也匆匆去也匆匆",这句话放在对于陈阳阳的喜欢上实在不为过,几乎所有喜欢她的男生都碰的一鼻子灰,最后悻悻而去。不过,要是龙文喜欢上她会怎样呢?上天没有给予吃瓜群众们八卦的机会。这或许是一种遗憾,也可能是他老人家不希望悲剧发生在这两位身上吧。

对于很多男生来说,他们不知道的是陈阳阳所渴望的事情,只被一见之下陈阳阳的脸和动听的话语所打动。她不仅擅长聊天而且是不自觉地在吸引着十六七岁的少年们,对于感情开诚布公的态度,让她不仅不会受到流言蜚语的攻击,反而被更多男生奉为神明。其实,她所渴望的或许是多交几个异性朋友,可几乎所有的异性朋友,无论是原本就打算发展纯洁友谊的,还是原本就有着不纯洁的动机的,最后都变成了舔狗或者彻底决裂。这并非是她想要看到的结局,但往往事与愿违,在经历了一两次的起伏之后,她或许选择和现实妥协,便不再为男生而感动,也不再为追求者的狂热而动容。

吴承文不理解，不理解陈阳阳的感受；陈阳阳也不理解，不理解他的爱为什么如此特别。

吴承文的失望是写在脸上的，不仅仅是他对于陈阳阳的不领情的失望，也是当他去问刘君放宿舍熄灯事情的时候，刘君放苦笑着说："交上去了，校长也看了，但是呢，说是家委会要通过才行。学校这学期不会开家委会，要等到你们高二开学才有一次，等着吧。"

"好的吧，谢谢您，麻烦了。"吴承文有些恍惚地说着，似乎《秋水之寻》里，那"呼救也变为一场徒劳"的描绘真就成了现实。他不知道那些栖息在育德楼前那棵大树上的鸟儿们，是否还有家可归，很可能，最近几场大雨冲掉了它们的巢，令它们陷入了惶恐。而他心中的火焰也似乎随着大雨的冲刷消逝在滂沱之中了。

午间测验的取消本来是一个积极的信号，倒不是说他有多想取消这个测验，而是至少证明王为民的话不是一纸空谈；可是随着午间测验的回调，原本和夏奇瑞出游获得的些许快乐又似乎被掩盖了。吴承文越发感觉到，宿舍熄灯时间问题的解决，恐怕是遥遥无期了。说是等到家委会的时候再说，可如果真把决定权交给家长们，那结果不还是一样的吗？原来那个宿舍的管理条例就是家委会通过之后学校发给家长，然后家长们签字通过的，美其名曰"保障学生能够良好的学习"。搞了半天，打了个循环又回来了，所以注定是没有结果的事情。想想搞这个事情也小半年了，到头来却是一场空，这高一一年干了什么呢？除了和夏奇瑞的关系越来越好以外，其他的事情都搞得一团糟，学习上的事情更不用多说，就没怎么上心。

课间休息的时候，吴承文恍恍惚惚地在走廊里走着，迎面碰上刘君放带着一包材料匆匆往校长室的方向跑。他看到吴承文还主动点头示意，吴承文却愣了半天，想说"老师好"的时候刘君放已经离去了。难道又去找王为民了？吴承文想，这才几天时间，刘君放倒是不气馁，这速度……正胡思乱想间，许德的声音响起："喂，承文，想啥呢？想进女厕所溜达溜达是怎么的？"吴承文一怔，忙抬起头看，原来自己一只脚已经踏进了女厕所的大门。他略显尴尬地答道："哦哦，许老师，对不起对不起，刚才想事情，没留神，我现在就回教室。"

"有些事情别多想，"许德意味深长地说着，"刘君放这小伙子，还是太年轻了啊。"

19. 顿　悟

孟宇有些吃惊地望着吴承文，英俊的脸上闪过微妙的表情变化，他问道："你小子可以啊，这么厉害了现在。嗐，我虽然讨厌这样的行为，但是世界那么大，总不可能要求所有人都是我喜欢的样子，经历得越多就越不可能嫉恶如仇；再说既然是我让你开诚布公的，我要是先对你有什么意见那就显得是我的不对了。不过我倒很有兴趣，你和哪两个搞不清楚呢？"

"夏奇瑞和陈阳阳呗。"吴承文说着，心头也在怦怦地跳，尽管纠结过后还是决定说，但是一想到自己或许早就背离了曾经的誓言，就感觉一阵心酸。是不是每个人都会违背自己的誓言，是不是每个人至少在感情上都会忘记自己的初心？那成长带来的东西，就不仅仅是忘却曾经的幼稚，还是失去承认自己变得虚伪的勇气。若真如此，吴承文想，成长便变成了退化。

"先说说陈阳阳吧，这是一个挺莫名其妙的事情。"吴承文不敢多想，只是说着，"原本是我喜欢她的，我曾经发誓要喜欢她十年。不过其实我在一年后就彻底放弃了。我不知道是因为我和夏奇瑞的那种说不清道不明的关系，还是因为陈阳阳本身的冷淡一步一步消磨着我的信念。我不知道。我知道的是，大概从食堂问题开始的前后，我就对陈阳阳没有了感觉，而对夏奇瑞有了种莫名的依赖感。

"我和陈阳阳就成为了朋友，就是那种保持着清晰距离的朋友。我倒也感觉挺好的，身边有两个女孩子做朋友，从高一暑假我们三个一起出去玩开始，一直到高三下，这两年的时间，手机上聊得比较频繁，关系也就在不断升温吧。"

"我可能是早就对夏奇瑞动了感情吧。可是鉴于之前的失败经历，我实在不敢过早表露自己的心意，或者说自己不敢承认有这样的心意，而是做朋友，一直做朋友，做到现在。况且我也从来没发觉她对我有什么意思，也就更害怕自己一厢情愿。我觉得如果就是我喜欢她，我可能还不感到这么罪恶，尽管我违背了喜欢陈阳阳十年的誓言，可那毕竟是我自己在日记里写的，也从来没有告诉过她，所以她也不知道。

"不过事情就是这么奇妙的。有些时候，就像是安排好的一样。前些日子，陈阳阳来找我哭诉，因为学习压力大的原因，实在有些支持不住，因为和我聊得比较好，就来找我了。我当时是觉得很正常，她这样一个把学习放在首位的学生，本来就缺少社交，以前的社交几乎都是被动的。她身边不缺人找她，可是因为她常有的冷淡的态度，虽然避免了很多八卦谣言，但也落下了一个高冷的名声，除了几个刺头硬上以外，大部分人都敬而远之了。高考临近，就我们还在这瞎扯皮，大部分人都去刷题去了，也就没人找她了，她也就更感到压力大了。"

"我一开始就安慰了她几句,不过一个星期下来看她情绪还是很不好,我就感觉事情有些不太对劲。那天晚上,大概就是你说的那天晚上,我是和陈阳阳在角落里,她在哭,我在安慰她,你眼神不太好,人都认错了。"

孟宇点点头:"哦,原来是和陈阳阳。这也难怪嘛,这么黑,她们身高体型之类的又差不多,也不能怪我是吧……"

"对啊,是不能怪你,"吴承文说,"你这一看错,我直接被打了一顿,你还好意思说。"

孟宇拍了拍吴承文的肩膀,点点头:"是啊,这事我是不太地道,来,老兄你接着说呗。"

"反正就是你懂吧,旧情复燃,再加上又和陈阳阳有了拥抱,我就更加有一种初见时候的那种感觉了。反正就是,我既喜欢她,又喜欢她,但又说不清楚。而且,我能看得出,她们对我都有一种超越朋友的感觉,这就更难搞了……"

"啊,这真是一个八卦大新闻啊,哈哈哈,"孟宇笑着说,"不过话又说回来,夏奇瑞和陈阳阳是好朋友吧,还是关系很好的那种,天天腻在一起。你们这个,三角恋?"

"那也太可怕了。"吴承文叹口气,"鬼知道怎么会搞成这样,世界真奇妙,我现在被夹在其中。还好,至少表面上暂时没有什么,而且这马上就要高考了,应该也搞不出什么事情来,无非就是自己暗自喜欢罢了。"

"我看未必,这东西忍不住的。高考虽然临近,但并不是强迫你要怎么样,学校家长看得再严,不想好好学还是照样不好好学。像我这种没啥希望的,也就随便搞搞算了。倒是你啊,你考上一本还是大有希望的啊,这时候别自己毁了自己。"

"但愿如此吧，你也别灰心，最后的时间能做出不少改变呢。"吴承文说，"一起加油，未来还是光明的。"

"我志不在此了。"孟宇微微摇摇头，"学习的路我走不了，没这个天赋，主要是没这个心思，所以成绩也在学校垫底。要不是高三不换班级，我早就被换到补差班里面去了。我有我自己的打算，早些进入社会，对我来说是更好的路。"

"好啊，不管怎么说，你这个朋友我交下了。"吴承文看着孟宇，两人相视一笑，那种隔阂在谈话中逐渐一点点散去，最终大家都互相接受了不一样的对方。或许成长的含义，其中也有一部分在于认识不一样的世界，接受不一样的人，感受不一样的风采。

当十年后，吴承文写下回忆高考的笔记时，他提到了很多人。尤其是龙文，花了不少笔墨，这自然是因为他和龙文的故事更多。而提及孟宇的时候却只是短短的一句话，一句"我相信他也有梦想"。或许这是对于进入世俗的孟宇的些许惋惜，同时证明了他和孟宇并不多的交集。但就是这只有一两个小时的真正的谈话，在高考前的最后的几天里，给了他难以磨灭的印迹。那或许不是什么长久的关怀，而只是那短短一瞬的开诚布公，短短一瞬的以诚相待。人的痛苦，很多时候来源于内心的压抑，对于世界的不信任导致的自我封闭以及无限的空虚之感。而当吴承文和孟宇选择相信的时候，当他们毫不避讳那些有些不堪的事实的时候，他们的心灵才得到了彻底的解放。

每当想起和孟宇这段短暂的相处，吴承文都会联想到每天走进校门时就能看到的校训"崇真尚实"。何为"崇真"？吴承文记得，刘君放在高一开学前的题为《育德精神》的讲座上是这么说的："同学们，所谓'崇真'，就是崇尚真理，追求真理，是人类最高的精神追求和自我实现的目标。我希望每一个育德的学子，都能够终生追求真理，弘扬真知，摒弃虚伪，那么人生的价值就得以体现了。而'尚实'，……"吴承文深以为然，也正是如此他才为了宿舍和食堂的事情不懈努力着。

而正是在和孟宇的交谈中，他感受到了除了刘君放所说，"崇真"还意味着追求真我，直面自己的内心，看见真实的自己，找寻在光怪陆离的世界中人们常常忘记的，那最为重要的东西——自己的灵魂。

20. 争　论

刘君放再次见到王为民的时候，王为民的脸色显得有些阴沉。偌大的校长室里一片沉寂，王为民喜欢的几盆绿植都被这压抑的气氛震慑得失去了生机，只能蜷缩在角落里静静地看着一切的发生。

王为民先开口了："刘君放啊，才一个星期时间，又有什么问题要反映啊？"

刘君放的脸色很难看，如果说第一次副校长的敷衍搪塞可以理解为是校领导的不重视，那王为民口口声声所言的取消午间测验的话，仅仅一个星期就变成了一纸空谈。他很难理解，为什么在一个小小的高中里，有些并不算大的问题，解决起来却这么难。不管怎么样，他还是先提出了录音的要求。

王为民冷哼了一声："又要录音啊，行，明人不说暗话。"

"王校长，我就不客套了，直接开始了。为什么上次说好的午间测验取消的事情，才一个星期的时间就又恢复了？"刘君放的语气有些急促。

"老师有老师们的教学模式,午间测验取消之后,有很多老师向我抱怨,这个取消很不合理。我后来中午时也到教室里走了走,学生们无所事事,有些打打闹闹,有些在那里发呆,宝贵的中午时间就这样浪费了,刘老师,你说这合理吗?"王为民也不甘示弱,语气也很坚决。

"的确,学生中午有了放松的时间,有些孩子是无所适从,但是也有些孩子们找到了适合自己的学习方式和放松的途径,这有什么不好?况且,那些无所适从的学生,说不定过两天就会找到自己想做的事情。刚开始还没有结果,就武断地否定,这不好吧?学生负担这么重,中午难道还不能休息吗?"

"年轻人做事不能一厢情愿,既不能凭借自己的主观臆断肆意行事,也要顾全大局,考虑高考的客观存在。人民需要的教育,是清北的教育,是名校的教育,这点你怕是不好反驳的,要达到这个目标,恐怕就由不得你任性!也由不得你长时间来检验一个制度的合理性,高中就三年,每一天都是珍贵的!"

"人民需要的教育?那恐怕是家长需要的教育和你们需要的教育吧?"一提到"教育"两个字,刘君放憋了许久的不满终于爆发出来,"那学生们呢?学生不是人民吗?现在卷得这么厉害,那么多无效的竞争,只为了搏一个分数。这牺牲的是三年的青春时光啊!这值得吗?话又说回来,当真多测验一次就比劳逸结合来得有效率?我看未必,学习的关键在于……"

还没说完,王为民就打断了他:"学习的关键?学习的关键就在于多做题,什么有的没的,都是瞎扯淡!领导有要求,家长有需求,老师也有教学的热情,这有什么不好的?你偏偏在其中插一脚,我搞教育那会儿,你还没出生呢!"

"王校长,学生需要劳逸结合,需要全方位发展,不能只靠刷题……"

"你这个人怎么冥顽不灵呢?不刷题你把分数变出来给我看看?你以为我想啊,我当校长这么多年,鼓吹快乐教育的老师我见多了,哪个不是最后还得服从于应试?我就这么跟你说吧,你来提意见也不止一次了,你应该知道我的态度,也知道什么是应该做的,可是你还是不停地提出不切合教育实际的观点。刘君放啊,年轻人有思想是好事情,但也不要太狂妄!"

"王校长,我不是狂妄,……"

"你不要叫我校长!"王为民"啪"地一拍桌子,震得笔筒里的笔都跳了几跳,"育德没有你这样的老师!讲话都听不懂!还怎么为人师表?口口声声教育教育,以为自己了不起了?才当了几年老师啊,学校的传统是说动就能动吗?三十年的育德,需要你来纠正?你难道还想否定高考不成?"

刘君放强忍着怒火,他没想到王为民会用如此激烈的言辞回应他,一惊之下却更加燃起了对抗的意志。算上之前找副校长,这是第三次向领导提意见了。刘备三顾茅庐请了诸葛亮,蔡元培三请陈独秀出山,他刘君放也要三次进言实现自己的教育理想。于是也就不再有顾忌,把心中所想一股脑全倒了出来:"错,王校长!恰恰相反,我在育德读书的时候,学校管得没有那么紧,大家都有自己的空闲时间,有人打篮球,有人散步,有人聊人生理想,有人谈恋爱,这才是校园啊!现在呢?全都窝在教室里做题,一个个一点精神都没有,哪像个学生的样子?还有,如果学校真的是喜欢题海教育,倒也是一种法子,毕竟我从来也是把高考放在第一位的,我从来就没有对高考有什么意见。可是既然如此,为什么学校的宣传片里全是假象？所有向社会宣传的东西，恰恰是我们没有的东西，那我们的校训'崇真尚实'还是不是真的？我们育德高中，还奉行不奉行这个校训了？"

刘君放语速很快，王为民几次想插嘴，都没有机会。他的脸色变得十分难看，有些坐立难安，好不容易等刘君放讲完，才气急败坏地说道："说得简单，哪有那么容易改变？多少年下来了，也没见什么人有意见，你凭什么有意见？你既然也说了高考重要，我就不妨告诉你，高考就是唯一需要在意的东西，学生的未来就靠高考那张试卷上的分数。鼓吹什么这个那个屁用没有，就是只为高考，他妈的，这点道理还用我给你讲？行了行了，我没空和你讲，我后面还有会，你好自为之！"说着就一屁股坐在椅子上，怒视着刘君放。

刘君放摇了摇头叹口气，拿起事先准备的材料，平了平心中的怒火："王校长，该说的我都说了，你自己拿主意。"然后就推开门径直走了出去。随着身后的玻璃门缓缓关上，刘君放心想，或许自己再也没有机会踏入这扇门了。

王为民猛喝了几口水，脑子有些发胀，这么多年来，还是第一次有老师敢这么顶撞他，倒是令他有些措手不及。有些话本来并非他的本意，但是却一时心急说得不太准确，把一些事情说得极端了。王为民长叹一声，靠在椅子上，目光所及之处，正前方恰好是那张照片，那张刘国定任校长时期，市委书记来视察时和他握手的合影。恍惚间，刘国定的脸后面显出蔡元培的影子，他打了个激灵，赶忙坐直了身子。

王为民愣了半晌，良久摘下眼睛，摇着头不住地叹气。

21. 赠　礼

星期日的早上，龙文一早就来到了鸿江步道。他周五丢下一句话就匆匆离去，是害怕听到否定的答复，如果当时夏奇瑞就拒绝了他，那他可能当场就会崩溃；而如果今天夏奇瑞没有来，那无非是他一个人在这里站上一天，有江水行人为伴，痛苦或许能小一些。

白天来鸿江，这并非是龙文的习惯，偶尔来也是晨跑散心。更多还是在周末离开学校的时候，在夜晚拿一壶酒，就一个人坐在椅子上或者倚靠在栏杆上，和月亮对饮，正可谓是《月下独酌》：举杯邀明月，对影成三人。

龙文就倚在栏杆上，看着江水滚滚。行人多了起来，江面上的各种船只川流不息，世事繁华却勾不起龙文的兴趣，他的眼睛却始终往后瞄着，看着夏奇瑞的身影是否出现。当夏奇瑞来的时候，他却没有主动上去打招呼，而是下意识地把余光收了回来，假装在看江水。等夏奇瑞出现在他的身边的时候，他才上去主动打了招呼。或许早在看到她的一刹那他就想冲上去一把抱住她，亲她的脸；可是既然不能如此，那或许就不要显得那么热情了吧。

夏奇瑞打扮得很漂亮，七分成熟的气质里透露着三分未经世事的纯粹，那真是一种绝佳的比例搭配。龙文看着她，良久才说："你今天格外美。"

夏奇瑞微笑着，眼前这个男人让她烦心，却更让她敬佩。她微笑着说："谢谢你。你很优秀，一定能找到更好的人。"

听到这话，龙文感到一阵心酸，他摇摇头，抑制住心中的伤痛，缓缓地说："不，你是我遇到的，最好的女生。我一直这么认为的，认为了五年了，以后也会这么认为的。虽然，虽然我们不能在一起了……"

"好了好了，不难过了。"夏奇瑞靠近他，这点距离的拉近，让龙文仿佛置身仙境。刹那间，天地仿佛静止，所有的行人都变成了无形的空气，在龙文的世界里，只剩下他和她牵着手漫游在天堂的一角。洁白的云层是他们脚下的路，炽热的太阳是他们心中的情，光环深处是属于他们的美好的未来。一时间，所有烦恼都显得无关紧要，一切付出都显得那么值得，所有的诗句在一瞬间从作文素材库里跳出来，实现了他们真正的价值，聂鲁达和叶芝在远方向他们招手。

一瞬间热浪席卷而来，短暂的梦境被打破，龙文猛地睁开眼睛，看到的是夏奇瑞略带疑惑的眼神。"你怎么了啊，龙文？"夏奇瑞看着他就这样闭上眼，然后停在那里不动，然后又莫名地睁开眼，看着她。她或许知道这是怎么回事，或许不知道，或许知道了假装不知道。

"啊，没什么，我想到了我们初见的时候。"龙文仰着头望天，"那时候我们都还是初二。我看到你的第一眼就喜欢上了你，也是从那时候，我才开始写诗的。我真不知道，是写诗让我变得有情感，还是情感让我能够作诗。或许就是在同时间，我既看到了我喜欢的女孩子，又看到了未来的自己应该选择什么样的道路。"

夏奇瑞也感到有些怅然若失，虽然在感情上对于龙文并没有感觉，但除此之外，她还是非常喜欢这位执著追求的男孩的。喜欢她的人有很多，她却看得清楚，只有他不是想和她上床，而是想和她用"爱情"这两个字来开启一段新的关系。可这种关系的开启其实让她害怕，她不敢和龙文说起前男友的故事，那个爱上她、并让她爱上他、最后抛弃了她的前男友。或许如果她告诉龙文，她有男朋友了，那么他或许会放下；可是她害怕的是，当她告诉他这件事的那一瞬间，他如果崩溃在当场，这会令她心碎。可能这一瞬间的犹豫，让龙文多了痛苦的时间，也可能这一瞬间的犹豫让龙文免遭崩溃的厄运。

"那好的啊，你发掘了自己的天赋，你也收获了不少。"夏奇瑞看着龙文略显消瘦的脸，感到些许的悔恨，"每个人都要成长的，这么多年，你我都没有停滞不前，都在往前走，那就是好事情。"

龙文微笑着，能和夏奇瑞说上一段时间的话对他来说已经是很奢侈的享受了。他知道这或许是最后的享受，也正是因为如此，夏奇瑞才和他说了很多。没有人提出告别的事情，可是两个人都心知肚明，多说一句话就是少一句话的时间，时间不随着人们的心而停止或加快，而人们的心却总是感觉到时间在不同的情境下有着不一样的快慢。龙文就感到了时间一闪而过的速度，他虽然不想离开，但他知道，总归要有分别的时候，也总归有说完最后一句话的时候。

"对了，有个礼物要送你，就当是告别的礼物吧。"

"啊，好，那真谢谢你，我也给你带了个东西。"夏奇瑞说着，从包里拿出定制好的印章，"这本来是打算高考之后交给你的，现在既然你说要送我个告别礼物，我也就先把它给你了。你喜欢写诗，以后写的时候，可以盖个印。"她说着把印章递给龙文。

"谢谢你这么有心。"龙文很郑重地把印章收了起来，然后从包里拿出一本笔记本，递给了夏奇瑞。夏奇瑞接过来问道："这里面是啥呀？"

"先别看，等回去再看吧。"龙文有些哽咽，半响他又加了一句，"你要是真喜欢吴承文，就和他在一起吧。他是个好人，这几年下来，我虽然并不一定认同他的很多想法，但他办事认真对待感情也很专一。我走啦，祝高考顺利！"

"你也是！高考加油！未来在大学里，你肯定可以遇到想遇见的人。"夏奇瑞看着龙文的背影远去，总感觉有些话没有说完，却也一时不知道还能说些什么。

龙文眼中泪光闪烁，他想回头看，却始终控制着没有。他走得很快，像是在逃离过去的自己，也或许是怕夏奇瑞看到他眼中的泪光。

22. 舆 论

刘君放再次失败，这让他难以接受。离开校长室的时候，他的余光看到了墙上挂着的，他爷爷刘国定的照片，便不自觉地想起了老人家的教诲。刘君放想，"崇真尚实"的校训，难道真的只是挂在外面的招牌？难道真的只是一纸空谈吗？回到家中，对着斑驳的月影，自己倒了一杯酒，面对空荡荡的房间，一个人喝了起来。

初入育德才不过几年，欣喜于育德校园的美丽，受教于育德老一辈老师的风采，沉浸于育德一批又一批学子的青春活力之中，微笑着看着优秀大学的录取通知书一年比一年多了起来。刘君放在很多时候都感觉，做这个老师，值了。可也在另外一些时候，他困惑于学生们日渐缺少的笑容，迷惘在死气沉沉的学校中午，学生们趴在桌上写字，靠在椅背上睡觉，课间休息没了欢声笑语，放学的操场上只能看到零零散散的几个学生在打球。

似乎已经没有办法了。刘君放知道，一个学校的事情，如果校长不想解决或者有着相反的态度，那事情几乎就办不成。可是看着眼前那厚厚的一叠材料——他自己提出来的改革方案，一条条一款款都写得清清楚楚明明白白。说放弃，这放弃的可不仅仅是这几张纸啊，这是他的梦想啊！他不忍心，也不愿意就此失去理想向现实妥协，可他也知道，现实已经给了他沉痛的教训，理想的光芒在现实的刀锋面前显得无助而软弱。

其实，也不是没有办法的。至少在刘君放的脑中，还有一个不是办法的办法。但这样做可就有些超越常理，突破常规了，所引发的后果也可能不好收拾，因此着实犹豫不定。可是除此之外还有什么办法呢？山重水复疑无路，如果不自己找出路，难道还等着柳暗花明又一村吗？那是浪漫主义的情怀，因而也只有在诗人的笔下才会显得绝美而意境高远。

刘君放看着天上的月亮，任由窗户吹进来的风洗涤着自己的灵魂，炽热的夏天带来的是人心的躁动，刘君放此时却显得异常冷静。看着月亮，月亮里逐渐浮现出刘国定的影子。爷爷已经去世了，但他老人家的身影却无时无刻不在他的心中徘徊着，尤其是当他对于理想的坚持遭到了挫折的时候，小时候爷爷的教诲便会令他重新振作。爷爷对于校训"崇真尚实"的解读，只不过是一两句话而已，远没有现在学校公众号上写得那么意蕴深远、文采飞扬，可是就是这简单的解读——"亚里士多德说过，吾爱吾师，吾更爱真理。这即是崇真。将来长大了要为祖国建设出一份力，要脚踏实地工作，这就是尚实啊！"——在他的心中留下了不可磨灭的印迹，照亮他某些灰暗的时光。

刘君放想，他虽然不可能像很多英雄们一样，扶贫脱困、兼济天下，或许没有机会为国家科学发展出一份力，可是他真的想做一个好老师，为学生们的教育贡献自己的微薄之力，这或许就是对"崇真尚实"的最好践行吧。选择教育，就是选择责任，选择把孩子们的青春扛在自己的肩上，选择用春风化雨的教育培养出更加优秀的接班人。他看着天，刘国定的形象渐渐散去，模模糊糊的月光中，蔡元培的影子若隐若现，远远地向他招手。这一刻，刘君放知道，自己所做的一切，究竟是为了什么。

一夜之间，一篇名为《鸿清市著名高中校长对教育的"高论"》一文火遍全网，文中曝光了一段校长和老师的录音，校长气急败坏的说话方式引来评论的大肆炒作，录音中一句"他妈的"被网友特地挑了出来，并戏称其为"教育的声音"。文章还就此录音进行了剖析，明确指出作者的观点和校长相左，批判某著名高中虚假宣传带来的负面后果，思考高中学校教育何去何从。文辞犀利，字斟句酌，引来网友议论不断。

舆论的力量是可怕的，一时间对于高考的讨论上了热搜，对于学生健康问题的讨论也甚嚣尘上。文章下方，给作者留言的人不计其数，有称赞其敢于揭露教育弊病的，也有批判他"家丑外扬"、说法夸大其词的。总之，鸿清市安静的夜晚被一篇炸雷一般的文章搅得热闹非凡。即使已经是深夜，转发点赞的不计其数，批判抨击的也大有人在，此起彼伏，大有百花齐放之意。

刘君放洋洋洒洒写完文章并发表之后，看着网上热火朝天的议论，他稍微回复了几条也就没有力气再继续了，趴在椅子上睡着了。这个觉，睡得酣畅。倾吐了心头的苦水也总算是有了一些结果，尽管骂声也很多，但他早就料到会有这样的结果。既然选择这么做了，就不可能再顾忌别人的想法，只要自己还清楚曾经的理想，自己还明了所做之意义，便可以问心无愧了。

然而，正如他所料，第二天一早，鸿清市教育局的相关负责同志就给他打电话，要求他立马到教育局汇报情况。眼看着文章已经开始发酵，刘君放也就不惧怕什么了。山雨欲来风满楼，该来的总要来，做事情之前就应该想到后果的严重性，昨晚虽说是"酒壮英雄胆"，但刘君放其实也是早有准备的，只不过他早就知道这招是个下下策。

从教育局汇报出来，阳光很好，刘君放去了鸿江边上的步道。周六的步道显得不那么冷清，恰恰相反，还显得有些热闹。即使没有什么商业，市民们也会选择带着孩子老人来这里走走路散散心。看着欢声笑语的人们，刘君放关掉了手机，在完全属于他自己的时空里走着，那一天，他走了很久很久，一直走到日落西山才找了个椅子坐下来。

他打开手机，看着"经用户投诉，……违规消息《鸿清市著名高中校长对教育的"高论"》已删除处理，……如有异议，可发起申诉。"充斥着整个屏幕。他没有愤怒，也没有失望，而是缓缓关上手机，就坐在椅子上，静静看着这鸿江的水，就这样，流着，流着。

23. 感 动

夏奇瑞回到家的时候，感到有些疲惫，在太阳底下站了这么久却浑然感受不到时间的流逝，那种感觉真的是从没有过的体验。她拿出那厚厚的笔记本，她不知道龙文在里面写了什么，或许她早就期待着什么，可是却不敢承认。

笔记本的开头是一封粘贴上去的很长的书信，粗略估计一下大概有个五六千字，上面写了从认识夏奇瑞到喜欢上她，再到痛苦的挣扎和心动的各个瞬间，最后表达了希望做朋友的意愿，以及殷切的祝福和期盼。

她很感动，这种感动是发自内心的，是一种油然而生的安全感。

她一页一页地看着,眼泪顺着眼角就这样一点一点地流下来,越看越感动,越看越看不清自己的内心,自己的情感,自己的过去和对于龙文的态度在微妙转变。她看完了几千字的信,已经是泪流满面,她拿出手机想给龙文发消息,但是又止住了。他已经说了再见,自己又怎么好再去找他呢?

夏奇瑞很纠结,好多年来她都没有这么纠结过,无论是对于学习还是感情,她似乎都看得清楚,想得明白。可是临近高考,她却想不明白,看不清楚了。看着眼前厚厚的笔记本,里面似乎承载着四五年来少年炽热的爱,而她对于这份爱究竟是什么态度呢?

不,不是似乎,而是就是如此。由于前面的信是粘上去的,看完信才到了笔记本的第一页。开头有这样一段话:

不知从什么时候开始想记录一下我们的生活。也不知道要记录多久,就当是一种仪式感吧。可能你永远都不会看到,可能会在合适的时候发给你,连我自己也不知道。我们的交集不算多,所以我记录下所有的故事,所有那些只属于我和你的回忆。有时候在宁静轩的天台上写,有时候在鸿江的步道旁写,有时候趴在被子里写,我也不知道会写多少,说不定哪一天累了,就不写了,说不定一直写下去。你会看吗?所有一切我只想告诉你:我爱你。

她感觉心中的情感像潮水一般上涌,越是翻看就越是澎湃,就像浪潮一般,是自然而然的,因此任何力量都抵挡不了它的迸发。她看得很慢,一页一页看着,一个字一个字读着,每一个字都仿佛代表了一段故事、一段感情。她看到深夜,看到令她印象最深刻的那首诗《冬风之殇》的时候,她停了下来,反复看了好几遍。或许,郑燮所谓"可歌可泣，在此数端耳"，说的就是这种情境吧：

冬风，激荡起冰河深处游荡的灵魂，
随着寒冷的水流，
游荡、飘浮、沉沦、激荡。
荡涤着心中的梦，
陶醉于你的美好，
冬风啊，从你家的方向吹来，
带来属于你的，
最美的温暖。

我走在冬日的阳光里，
目睹冰面上的自己，
在风中，殇折、殇折、殇折。

寂寥的天地啊，
风赐予你浑厚的力量，
击打着深邃的灵魂，
摇曳着苦痛的爱，
在冬风的裹挟中，
殇、殇、殇。

我看着这冬风之殇，
无助而绝望，
在寒冷的目光中，

我只看到你的温存，
沉醉于属于你的温度，
唯有此，可以和那寒冰对抗。

于家中，抒写长篇之文，
看星辰，好似万年不变。
见你时，或许风华正茂，
亦有悔，不知大好年华。

或许不曾相信，
有朝一日冬风也能带来烈火，
殇折也预示着重生，
只不愿放下，
我和你的日子，
还那么长，
那么久。

心中大约明了，
隐隐约约，若隐若现，
再无相拥哭泣之日，
也无携手共游之时，
却依旧希望，
希望和你在冬风中，
共饮一杯。

曾目送你远去的背影，
在如梦似幻的冬风中，
仰望着，漫天都是你的笑脸，
满地都是你的足迹，
踏遍山川河流，
寻觅沼泽湖泊，
也不过是你和你，还有你和你。

我看见世界，
那是多么渺小的一隅；
我望着冬风中的你，
那是我，全部的世界，
是全部的，
广博的宇宙。

世人看见我，那冬风中孤独起舞的行者，
你看见我，那殇折在路途中的旅人；
我看见世人，在烈火中熊熊燃烧的青春啊，
至于你，我看见你，是黑暗中唯一的明灯。
你在冬风中起舞，尽管我不曾看见，
我在冬风中守望，尽管你未曾知晓，
还记得《舞者与守望者》，
那初见的欣喜，错失的彷徨，迷途的召唤，灵魂的指引，
我只看到你，
在你的生命中我看到一切生命，

在你的故事里我找到我的影子，
在角落里静静地等待，等待着，
等待冬风过去，
等待时间倒流，
回到相遇的那一瞬间，
那一刻，
与子偕行，
共歌一曲！

  眼泪顺着已经泛黄的纸张流下，仿佛她逝去的青春就像这已经老去的诗篇，变得厚重而不可追回，就像这已经褶皱得不成样子的笔记本里头，记载着他对她的爱，记载着从前有一个少年记录下自己的故事，属于年少时奋不顾身的炽热的心的故事。夏奇瑞仿佛沉浸在其中了，那种感觉带来的冲击强大到可怕，可以彻底冲开封闭的心门，释放隐藏许久不愿言说的罪恶与喜爱。

  她到底爱不爱他呢？她已经被泪水模糊了眼睛，也被刻在那属于他和她的笔记本上的文字夺走了灵魂。她愿意，她愿意被剥夺思考的权力而只用灵魂走路，这一刻，她的脑中闪现出龙文曾经的样子，她或许还没有好好看过这个深爱她的男生，脑子里全是一团糨糊，时而是食堂里龙文的怒吼，时而却又闪现过与吴承文喝酒时的欢声笑语。一时间，她感到世界都颠倒了，所有的一切都仿佛失去了控制，那可怕的情感冲击着她，她或许意识到了之所以可怕，不是因为她喜欢上了某个人，而是她既喜欢他又喜欢他。

  夏奇瑞不敢想，她合上笔记本倒在床上就睡了过去。随着脑子的清醒，她意识到，或许她真的活成了自己最不喜欢的那种样子。

24. 食　堂

　　眼看就要放暑假了，学生们都有些蠢蠢欲动。随着午间测验的回调，午餐时间又变得紧缩了起来，这使得某些吃饭慢条斯理的同学极不适应。俗话说得好：由俭入奢易，由奢入俭难。一旦放开了几天可以慢慢吃饭，再说要恢复到以前那种紧张的状态，就显得十分困难。

　　钱有军负责学校的后勤，自打上任以来就接到了不少关于食堂问题的投诉。有些是学生当面提的，有些是家长们通过各种渠道反映的，他这个大脑袋也着实装不下这么多的信息。改革永远在路上，自从龙文他们这届学生入学以来不到一年，食堂改革就搞了不下三次，每次都兴师动众，可每次都不得人心。钱有军就这件事情抱怨了好多次：真的是众口难调啊！

　　吴承文来到食堂的时候，队伍已经排到了门外面了。三层楼的三味堂，按照钱有军的安排是每个年级一层，可是这学校的楼层设置无形中使这看似合理的安排变得不甚合理。三味堂只有三层，但是教学楼却有六层，每个年级有两层，从下到上是高一到高三，而育德高中教学楼和食堂设计是连在一起的。所以，也就是说，高一年级对应着两层，高二的一半班级对应着一层，这样三层食堂就满了。问题在于，处在二楼的高一学生们，根本就不想往下跑一层，他们会选择直接在二楼用餐；三楼的高二年级学生，更是直接到三楼的食堂用餐，这样一来，剩下四五六层的学生们，只能下楼吃饭，时间自然比一、二、三层的同学长一点。而且，每天到底哪个食堂人多根本无法判断，有时候一楼满满当当，而另一些时候三楼堵得水泄不通。

这些都是老大难的问题，无论怎么改革，出什么花样，都没办法彻底解决学校食堂的拥挤问题。吴承文看着手表，排着队，发着愣。一边的龙文看着这一望无际的队伍，不住地摇头："他妈的，这鬼食堂，搞不好了。钱有军这榆木脑子，真他妈的蠢。"

吴承文无聊，就接了话茬："食堂问题全国都一样，你说怎么办？"

"怎么办？好办呐，你看看，食堂问题的症结在哪里？不过就是人多窗口少嘛，只要他稍微动个脑筋，把饭送到高一的教室去，食堂里的人数直接减少三分之一，这不就快多了吗？"龙文不屑地说着，仿佛他才是负责的那个人。

"哎呦！"吴承文不住点头，"你这个办法虽然不一定解决全部问题，但是个解决问题思路，减少人流量。你有这么好的想法，怎么不去提啊？给钱有军这脑子也开开光嘛。"

"呵呵。"龙文看着吴承文，"我说，宿舍熄灯的问题，我记得你搞了快一学年了吧。先是找许德，然后是学代会，还给王为民写了信，最后找了刘君放帮忙，结果怎么样？不还是没有结果吗？不过话又说回来，这个学校里，我最佩服的，就是刘君放。公众号事件一出啊，王为民估计得有些反应了。"

"刘老师两次进言，都以失败告终。公众号的事情，我倒不怎么乐观，上周六凌晨发的文章，下午就给删了，速度快得吓人。不过我觉得，他做得极端了，这样给学校的声誉带来很坏的影响。虽说是为学生办事吧，但方法值得商榷。"吴承文沉吟着，总觉得有些事情已经偏离了本来的轨道，但具体是什么又不好说。

"屁咧！你说得倒是圆滑，那你说说还有什么办法？你不是都已经实施了所有规则内允许的方法了吗？可也没看到奏效啊？"龙文叹了口气,"可惜了一个有志之士了,我看他这两天情绪很差……"

两人正说着,孟宇从边上挤了上来:"二位,来来来,我插个队,这队排的,我看是不插队根本吃不到饭。"

吴承文和龙文一笑,这都是常规操作了,根本不以为意。嘴上说着:"素质太差,还是不是育德好学生了?"行动上倒是很诚实,都给他让了个空,让他挤了进来。"操,你以为老子想啊,你们好好回头看看,今天这个队伍邪乎得很,真是又臭又长。"

龙文往后瞄了一眼,果然,今天三楼的食堂挤得邪乎,自己前面的队伍就贼长了,后面好像也不算短。他建议道:"要不我下楼看看,如果下面人少的话,我上来叫你们一起下来。"

"行,辛苦了。"吴承文和孟宇向他点头示意,龙文就一阵风似地跑下楼去,不一会气喘吁吁地上来:"下面的队伍短多了,但是我看了看,我们如果下去的话,其实和排在这里差不多,下面不过就是比我们这少了我们后面的那些人。"

"真晦气。"孟宇抱怨着,"我看这食堂是搞不好了。"

龙文往前面看着,透过茫茫人海,看到夏奇瑞和陈阳阳已经接近了卖饭的窗口,但是队伍突然停止不动,其实这种状况刚才也在发生着,原本应该不断前进的队伍,总是在某些时候停下来,而且时间还不短。龙文冷哼了一声:"又遇到那老小子了估计,这队伍才一会停一会走的。"

"之前跟钱有军提过意见了,我以为他要换人的。"吴承文无奈地说着,"我们下去吧,下面快点。"可是这时候已经出不去了,因为不断有人插队的缘故,整个队伍越排越长,食堂的大门已经被堵住了,是进也进不来出也出不去。

孟宇问吴承文:"这个问题什么时候反映的,怎么到现在也没解决?"

"鬼知道,一个星期前我就反映过了。这家伙是个新来的。钱有军那天跟我说一定解决。然后我就以为他落实了。可能是最近几天我们运气好,都没碰到这家伙。别人碰到了可能也没去说,今天我们自己遇上了。这人素质是真的差!"

龙文却没有听他们的对话,只是选择一个合适的角度看着夏奇瑞。眼看着夏奇瑞就等在窗口前却迟迟等不到饭,龙文心中积压许久的愤恨有些抑制不住。他没跟任何人打招呼,便往前挤,当吴承文和孟宇发现龙文不见时,才意识到事情不大对头,他们赶忙往前前后后看,就见龙文已经到了窗口的边上,对着里面喊着:"你磨蹭什么呢?"

声震屋瓦,全场哗然,孟宇意识到事情不对,赶紧往前挤。可是前面的人早就探出身子来看热闹,连本来已经坐在位置上吃饭的学生们也都站了起来,一下子把食堂堵了个满满当当,一时间根本挤不进去。

25. 思 索

眼看着在育德生活的时间越来越少,也就意味着距离高考的时间越来越近。所有的事情都被即将到来的高考所覆盖,紧张的学习生活下,属于学生们的那青涩而又纠结的情感问题一时间似乎都不见了踪影。

许德紧张地准备着周五在学生高考动员大会上的讲话,他是高三年级资格最老的老师之一,又是教语文的,于是被王为民钦点为发言人。带高三这么多年来,无疑这一届给他的感触是最深的。

他时常感慨时代变了，学生时代的记忆裹挟着他，而他却时常看不懂这一辈的学生。他们自由、开放、勇敢、自信；同时又拘谨、保守、胆小、自卑，多样化的人生在他的面前如走马灯一样闪现着。从教二十年来，学生们不断在变，自己也不断在变，唯一不变的是那高考的制度，就悬在每个人的头顶，决定着大部分中国学子的未来。

这么多年的动员大会，学生们从聚精会神到无精打采，从跃跃欲试到无动于衷，消极的学习取代了积极的求知，功利的世界取代了青春的纯洁，游戏的态度取代了爱情的火热，如此种种，风云变幻的育德也整整三十年了！许德时常在想，教育的结果究竟是什么，那些孩子们，高考过后的日子又会如何？不过，这不属于他的工作范围，也不是他能够决定的，只是心头时常有着些许的想法，想在这个时代再过一遍青春，那又是怎么样一种感受呢？

不知道。许德站在办公室的窗户前，往下看着，空无一人的操场，看到了曾经的自己，也是在那片操场上。不过那时候操场还没有那么大，也没有这么干净和平整，自己就在那个地方，度过了三年的高中时光。那时候的书包没有现在这么沉，那时候的痘痘没有现在多，那时候吃的没有现在好，那时候娱乐的东西也没有现在多。最令人激动的时候就是篮球班赛，一年只有一次，全班同学聚集在一起，球场上的同学们奋力厮杀挥洒汗水，球场外的同学们齐声呐喊、声震屋瓦。那种酣畅淋漓，那种美好快乐，一去不复返了啊！许德想，时代的车轮在前进，或许他们这一代人真的落伍了，自然的快乐在人类的科技文明中被碾压得一点不剩了，是不是也应该躺在床上刷刷短视频，看看毫无营养的爽文，在迪厅蹦迪到深夜，抽根烟拿瓶酒在大街上闲逛？他看到好多学生的高中生活就是在这样躺平中度过的，究竟是谁错了？是他们这一代已经快要被时代淘汰的老朽们，还是那些正在茁壮成长的祖国的花朵呢？

许德打开窗户，让凉风吹进来，办公室里着实有些闷热。他想，还有，还有一些学生，他们的十八岁，没有短视频、没有爽文、没有蹦迪、没有烟酒，甚至没有手机，他们有的是一叠叠《三年高考五年模拟》的试卷，一本本记得比打印机打出来还整齐的笔记，有些学生的努力程度真是超乎许德的想象，那种被称为"内卷"的社会现象正在学校里无时无刻上演着，996对于那些学生来说真的是大大的福报，因为996着实是比他们的学习生活轻松太多了。所有人都被裹挟在这时代的浪潮中，无法进一步，也无法退一步。

许德长长出了一口气，这么多年来，他看着无数寒门子弟借着高考的跳板开启了新的人生，也有无数的普通孩子在公平的竞争环境中，真正实现了"鲤鱼跃龙门"。只是如今，寒门再难出贵子或许已经是不争的事实，被资本裹挟的教育或许已经走向了越来越窄的夹缝边缘。看眼下，只有高考还在苦苦支撑，支撑公平的大厦，抵抗金钱和权力的腐蚀，可是有多少人在批判它啊！最令人担忧的，不是批判高考的人，是口口声声批判高考的人却在拼死命地钻研获取高考成功的技巧。这么多年下来，大家早就明白，想要获得高考的成功，除了自己要变好以外，还有就是让别人变差，即一边自己学，一边希望或者努力使别人不学。许德感叹，同学之间的关系，就在这样一种情境中发生着微妙的变化，他却也只能看着，束手无策。对啊，他深知高考的重要，即便是有许多弊端，但仍旧是当今最好的选拔人才的制度，至少目前为止，无可替代。

回到座位上，许德又想到刘君放和龙文。一个是年轻的老师用自己的行动践行着自己的理想和信念；一个是学生，从高一到高三犯下无数过错，叛逆到极点的热爱诗歌的少年。他总是能在一些时候想到这两个人，想到曾经的自己，想到曾经的老校长——他的老师刘国定。高三时候，许德已经是育德的优等生了，酷爱篮球的他总是在自习课上偷偷跑到操场上打球，被刘国定看到了问他为什么违反校规打篮球，他当时义正言辞地对老师说："高三体育活动时间少，我想运动运动，刚好自习课，我该看的都看完了，我就下来活动一下。怎么，活动一下也不行啊？"刘国定点点头没和他多说什么。几年后，他回到母校当老师的时候，刘国定已经是校长了，许德自觉当年顶撞老师有些不对，于是专门找了个机会赔罪，没想到刘国定说："现在啊，我定的，自习课到操场打球，合理合法，不会有老师过问的。"

许德的脸上露出一丝微笑，老校长慈祥的面容始终刻在他脑海深处，那年少时期的轻狂和梦想也藏在心里，只不过是再也不可能有机会实现了。他已经四十多岁，早就过了龙文那叛逆的年龄，也不会像刘君放那样孤注一掷，瞻前顾后、顾全大局早就主导了他思想，于是便把曾经没有实现梦想的种种遗憾深深埋藏在心底，随着时间的流逝，埋得越来越深，直到有那么一天，将他们彻底封存，便会不再想起。

思绪回到现实，他开始着手写高考动员大会上的讲话稿。

26. 对　骂

钱有军是今天食堂执勤的老师。按照规定，他这个食堂的总负责固定时间要在食堂里巡视，一方面是维持秩序；另一方面是看看食堂有没有什么可以改进的地方。不过这也就是个说法罢了，实际上也就是在角落里找个没人的桌子坐着看看手机打发打发时间。食堂问题早就是一块人尽皆知的狗皮膏药，谁粘上谁倒霉。钱有军也是快退的人了，没几年干头，眼看着升也升不上去，干脆就混混得了。几年前，学校"建议"学生不要在学代会上提有关食堂的提案，私底下给的理由是提了也难以解决，不如提一些能够解决的问题。这个"建议"就在无形中成为了潜规则。正是因为如此，吴承文才有机会提宿舍熄灯的提案，否则每个班就那么几个提案名额，往年早都被食堂问题给占满了。

钱有军其实是两面难做人。一方面学校迫于家长的压力责令他要不断进行食堂改革；另一方面，学生私底下给他提意见的不在少数。他的办公室没有玻璃门挡着，而且就在一楼，这给试图提建议的学生提供了不少便利。今天他刚好在食堂里坐着刷手机，觉得有些奇怪的是今天的队伍格外长，不过没出什么事情也就没在意。龙文这一声吼，让他一激灵，手机差点掉地上，赶忙往事发地点赶，可是实在太挤了，怎么也挤不进去。他急得满头大汗，随便抓了个也在往前挤的学生问道："这前面怎么回事？刚才谁在喊？"

那个学生正是孟宇，他也满身是汗了，气喘吁吁地答道："钱老师，前面好像骂起来了。是打饭窗口那边。"钱有军仔细听着，确实在嘈杂的打饭窗口那边声音最响，两个人的声音此起彼伏，言语中还时不时冒出几个脏字。钱有军也急了，连喊了几声："不要挤，不要挤，让我过去，让我过去。"学生们都愣了一下，就趁着这工夫，钱有军已经挤到了事发地点。

龙文和那个打饭的老头正在对骂，龙文满脸通红："这么磨蹭，我就说怎么今天队伍这么长。"

"你这小子嘴不干不净的，叫唤啥呢？"

"叫唤的就是你，要不是你在这看手机，我们早就拿到饭了！"

"老子不正打着饭吗？你行你来，别在这嚷嚷！"

"你还看视频呢？有什么好看的？我早看你不顺眼了！"

"有完没完，现在小孩怎么都这样！"

"行了，别吵了，别吵了！"钱有军"啪"的一拍桌子，震得盘子里的一大叠筷子掉在地上一大半，现场又是一片混乱，"别乱，别乱！大家都先散开，有事情好好说，乱起来什么都解决不了！"

一大群看热闹的学生都安静下来，围成一个大圈，把钱有军和龙文围在当中。钱有军气不打一处来，一看又是这小子，便用手指着龙文训斥道："龙文对吧，又是你这小子，你想想，一个高一你给我惹了多少麻烦？现在都快放假了还不安分，食堂是吃饭的地方，不是你家，在这骂来骂去有病啊？"

龙文冷哼了一声，感觉胃已经开始作痛。他没有理会钱有军，而是看向站在一旁的夏奇瑞。夏奇瑞因为过了正常吃饭的时间，胃也开始犯病了，在陈阳阳的搀扶下，站在一旁。她本来应该离开事发现场，到边上的座位上坐着休息，但她知道，龙文此举至少有一部分是为了她，否则他就不会在她迟迟拿不到饭的时候突然发难。所以她不能走，至少在事情解决之前，她不能走。龙文看着她苍白的脸，略显出来的消瘦，却更加迷人了。他一步一步走过来，从口袋里拿出仅剩的两片药，递给她，轻声说："胃疼了吧，吃了吧，我知道，这很难受的。"

夏奇瑞本想拒绝，可是实在疼得太厉害，那种疼痛的感觉是揪心的，让人什么都不想做，让人什么都不想说，坐立难安。她只是接过药片然后轻轻点了点头，大眼睛也失去了往日的神韵，却透露着一种病痛中特有的美感。龙文笑了，那是久违的笑。他转过身，面对怒气冲冲的钱有军说道："钱老师，我的问题我会承担的。你先好好管管这打饭的,工作时间看手机刷视频,难怪这上面的队伍这么长啊!"

钱有军看着桌子上的手机,上面还放着视频,站在他这个位置还能听到轻微的声音,他大概明白龙文说的基本是事实了。沉默片刻,他语气缓和了许多,但还是不失严厉:"有问题,可以找我反映嘛!食堂打饭需要安稳的秩序,你看现在大家都围成一圈了,队伍不像队伍,还怎么打饭呢?你先退一退,等把饭打完,有问题你到我办公室,我们单独交流,好不好。"

"钱老师,可以,不过现在有件事必须先解决。"龙文大义凛然地道,"这个手机能不能让他收起来,您听,这个视频到现在还放着呢!多影响效率啊!我今天可是到下面两层食堂去看过了,人也不少,可是完全没有这么堵,这症结出在什么地方,难道还不清楚吗?"

钱有军正欲回答,突然间学生中一阵骚动,一连串的"校长好"传来,钱有军回头一看,王为民满脸怒色地跑了进来。钱有军赶忙上前说道:"校长,您怎么来了?"

"你说我怎么来了,我刚从四楼教工食堂下来,这三楼堵得我走都走不过去,你说我能不走过来看看吗?"王为民狠狠瞪了钱有军一眼,钱有军连忙低下了头。一时间,偌大的三味堂三楼食堂,鸦雀无声。

空气仿佛停滞,时间仿佛静止,所有人都在等着王为民的态度。王为民看了看龙文,一下就认出来这位"大明星",入学以来声名最响亮的那位学生。他微微叹了口气,没有管龙文,而是直接朝着打饭窗口走来。

27. 动　员

高考前在学校的最后一天，也就是周五，下午最后一节课，所有高三学子齐聚大礼堂，举行高考前的最后动员。学生们挤满了大礼堂，每个人都有着不一样的想法，对于未来的人生有着五彩斑斓的憧憬和希望，自然也少不了迷惘和恐惧。

孟宇借口生病没去，他自己清楚，荒废了三年的时间不是一朝一夕可以补回来的，也就无需用高考证明他的人生，无需誓师调动他的斗志，他或许看得比所有同龄人都清楚，他的路究竟在何方。于是他便不再想着学习，也就没有了学习之苦。有时候他在想，学习的道路是怎么样的呢？和谈恋爱一样吗？不知道，他早就没有机会体验另一种生活，另一种更多人选择的生活，而是另辟蹊径，选择了很多孩子或许羡慕或许好奇，但是却是一条十分狭窄的道路。而且，对于未来的方向，他只能否定一条学习的路，却不能清晰地找到一条属于自己的路。不过世界很大，又正值中国五千年来最为兴盛的时代，他想，总归有属于自己的生活在远方等待着自己。

夏奇瑞的心思就复杂得多了，一方面是对于龙文和吴承文的情感显得模糊而又确定，始终不敢承认自己的感情，既不敢向自己承认，更不敢对别人说出哪怕一分一毫。这种压力只能靠高考的逼近来缓解，可高考的压力又何尝不大呢？坐在大礼堂里，听着嘈杂的人声，心中的焦虑愈加浓烈起来，想到等会儿还要带头宣誓，就感到一阵紧张。她靠在椅子里，闭上眼睛，就浮现出龙文那长篇的叙事诗，里面描绘了所有他们的故事，最后一句是，"就这样，还没写完，却没有机会再写了"。她的心头在流泪，可是又不能哭出来，只能备受煎熬。她的手紧紧抓着椅子边上的扶手，等待着动员大会的开始。

吴承文坐在另一个方位，他的余光始终盯着夏奇瑞和陈阳阳。她们如往常一样坐在一起，可是她们的心境还和往常一样吗？不知道。在人流穿梭中，她们的形象时隐时现，始终挥之不去，曾经的痛苦转化为现在的纠结，就在这高考前的最后时刻，矛盾显得异常激烈。吴承文时常想，大约有很多人会同时喜欢两个人的吧！他也不知道这是基于事实的判断还是掩饰自己内心的手段呢？和陈阳阳的拥抱，是他第一次和女孩子抱在一起，他感受到的是属于她的温度和特有的风韵，令人迷恋，不想离开，他想就这样抱着她一直到精疲力竭，可是她推开了他，并对他说："谢谢你，你的拥抱很温暖。"然而在拥抱的时候，他的脑海里却时不时闪过夏奇瑞的影子，想起他第一次和女孩的出游是和夏奇瑞在鸿江边的饮酒畅谈。而有趣的是，当他和夏奇瑞在一起的时候，脑子里陈阳阳的形象却又挥之不去。在和孟宇开诚布公之后，他已经释怀了很多，但他依旧纠结，毕竟所有的事情，都还在发生着，而非结束。他知道，就算他和自己妥协，他和两个女孩的关系也是他必须要面对的，逃不开的一个话题。

陈阳阳或许知道夏奇瑞喜欢上了吴承文，就像夏奇瑞应该也知道陈阳阳喜欢他。和吴承文的拥抱给了她很强烈的安全感，那种多年来都不曾有的男生带来的安全感令她心动。这么长时间以来，男生给她的印象要么是轻浮要么是压抑。唯有吴承文，当他轻轻用手抚摸她的头发，当他轻轻亲吻她的脖子的时候，都令她感到无比的享受。那是一种不知缘由的享受，只有在无意间体会时才能触发，以至于那天晚上拥抱过后，她几乎想要求他再亲亲她，可是理智在这个时候又恢复了连线，她推开了他并且告诉他不能乱来，但话要

二、春夏秋冬

出口时却改成了"谢谢你,你的拥抱很温暖"。她不知道是什么让她改变了说辞,不过这并不重要,因为至少她说出来的这句话是真心的。

龙文坐在礼堂的一角,避开所有认识的人。虽然按照道理一个班级的人应该坐在一起,但龙文特立独行了三年,也就随他去了。一旁的许德虽看得清楚,却假装没看见,也就没有管他。把笔记本交给夏奇瑞后,他的手上仿佛少了点什么东西,于是乎整个人似乎都少了点什么东西似的。他本以为经过了无数个日夜的思想纠葛,可以减缓事情终究发生的痛苦,可是后劲十足,虽然和夏奇瑞的见面都显得很平静,但心中所求一下子变为无物的冲击力,令他无法承受,于是整整一个星期都浑浑噩噩。他无数次打开手机,想找夏奇瑞,但却想起自己说的"不再打扰",于是又放下了手机。他不知道的是,或许夏奇瑞也在等着他发消息,或许真正的错过就是在两个人都退却的时候产生的。

整个大礼堂,在动员大会开始的前夕,所有人的心中都装着那份属于自己的心事,谈笑风生掩盖了痛苦和激动,在别人面前都戴上了面具,掩藏了真实的自己。于是痛苦变成了笑脸,激动化作了平静。只有微微发抖的手在昭示着高考的列车已经逼近最后一站,能否顺利抵达就看所有人自己的发挥了。高考,不仅仅是决定未来生涯的门槛,更是多少初谙世事的学子们的分别,多少的故事在上演着,幼稚的、癫狂的、青涩的、叛逆的,如此种种,或许十年后已然是一笑而过不堪回首,可如今,却是真真切切一幕幕上演着的生活大戏、生命大戏。对于所有的孩子们来说,人生的转变和飞跃就要随着高考的来临开始了。

偌大的舞台上已经摆好了演讲台,王为民和两位副校长也已经就位；许德手里紧紧攥着精心打磨的演讲稿，等待着发言时间的到来；刘君放坐在第一排，他转过头去，看着所有的学生们，他想着：自己也曾经坐在这个地方啊！

主持人缓缓走上台，大声宣布："同学们，高三高考前动员大会现在开始！"

28. 训　话

王为民的气势还是很压人的，毕竟当校长这么久，修养不可谓不深。他一来就看见那明晃晃的手机就摆在打饭窗口的边上，心里便有了事情大概的样子。他直接冲着窗口里喊道："手机还放这呢？不想收起来是不是？等着我给你砸了？"

看把手机收了起来，王为民也没有停下来的意思，而是接着道："食堂打饭，不是休闲娱乐，看视频刷手机！学生们辛苦了一个早上，排那么长的队伍来打饭，你就这样拖拖拉拉？明目张胆？你谁啊？你以为你谁啊？谁都没有这样的权力！谁都没有玩忽职守的权力！谁都没有不认真工作的权力！我们育德高中是培养祖国未来接班人的地方，你就这样办事，我们怎么向学生交代，怎么向家长们交代，怎么向社会交代，怎么向祖国的未来交代？你看看这队伍，都排到外面去了，走路都费劲，还严重影响了食堂外的通行，要是耽误了什么事，你能负的起责任吗？"

一顿雷烟火炮轰炸下来，学生们都惊呆了，一个个木桩一样站在那里，还是龙文第一个鼓掌喝彩："好！校长说得好！"潮水般掌声雷动，或许那是久违的心声，只是平时不可能表达罢了。当然，排在后面的好多人根本就没听清楚校长的发言，只是前面人鼓掌，也就跟着鼓掌。

王为民又转过头来，笑盈盈地对同学们说："同学们，对不起，对不起啊！大家都饿了吧，赶紧的，打饭吧！"又转回身对着窗口说："师傅，我给你一个立功赎罪的机会，我倒要看看你的真实效率是什么样的？开始！"一时间，学生们又排好了队伍。在王为民的注视下，打饭的效率提高了不少，一会的工夫，食堂的秩序就恢复了正常。

王为民把钱有军叫了出去，恨恨地道："你怎么回事？食堂搞出这样的事情？要不是我今天刚好就在这里，你说说怎么收场？那个龙，龙文是吧，怎么又是他？这家伙，真让人不省心！你待会把他叫到办公室，好好跟他说说，这件事情不能就这么过去。"

钱有军点点头："好的，校长，中午我就把龙文叫到办公室来谈谈。"王为民点点头，回头看了看食堂在井然有序地运行着，不觉心中长舒一口气，便转身离开了食堂。钱有军站在原地，豆粒大的汗珠从头上往下渗，他心想，自己没几年就要退了，最后关头还被"上眼药"，现在的学生真不让人省心。他就在门口徘徊着，等待着龙文出来。

龙文一副胜利者的姿态，他洋洋得意地对吴承文说："老吴，你看看，你提意见、搞提案、写信，最后怎么样，刘君放都出马了，还不是啥都没干成。你再看看我，一下子，事情解决了，效率，这就叫效率。"

吴承文一边嚼着饭，一边陷入了深深的沉思。难道非得要这样不可？真就不能正正当当地解决一些问题吗？龙文呢，在这一闹腾，是解决了，可是下次呢，难道每次都得去闹事才能解决吗？为什么自己一个星期前就给钱有军提了意见但是却一点回音都没有，就像写给王为民的信,也如石沉大海一般看不见踪影? 他沉默半晌,喃喃说道:"非如此不可?"

孟宇摇了摇头:"破坏规则的人,要么生活在规则的外面,要么就被规则制裁。龙哥,你知道你今天违反了多少条校规吗? 这处分不得是必然的吗? 我知道,你不只是为了那队伍,你还是为了她,对吧? 为了你的爱情,你的瑞瑞。"

龙文冷冷地"哼"了一声:"怎么了,孟宇,我就是为了她,怎么了? 你还有意见吗? 你小子也配提爱情? 哼,真是笑话。"

"喂喂喂,吃个饭也能杠,"吴承文赶忙打圆场,"你们就别杠了,先好好吃饭。我中午还打算去看看刘老师,龙哥,你刚才说他最近情绪不好,我看是因为发文章那事情没有什么结果,毕竟当时我去找他的,现在出了事情不能不闻不问。"

"我是在走廊上遇到他的,看到他气色很不好,也不像以前那样见到学生还会主动打招呼,"龙文叹了口气,"说实话,这件事情给了我很大的触动,我……"

"刘君放的文章?"孟宇插话道,"那篇文章我看了,录音也听了,社会舆论分歧很大。我的想法倒和别的人不同,要我说,这个叫:刘君放之心,十人中只有一人可懂,而王为民之意,百人中未必有一人可知!"

"什么?"龙文讥笑道,"你这说法还挺文绉绉的,不读书真可惜了,要是好好读肯定语文拿个全市第一。不是,按照你这个说法,王为民还有理了? 我是对事不对人,我对他本人没有意见,就比如今天,他就做得不错。但是刘君放那事情,王为民的很多言论,你难道认同吗?"

"龙哥,你看问题太简单了。"孟宇猛喝了一大口汤,摇摇头,"这洗锅水骗谁呢，一点盐都没有。我倒觉得，今日之事，王为民可算是老奸巨猾了。"

吴承文疑问道："哦？此话怎讲？不是，孟老兄，你倒是一直有独到的见解嘛！说来听听？"

孟宇叹了口气，仿佛想起曾经的些许故事来，便若有所思地道："初中时候，龙哥，我也像你一样啊，冲啊，就往上冲啊。后来老师跟我讲，有些事情不是我们想的那么简单的，这背后的苦衷或许还深着呢！以后有机会再和你们聊，今天怕是没时间了。"

龙文不屑地摇摇头："苦衷？学生就没苦衷了？办教育难道不是为学生服务吗？……"话还没说完，钱有军就站在了他们的面前。

"好了好了，有什么事情和牢骚，到我办公室去说，今天这事情，总得有个说法吧！"

龙文看着钱有军，许久，从牙缝里蹦出一个字："走。"

29. 誓 师

学生代表发言过后，许德走上讲台，在掌声中开始了他的演讲。一开始的一些客套话自然不用多说，都是些套路式的问候和发言。说到关键部分，许德自己都热血沸腾起来。

"同学们，距离高考还有一个星期的时间，大家或许都陷入了紧张和焦虑之中，这都是十分正常的现象。大家要沉住气，静下心，为最后的决战做好最后的准备。希望一个星期之后，大家都能胸有成竹地进入考场。

"三年前，大家在育德相会。一千多天的路，就这样匆匆忙忙地走了过来，我们所有的学子都度过了三年最为宝贵的青春时光。

迷惘、冲动、愁苦或许交织在大家的心头，但我相信，信念、沉着、勇气必将跟随着你们的步伐！面对即将到来的高考，我相信你们每个人都做好了准备，都做好了迎接暴风雨的准备！就像海燕，渴望暴风雨的来临，而高考对你们来说，是最后的暴风雨，是最轰轰烈烈的一次狂风骤雨。我们都已经全副武装，在三年的学习过程中积累了无尽的能量，我相信，我们足以面对最后的波涛！

"千帆竞发，万木争春，高考既是从万千学子中选拔人才的一个途径，也是大家实现人生梦想的第一块敲门砖。奋力一搏吧！趁着这最后的时间，扬帆起航，到中流击水……"

龙文却似乎没有什么心思听他这慷慨激昂但略带套路式的演讲，高考之意义，教育之价值，他早就在脑子里过了好多遍了。他不止一次地和旁人说："我以为，教育的最终结果，其实是一个选择题，就是让学生们在'出世'和'入世'这两个方面选择属于自己的那条道路。所谓'出世'，就是不遵循大众世界运行的规律而选择自己，做自己世界的主宰；相反的，所谓'入世'，就是完全'泯然众人'，使自己成为和他人一样的人。所有人都在这两个维度之间选择，这就构成了不一样的人生，不一样的个体。而教育，就是教会学生如何做出选择。"对于他这套理论没什么人有兴趣听，大家更愿意打游戏、刷题或者谈恋爱，也不愿意去想这些"毫无用处"的东西，只有孟宇会时常和他争辩几句。有时候，吴承文也能接上一两句话。可是如今，偌大的大礼堂，他却孤身一人，一种前所未有的孤独感席卷着他。马尔克斯的影子在他的身前浮现，向他招手，虽不历经百年孤独，可就是那一瞬间的空虚，就足以击垮孤傲的龙文。

龙文闭上眼睛，听着许德的声音在耳边回荡着："自强不息是我们中华民族的精神,是所有炎黄子孙的灵魂,也是我认为中国之青年有别于他国之青年的地方,就是我们更团结,更有信念,更有决心,也更有毅力!高考,不但不能击垮我们,反而会被我们击垮……"

听着这铿锵有力的发言,龙文也感到疑惑,自己满腔的热血都去了哪里?都在感情上耗费光了吗?难道四五年的一厢情愿已经烧光了他身上所有的燃料?明明自己已经解脱了,那天晚上在鸿江边上吟诗的时候,不是已经解脱了吗?当这个问题在他的脑子里冒出来的时候,他才终于明白,解脱,那是一个奢侈的词汇,他就从来没有解脱过,他是在自己骗自己。直到连那些热血青春的誓言都激发不起他的斗志,那每个班级嘹亮的誓师口号都令他无动于衷的时候,他才为自己揭开了灵魂的伪装。

他跑了出去,在操场上开始狂奔,看着宁静轩的顶端,那个他夜里最常去的地方,那个他梦想中的地方。他的脑子里再次浮现出那种场景:他就站在宁静轩的顶端,对着满操场的学生和老师,对着天地万物,高声吟诵一首自己的诗篇,然后所有人为他鼓掌,给他喝彩。那将会是属于他的时刻,那是属于他的梦境中的美好,可是这也只是个梦幻罢了。

龙文跑出去的时候,许德早就已经结束了慷慨激昂的演讲。他用北大学子创作的《燕园情》作结:"愿我们所有育德学子,都能考出佳绩。正所谓'问少年心事,眼底未名水,胸中黄河月',青春无悔,高考加油!我的演讲结束,谢谢大家!"

台下响起潮水般的掌声。很难判断贡献出那一点掌声的学生们,究竟是真心为之鼓舞,还是出于礼貌不得已而为之。不过有一点可以确定的是,夏奇瑞的掌声是发自内心的。她深深为之鼓舞,这几年,她虽没有像陈阳阳那么努力,可是在学习上也是拼尽全力的,可以说,如果没有情感上的纠葛，她会是个学习的好苗子。事到如今，用学习做最后的强心剂，把这最后一个星期熬过去，然后再处理她和龙文、吴承文及陈阳阳的关系。这是她的想法，而当听到"问少年心事，眼底未名水，胸中黄河月"的时候，她心潮澎湃起来。她何尝不是这样的呢？胸中未必有黄河月，却也希望高考胜利，也希望未来光明。作为班长，她带头带领整个高三（8）班宣誓：无奋斗，不青春；高三（8）班，凯歌而还！庄严的宣誓结束了，夏奇瑞却没有看到龙文。她从一开始就没有找到他，可是又不方便去找或者问。她心里留下一个心结，她本想和吴承文还有龙文一起宣誓，一起庄严地奔赴高考的战场，可是龙文的缺席让她怅然若失，可是又没有办法再补回那份仪式感了。

夏奇瑞不知道的是，正是龙文听到她带头宣誓的声音响起，他才跑出去的。一个星期没有联系，虽身处一个教室，但也没有机会近距离听她讲话的机会。他可能害怕听到她的声音，也可能是想逃避那庄严的宣告，所以才头也不回地往外跑了。

一切结束之后，大家都准备回家做最后一阶段的复习冲刺。夏奇瑞却没有走的意思，她早有自己的安排，要把所有的一切都安排妥当之后，再回家。

30. 转　变

王为民回到办公室的时候，感到有些疲惫。靠在沙发上，闭上眼，想起最近发生的一系列事情，不由感觉一阵心酸。刘君放的文章他只是动用了些许人脉关系压了下来，食堂里的风波也只是几句话就解决了问题，这些年轻人的手段在他这里不过是小儿科罢了。

二、春夏秋冬　*111*

不过，看似已经风平浪静了，可是他还是觉得心里颇不宁静。

从教数十年，在多个学校也任过多个职位，可以算是教育界的老黄牛了，可是这育德高中，从他第一脚踏进校门时看到这摇摇欲坠的校训的时候，就感觉不太对劲，没想到真就发生了一连串给他带来不好影响的事情。这可以归咎为是天意，却也不由得让他思考一些事情，关于教育和高考的问题，究竟是个什么解法呢？

作为老校长，他当然知道高考的重要性，并且他认为他自己远远比学生们更加明白高考意味着什么。学生们或许只是耳濡目染，听社会舆论和家庭的渲染才知晓高考之意义，可对于他这位历经风雨的长者来说，看了不知道多少寒门子弟鲤鱼跃龙门一跃成为社会上流，也有不少藐视高考的学子最终身败名裂。教育改革虽然始终在进行着，但剥开重重蚕茧，看到的核心却是四十年来不变的。恢复高考这四十年来，无论表面上怎么变，课程上怎么改，却无法改变应试教育的实质。曾经有一段时间有些人鼓吹西方的快乐教育，作为教育工作者，他不以为然，深知那不过是西方人灌输的一套双标理念罢了。

然而，学校管理中出现的问题却似乎并不能用高考这块挡箭牌给挡掉。食堂问题也好，宿舍问题也罢，这和高考又有什么关系？有啊，如果不解决这些问题，那学生们怎么高考呢？吃不好睡不好，怎么可能有成绩？虽然不少家长鼓吹他们曾经就是这样吃不好睡不好地走过来的，不也照样考上大学考上名校，在改革开放的滚滚洪流中重获新生了吗？可是，今非昔比了，王为民深知，家长们无法体会到孩子们的压力。越来越重的书包,越来越多的辅导班课外班，越来越卷的学习，内卷毫无疑问地充斥着整个教育环境，996那绝对是学生们可以梦寐以求的福报了。

可是为了在这个时代获得一席之地，为了给自己的后半生铺平道路，那些平民百姓的孩子们，除了这条路，还有出路吗？王为民站起来，在办公室里来回踱着步，他早就知道答案：没有。那就想办法让他们吃好睡好吧，可是传统不能破，家长得同意，领导得没意见，经费得充足，这么多条件，要全部满足才可能实现些许的进步。

宿舍问题，只是一个条例的修改，看似十分简单，却既是学校多年来的传统，又是家长们一起签字同意的结果，这样的东西，怎么变？只靠一个学生的建议实在势单力薄，还有家长在校外"监督"着，着实难办啊。

食堂问题，王为民心知肚明，这不过就是一个扩建的问题而已。十年前建的食堂，那时候招生人数没有这么多，就刚刚好。现在扩招了，虽然也就是每个年级扩招三十人左右，但食堂自然就显得拥挤了。要改，可是钱呢？根本就是天方夜谭。况且，如果大动工程，那学生们的正常用餐怎么解决？而且，食堂是外包的，里面的员工也不是学校自己的职工，学校里虽然有钱有军在负责管理，但不可能随便撤换人员或者如何如何。这是一个老大难，又臭又硬的烂事。所以上一任校长在任的时候，就私下定了规矩，学代会不要提食堂问题，免得搞事情，一直到现在，矛盾最终还是激化了。

王为民从窗户看出去，目光所及之处，就是领操台和整个操场。他想，如果从操场那个角度看过来，那首先看到的就是育德楼上醒目的"崇真尚实"四个大字，他又想到刘君放所说"虚假宣传"一事。王为民苦笑着，这种事情是不堪说的，不宣传快乐生活，难道还宣传题海战术吗？社会的舆论是一把刀，既要升学率，又要学生生活得快乐，所以所有的学校都把自己包装成是教育的天堂，这已经是几乎不争的事实了。可是当有人真的把这个事实掰开揉碎了仔细讲的时候，王为民还是感到一阵痛心。一切习以为常的潜规则，所有人都接受了，可是当有个人提出异议的时候，才渐渐卸下伪装，发现了其中的不堪，发现了所有维护潜规则的人和社会的虚伪。

王为民看着空无一人的操场，想起自己在开学前的家长会上说"我们给学生们营造了良好的体育氛围，保证学生充足的运动时间，每天中午我们的操场都有很多学生在活动……"这不正是中午吗？王为民拉上窗帘，再次坐下来，想着午间测验正在进行中吧！刘君放所说的那些事情，其中或许也有些合理的地方。是啊，虽然不是所有的都合理，但也有些事情值得考虑。体育运动的事情，因为课程安排的原因，取缔了很多；高三自习课不允许下去活动的规矩，包括午间测验，也都是老传统，可是这些或许都是不对的，是应该做出改变的。他不知道的是，在刘国定当校长的时期，有那么几年，没有午间测验，没有那么多课程，自习课也可以下去活动，每天中午操场上都充斥着欢声笑语的学生。可是后来的校长们全盘否定了他这样的做法，也抹去了刘国定主政时的所有痕迹，除了那张和市委书记握手的照片。

可是现在呢？就算取消午间测验，学生们却无所事事起来，浑浑噩噩不知做些什么。王为民不住地摇头，他闭上眼睛，脑中浮现出蔡元培的形象。他突然想到了，蔡公当年是怎么治理北大的。是让学生们自己制定条例，自己管理学校。如今，这么多矛盾的事情，他一个人的脑子怎么处理得过来？不如趁着暑假这个机会，向学生们征求意见，集思广益之下，或许他会有新的办法。

王为民心想，之前那么多学代会，明明有这个渠道，可全都浪费了，形式主义根植在学校的土壤里，于是便形成了如此之多的隐性矛盾。这些矛盾可能早就存在了,可是从未有人愿意当这个出头鸟。

刘君放做了，龙文做了，他们估计都碰了一鼻子灰，现在是到了该改变的时候了。

王为民拉开窗帘，让阳光透进来，他想，"崇真尚实"怎么可能不是真的呢？

31. 闲 坐

夏奇瑞思考了整整一个星期，在心中已经有了答案。对于她和他和他的关系，她在艰苦卓绝的心理斗争之后，应该已经做出了决定。不过，正如龙文所经历的那样，自己的决定究竟能不能实现，那往往并非是自己所决定的。当然，她今天并非是想要和吴承文和龙文三方对峙的。男女关系的问题，她打算在高考之后再解决。

已经下午四五点了，太阳还挂在空中，那是一种别样的光芒，斜在一旁不显得耀眼，却能照亮整个育德的操场，或许也能照亮许多被灰尘蒙蔽的心灵。夏奇瑞找来了吴承文和陈阳阳，三个人就坐在操场上，吹着微微有些发热的风，追忆着曾经的故事。

"这是最后一个周五了，以后再也没有机会在这个操场上坐上一整个下午，再也没有机会在这个操场上散步了。"夏奇瑞望着宁静轩的方向，那个给了她太多回忆的地方，那个她哭了笑了、病了醉了的地方，略有感慨地说道，"以后再也没有机会，在这个地方生活了。"

"还可以来啊！"吴承文笑着说，"你可以作为校友的身份，再来育德。"

"那不一样的哦。"夏奇瑞说，"以后，感觉不一样了。所以我今天找你们来，你们是我最好的朋友，我希望我在育德的最后几个小时，是你们陪我度过的。"

二、春夏秋冬　　115

陈阳阳非常不理解为什么在这个时候夏奇瑞要叫他们过来。他们三个的关系，已经处在极为微妙的环节，这个时候再三个人见面，如果出了什么问题，那或许就一发不可收拾了。可是夏奇瑞，并不像陈阳阳所认为的那样，知道了陈阳阳喜欢吴承文，她只知道自己喜欢吴承文，而陈阳阳只是他们共同的朋友。吴承文就更加紧张了，纠结许久也未能看清自己到底更喜欢谁。他本想今日一别之后，再见面就得是高考了，所以打算把这件事情留到高考之后再解决，结果夏奇瑞这突然把他叫来，令他有些不知所措。可拒绝夏奇瑞又是绝难做到的，就像拒绝自己喜欢的任何事物，都需要惊人的意志力。在这个紧张焦虑交织的时间段，至少对于吴承文来说，他完全没有这样的意志力。

陈阳阳表面上还是显得很自然的，她那可爱的脸在阳光的照耀下显得更加动人，配以微微的笑容，令人痴迷而陶醉，她对夏奇瑞说："瑞瑞，我们就陪着你，一起度过最后的几个小时，我好喜欢你们。"

"我爱你们。"夏奇瑞说。

"我，我也爱你们。"犹豫片刻，吴承文还是说了，说在夏奇瑞之后，显得很自然而又不违心。夏奇瑞感觉这话有些意在言外的意思，却没有仔细想，只是握着他们的手。三个人，互相握着手，就坐在育德高中的操场上，看着夕阳西下，华灯初上，月影斑驳，已然是到了晚上了。

"我要和你们拥抱。"夏奇瑞看着天上的月亮，"为我们高考加油。"

当吴承文和夏奇瑞拥抱的时候，他很想亲她的脖子，但他知道这不能，就像之前陈阳阳推开他一样，他用一种很轻微地几乎无法察觉的力量推开了夏奇瑞，并对她说："瑞瑞，高考加油。"夏奇瑞下意识地想说:"你再抱抱我。"但是话到嘴边,又止住了,改成了"你也是,阳阳也是,我们都加油,功不唐捐。"

他们都没有发觉,不远处的宁静轩宿舍,一双眼睛正注视着他们,那是龙文的眼睛。他在操场上跑了几圈之后,本打算回到宁静轩收拾东西准备回家,其实应该说是先去鸿江边上走走路,再回家。结果无意中从窗户看到三个熟悉的人在操场上坐了下来,尽管离得很远,他还是精准锁定了三个人的身份。看着他们牵着手围成一圈,他心中一阵绞痛,想起孟宇的话"你说谁啊,当然是夏奇瑞啊",不由得一阵苦楚。他知道,吴承文在高一的时候喜欢过陈阳阳,但陈阳阳是个什么样的角色人尽皆知,她和吴承文应该不会有什么关系的。但夏奇瑞,自从孟宇说了之后,这一个星期他就在观察。有些事情确实是掩盖不住的,只要仔细观察,很多被掩盖的事情都会有蛛丝马迹,更何况现在这个时候,大家心在学习,就更无暇顾及"保密"这件事情了。可是龙文也发觉,这一个星期,夏奇瑞对自己的眼神也发生着变化,尽管两个人没有任何交流,但是微妙的转变是能被清晰地感受到的。

只是今日一见,龙文才觉得自己的可笑:鸿江边吟诗以为自己解脱了,其实没有,还是完全放不下她;一个星期以来,认为她对自己有什么情感变化,可最后只是自作多情。龙文拉上窗帘,苦笑了两声,开始收拾东西。他并没有看到夏奇瑞和吴承文拥抱,这或许是上天不想让他过于痛苦的缘故。他把所有的东西都收拾妥当,再次看了一眼那宁静轩中属于他的书桌。当学校把宿舍熄灯时间后延,并且允许自带照明设备之后,这张桌子有时候就是他夜晚充实笔记本的地方,笔记本里很多的诗篇都是在这个地方写下的,比如高二上学期放寒假前他就在这里写下了《冬风之殇》。

二、春夏秋冬

龙文收拾完东西离开寝室，回头最后看了眼这个地方，除了吴承文还没来收拾之外，其他所有人都收拾干净了。当目光看到属于孟宇的那块地方的时候，他想起三年来和他争论不休的那个人的形象，说实话没了人抬杠还有些不舒服呢。龙文微微一笑，关上房门准备离开，却迎面看到了正准备回来收拾东西的吴承文。

一时间，空气凝固，人心躁动。宁静轩在这个时候显得倍加宁静起来，天地宇宙化为一体，试问悠悠苍天，为何总是嘲弄少年人的心事？

32．教　诲

龙文随着钱有军来到办公室。钱有军办公室的位置着实有些不太好，位于育德楼的一楼，就在校门口和通往修行楼的必经之路上。每天门口都有熙熙攘攘的人流，即使是把门关上了依旧是人声不断。钱有军时常想，要是给自己这办公室门口也装个玻璃门该多好，校长室在七楼，平时根本就没人去，安静得很，还装两道门；而自己这里正是人流密集之所在，却只装了一个隔音效果很不好的门。

龙文看着这办公室，他不是第一次来这里了。上次翻墙事件，因为宿舍也是钱有军负责的范畴，所以他也是被带到这里听钱有军的训话。那次训话，他没有顶嘴，也表面上"虚心接受"，不过这次他有着不一样的心境，不一样的想法。每当脑中浮现出夏奇瑞因为吃不上饭而显得苍白的脸，还有走廊上刘君放阴郁的目光的时候，他总觉得不能再保持沉默。

办公室很小，也很简陋，既没有什么相框，也没有书柜，只是一张桌子，上面堆满的都是些杂物和一台办公用的电脑。钱有军在椅子上坐下来,一边整理着桌上的纸张和文件,一边说:"龙文,又是你,高一开学那会,就是你翻墙被警察'请'回来的吧!这眼看高一就结束了,你还给学校添麻烦,本来应该是德育处来处理这个事情,但总是开违纪单也不好,校长也表态了,就让我跟你说说,一定要注意自己的言行。这是在学校,公众场合,做学问的地方,不是搞事情的地方。再说了,都是高中生,眼看着就快成年了,你也要考虑后果。这样一搞大家都不好收场,现在是在学校里,老师还能护着你,等到了社会上,你这样的行为,那可就没人保你了,该怎么处理就得怎么处理。"

龙文想起了孟宇所说,或许当年孟宇在初中犯事的时候,老师也是这一套说辞,然后他就相信了。龙文却对此并不感冒,只是说着自己想说的话:"道理我都懂,但解决问题才是关键。就那个打饭的效率低,您也是看到的,据我同学说,一个星期前就已经和您反映过了,但是没有丝毫的变化。我甘愿受罚,但是问题该解决还是得解决。"

钱有军叹了口气说:"最近事情实在太多,可能之前有反映也给忘了。不过校长今天也当场有了说法,这样的情况应该不太会出现了。你能不能保证,以后不再有类似的情况发生?"

"可以,只要合乎情理,我一定不会过激的。"龙文道。

"好。"钱有军长长出了口气,"要是以后再有类似事件,可保不准要处分。你自己想想吧,现在学习是最要紧的事情,不要因为一些事情钻了牛角尖耽误了学习,这样对你没好处的。行了,今天就这样了,学校很宽容了,你要懂得轻重。"

龙文一想到事情算是解决了,也就不再多说什么。钱有军的教诲他自然是没有听进去的,不过就这个机会,他或许明白了些许孟宇所言的含义。龙文越发觉得,这个世界的运行规律或许不适合他,而适合孟宇这种人,所以他才能在感情上游刃有余,而自己却碰壁多时。不过,即便如此又何妨?特立独行本就是他的风格,要是泯然众人了,即使活得舒服,或许也得不到终极的快乐。高考,是很重要,不过对于龙文来说,它绝对不是这个年龄最为重要的事情。

离开了钱有军的办公室,龙文感受到了一种成功者的喜悦。吴承文煞费苦心搞了一个学期的宿舍熄灯问题到现在悬而未决;刘君放两次和王为民对峙,还把火烧出了学校,却依旧未能促成实质性的改变。而自己用属于自己的方式进行争取,却收到了不错的效果。他暗自得意,刚好在走廊上遇到了孟宇,突然想起孟宇所谓的"我倒觉得,今日之事,王为民可算是老奸巨猾了"的结论,以及他对于刘君放文章事件不一样的看法,不觉起了兴趣,便问道:"老孟,刚才你在食堂里话没说完,你说王为民今日老奸巨猾,此话怎讲?"

孟宇笑了笑说:"龙哥被叫谈话出来还是这么神采奕奕,佩服。你想啊,今天他当中说了一番话,是对学生们有利的,可是呢,他有说怎么改变这个食堂吗?好像只字未提吧,我猜想钱有军也只字未提,不过是息事宁人的手段罢了。或许今天你赢了,长久看来,你怎么赢?我想你当时根本就没想到这一点吧。

"王为民当众讲话,给了学生们尤其是你极大的面子,就相当于把你的嘴堵住了。我问你,下次如果再有这种事情,你还能再出来说事吗?恐怕就不能无所顾忌了。今天食堂一闹,本来就浪费了大把时间,学生们未必觉得你做得对。就像刘君放的文章,你或许认为讲得很有道理,但很多人包括我就有着不一样的看法。你自以为站在道德的最高点上,其实王为民倒是占据了道德上风。你想想是不是这个道理。"

龙文一时间愣住了，他想反驳但是没找到说辞，可能是潜意识里已经接受了孟宇的想法，只能硬说："至少那老家伙这几天应该会收敛一点了。"

"希望如此。"孟宇看着龙文，"还是治标不治本。要改变，真是难上加难。就比如刘君放，将'家丑外扬'，以为能吸引眼球，但是结果呢，不还是输得一败涂地？再者说，他所言就真的是学生的需求吗？难道所有人都不喜欢考试？难道所有人都喜欢体育运动？我看未必，有很多是他自己的一厢情愿罢了。大多数的学生还是很喜欢应试的。所以，与其说他是在为学生考虑，不如说他是在实现自己的理想抱负而已。恰恰相反的是，王为民在维护传统，保持稳定，着实不易，这就是我之前说的'刘君放之心，十人中只有一人可懂，而王为民之意，百人中未必有一人可知'。"

龙文沉默了，良久吐出两个字："放屁！"

33. 离　开

只有两个人的时间可以是惬意的，比如吴承文和夏奇瑞在鸿江边把酒言欢的时候，可以忽略身边的所有人和事，把繁华的鸿江当作两个人的世界；亦比如吴承文和龙文在天台上享受大自然的黑暗和宁静之时，天地为客，万物为宾，那可谓是绝佳的体验了。可如今，两人再次相会的时候，偌大的宁静轩里，只有他们两个人，可是却仿佛充斥着万千人影，全是"她"和"他"的故事和关系，交织在一起，颇有种剑拔弩张之势。

龙文用他那独有的，阴郁中透露着怒火的眼神凝视着吴承文，良久才说道："你喜欢她多久了？"

吴承文犹豫半晌才嗫嚅着说道:"不知道,可能就,就一开始就,从高一那会我们就很熟了……"

龙文没有说话,突然一把抓住吴承文把他按在墙上:"我把你当兄弟,你在后面挖我墙角,这么说两年多了,我啥都不知道,我就是个傻子!你,你……"

吴承文一下子被吓到了,但本能的反应是推开他,可是却推不开,龙文是用了真力了。这次,吴承文没有思索,压抑许久的话喷薄而出:"龙文,你知道吗,你给她带来的不是爱情!是什么,是压力,纯粹的压力!她不止一次在我面前说,她受不了这样的爱却不好意思和你彻底决裂,你还觉得自己很伟大吗?不管怎么说,至少我给她带来的是快乐,而你呢,你给她带来的是痛苦!"

"你放屁!爱是纯粹的,痛苦也是纯粹的,但至少是正大光明的。而你呢?在背后胡搅蛮缠,你算什么男人!"龙文死死盯着他,按着吴承文的手越来越紧,仿佛要把吴承文钉在墙上方肯罢休。吴承文也不甘示弱,本能的反应让他往外推龙文,一边推一边说:"老子给你脸了,你自己追不到女人就把气往我身上撒,我有什么错?要你小子来教训我,之前那一脚的账还没算,你还想怎么样?"

"你好意思说,真后悔那一脚没把你踢残废了!我一直信任你,宿舍问题上没少帮你想主意吧?没想到你居然背后捅刀。高一进来第一天,你在寝室里说'为朋友两肋插刀,为女人插朋友两刀',我以为你只是说个笑话。没想到,你是说到做到啊!"

"什么两肋插刀,我做什么了?我喜欢她犯法了还是什么的,你凭什么指责我?我以前敬你执著,一直让你三分,但你也太过分了。你知不知道,她为你哭过多少次!你好意思吗?一个大男人,可是因为你造成的痛苦却让女孩子去扛!你那不是爱,是欲望,是欲望!"

"我,我……我没有,我没有想让她怎么样……"龙文大声喘着气,嘴上还想说着什么却说不出口,手却松开了些许。吴承文趁势一推他,直接把龙文推倒在地。吴承文被按得全身发疼,腿上的伤口还未完全愈合,此时又开始疼痛起来。他大汗淋漓,大声喘着气,说着:"你好自为之,你好自为之……"话还没说完,便转头奔回了寝室。

龙文被推倒,坐在台阶上。当听到夏奇瑞为他哭泣多次的时候,他的心理防线被彻底击垮了。在他的理智慢慢恢复的过程中,他想到这还是在这几年自己已然收敛的情况下,那么在之前呢?反正他是一概不知的,夏奇瑞没有告诉他,她自己扛了。龙文抱着头,或许这是让他最不能接受的事情,也是很多人不敢面对的痛心现实——自己爱的人经历着自己的爱所带来的痛苦。是爱,还是欲望?原本极为清晰的东西在一瞬间变得模糊了。他哭了,就一个人坐在台阶上哭着,宁静轩的沉默被打破了,连靠在宿舍门后面喘着气的吴承文都听得一清二楚。

吴承文感到愧疚,这是一种对于自己的审判。同时喜欢两个女孩子或许是一种享受,却更是一种罪恶。想起高一暑假和她们的第一次出游,还写下纯洁的歌颂友谊的诗篇,到现在或许是最后一次坐着闲聊,不觉一股悲凉之意上涌。这种时候,听着龙文的哭泣,真可算是五味杂陈了。哭声渐渐远去,最后终于一切归为宁静。

收拾东西的时候,他无意间看到龙文的床头有件东西放在那里,好奇便拿下来看,却是一盒印章。打开拿出来看,印章上面刻着"龙文之印"四个字,一看就是没有用过的,崭新的印章。他暗自狐疑,这小子怎么还用印章?看上去还是全新的。他打开宿舍门,看龙文

二、春夏秋冬

已经不在台阶上，应该是已经走了，便把印章放在了自己包里，等下次看到他的时候再给他，免得过两天宁静轩大扫除的时候，被当成垃圾清理掉。

吴承文收拾完东西，看着被收拾得整整齐齐的宿舍，想起三年前他们第一次相聚的晚上，那是多么畅快啊。每个人自报家门，谈谈自己初中时候喜欢的女孩，聊聊自己的兴趣爱好，观察他人的生活习性。那天晚上，龙文和孟宇就开始了长达三年之久的自由与规则的辩论，而他一句话就引爆了全场，所谓"为朋友两肋插刀，为女人插朋友两刀"成为了男生之间传唱的名言，却没想到最后离开的时间，还能听到龙文说出来，不过却是以一种并不友好的方式。

他推开窗户，在育德楼灯光的照耀之下，操场上一个人的身影在向校门口的方向缓缓移动，那是龙文，拖着疲惫的身躯走得很慢。朋友还是敌人，兄弟还是情敌，是两肋插刀还是插朋友两刀呢？他说不清，他也不想说清楚。本该好好回去复习的一个晚上，却被两个女生和一个男生所占据，没有人能和他脱离关系。总想着高考后再解决，可最终还是逃不了命运的安排。

关上宿舍的门，最后看了一眼寝室，他走下楼去，站在操场上仰视着宁静轩。这是三年来每一个夜晚的归宿，却也将永远成为历史。他们所有人即将奔赴高考的考场，而再也没有机会，在宁静轩睡上一整夜。吴承文想，当年是自己第一个来寝室里报到，今天也是自己最后离开这个地方，这大约就是中国古人所说的"有始有终"吧。

看了看手机，一看明天就是六一，他猛的想起有什么事情忘记做了，于是赶忙一路小跑出了学校。

34. 游　玩

　　转眼间已是暑假，在育德度过了一个高一学期，许多事情或许还都悬而未决。食堂问题和宿舍熄灯时间没有什么实质性的进展，假期里学校的加课和厚厚的作业却是如期而至的。不同于孟宇在外面的放荡生活，陈阳阳始终把自己闷在家里，不仅一个月的时间就做完了所有的作业，剩下的一个月还给自己排满了补习班以及积极应对学校的加课，闷声不响地在学习上颇有所作为。她每天只看十分钟手机，以防众多男孩子每天亲切的问候，以至于每次打开手机的时候，手机里的信息都把手机卡得运行缓慢，她就以这样极为规律的作息让她在学校里的暑期测验里名列前茅，一改高一时候中游的水准而跻身上游，当夏奇瑞问她是怎么做到的时候，她只是很简单地说了一句："认真刷题，认真复习，就这样。"

　　夏奇瑞明白这些都是老生常谈了，可是静下心来学习是多么困难的事情。她看着陈阳阳十分绝情地拒绝吴承文和其他很多追求者的时候，她心里却并不苟同这种在她看来几乎是"精致的利己主义"的方式。她有时候想，或许是她自作多情了吧，或许她本就不该考虑那些追求她的人的感受，又不是她逼他们的。不过总还是无法完全绝情，尤其是对于龙文这种情深意切的追求，压力越大，她越知道是真实。可越真实，就越感觉是负担，这或许是她自己给自己种下的矛盾的心结。在她这三年的高中时光里，这种矛盾的态度就这样缠绕着她，以至于她在学习上无法专心致志。

　　不过她也不后悔了，失去理性的代价是换来感性的萌芽和生长，夏奇瑞始终觉得这也是值得的。所以当吴承文约她和陈阳阳出去玩的时候，她毫不犹豫地就答应了，她认为这是朋友间的出游，却或许其实是潜意识里爱情的驱使。从他们的第一次出游到最后一次聚首，一切都显得如梦似幻，又似乎顺理成章，就像从三人行到三角恋，也未必是人的安排。

鸿江边的步道给人们留下极多的回忆，三个人就在烈日炎炎之下找了个江边的咖啡吧，坐在太阳底下喝咖啡，吃下午茶、聊天。夏奇瑞打趣似的对吴承文说："你怎么想到约我出来，是不是喜欢我？"

吴承文本想说"你不是之前也约我出来吗"，看到一旁的陈阳阳又改了口："那这么说，我是一下子喜欢你们两个喽？"

陈阳阳在边上捂着嘴笑着说："瑞瑞，你不是之前也约他出来玩吗？好像也是在这附近吧。"

吴承文笑着，暗自骂自己又自作多情了，看着夏奇瑞。夏奇瑞推了一把陈阳阳，笑着说："不许和别人说。"

"永远保密嘻嘻。"陈阳阳笑得很灿烂，经过了长时间的闭关学习，有人约出来玩玩也是个不错的选择，她看着已经不再喜欢她的吴承文，暗自觉得这将是她第一个异性朋友，不会走远，也不会越界的异性朋友。

"文文，要是有一天你同时喜欢我们两个怎么办呀？"夏奇瑞一边捏着陈阳阳的脸，一边用水灵灵的大眼睛看着吴承文，吴承文十分郑重地说："我不是渣男，我不可能同时喜欢你们两个人的。"他略有些耿直的语气惹得两个女孩子哈哈大笑，陈阳阳捂着嘴说："吴承文你好好笑，哈哈。"夏奇瑞用手把陈阳阳的脸做出各种样子，然后吴承文给她们拍照，就这样吴承文的手机里留下了第一张女孩子的照片，就是她们的照片。

吴承文看着手机里两个人的照片，心头有种抑制不住的激动，那是多美的一幅画卷啊,他有些陶醉了,仿佛喝醉了一般,天真地笑着,无意识地说:"要是你们都喜欢我,那怎么办啊?"

"笑死我了哈哈哈……"夏奇瑞抱着陈阳阳,十分刻意地在她的脸上猛亲了一口,得意地看着吴承文,"我亲了你亲不到的女人,羡慕吗?哈哈哈……"陈阳阳也笑着说:"小吴,你好自信,你怎么这么自信啊?"

吴承文点点头:"是的哦,我很自信的。"他笑得很开心,和两个女孩子出来玩让他很开心。那时候,他和女孩子出来玩的机会屈指可数,于是乎每一次出游他都存放在记忆的最深处,时常在苦恼时翻出来品味着,便能消除他的痛苦。那是一种有别于爱情的享受,是因战胜了孤独和寂寞所产生的快感,是纯粹的友谊带来的毫无压力不用负责的纯粹的快乐,这种快乐虽然不能带来短时间内极大的感官刺激和精神享受,却能在生命的长河中时不时照亮失意的人们。吴承文一度觉得,来自异性的纯真的友谊,是这个世界上最为珍贵的东西,而且并不是每个人都可以获得的。如孟宇一般放浪形骸者得不到,如龙文一般洁身自好、始终如一的人得不到,而他吴承文对于能得到这种友谊而庆幸了许久。

三年后,当他们再次在育德操场上相聚的时候,早已经是以老朋友的身份了。却似乎少了那初见时的毫无顾忌和快乐的心境,而平添了几分隔阂。或许是因为即将要分别,亦或许是那种纯粹的友谊消失了而令人难过。

而对于吴承文来说,更为致命的是,当他想起高一暑假那次出游时为她们而做的诗歌《春华之繁》的时候,那诗歌里描绘的属于纯洁友谊的美好愿景让他愧疚,因为仅仅两年不到的时间,不仅关于"爱陈阳阳十年"的爱情誓言成为了笑话,那"我们不离不弃,

二、春夏秋冬　　127

不远不近，不亲不爱，却永远同行"的诗句，也"沦为了一纸空谈"。

显然，当他们还快乐地在阳光底下顺着江边跑步的时候，谁也没有想到未来的故事会这样发展。跑累了，坐在树荫底下，说了好久的话。也不知到了什么时候，吴承文看着地上郁郁葱葱的青草和鸿江奔流不息的江水，对两个女孩说："你们喜欢诗吗？"

35．长　谈

孟宇本来晚上想去附近新开的一家夜店尝尝鲜，却没想到龙文突然给他发消息，而且语气有些异于往常，他隐约感到有些不对。对于龙文，他们杠了三年，尽管有时候看不惯对方的处事风格，但毕竟是室友加同学，出了事情他还是很愿意帮忙的。对于他来说，相比起社会上那些混混，他还是更愿意珍惜学校里的同学们，尽管他的主要生活是在学校外度过的。

他们约在鸿江边上的咖啡厅，很巧的是，他们就坐在吴承文、夏奇瑞和陈阳阳曾经坐过的那张桌子。那张桌子离江边最近，而且视野好。他们到的时候是晚上八九点的样子，还能看到许多行人在散步，有些家庭喜欢带着不满十岁的小孩在周五晚上举家散心，孩子们的欢声笑语充斥着整个步道，温和的灯光照耀着龙文和孟宇，试图缓解略有些沉闷的气氛。

龙文本想回家，可实在心里堵得慌。他很想找夏奇瑞，跟她道歉，哪怕让她打一顿骂一顿也好。对于他来说，别人的审判或许是轻如鸿毛的，而自己对于自己的审判，那可谓是重如泰山。本是引以为傲的执著和专一，却被吴承文一语点破，那欲望和爱的纠缠，让他痛苦万分，因为他自己突然醒悟过来这两者的区别其实模糊得很。他对孟宇说:"老兄啊,实在是堵得慌,放眼望去只有你一个人可以语之,所以就把你约到这来了。"

　　孟宇心知肚明,吴承文和他畅聊之后他就了解了其中的原委,也大致明白其中的人物关系。龙文喜欢夏奇瑞是早就公之于众的事情,于是乎这样一来吴承文和龙文就是情敌关系,这三角的关系和陈阳阳没啥关系,实际上也就是两个男生喜欢同一个女生的事情。而另外两个女孩和吴承文的三角关系也和龙文有着联系,这么说来,算是个四角了。孟宇却佯装不知,免得言多必失,遂说道:"哈哈,龙哥,你这话说得我很感动啊!抬举我了,有事情你就说,我看看能帮上什么忙不。"

　　"你觉得爱和欲望,有什么区别?"龙文缓缓问道。

　　孟宇倒是一怔,他没想到龙文抛开了实际的问题而问了个很抽象的问题,倒是让他没有准备,半晌他才答道:"按我说啊,其实,爱包含了欲望,欲望却没有爱。当然,对于爱的定义也会影响这个问题的答案。比如你我,很明显对于爱的定义就不一样。"

　　"那我到底是欲望呢还是爱呢?⋯⋯"龙文喃喃说着,目光看向前方,眼前浮现出那天晚上在江边狂奔的自己,想起那夜所作之诗篇,那就像一场梦一样。美好的梦,给人以解脱;空想的梦,让人自以为解脱。那干脆,就命名为《夏夜之梦》吧,既表达了美轮美奂的乌托邦式的期许,又可以表达那白日梦般自以为是的虚无和虚假的解脱。龙文低声说着:"夏夜之梦,夏夜之梦,对,夏夜之梦⋯⋯"

　　孟宇疑问道:"你说啥呢?仲夏夜之梦?什么鬼?"

　　龙文这才反应过来,猛喝一口咖啡说着:"没什么,刚才走神了。我以为我是爱,可为什么却不能否认自己的欲望呢?还是我一直在骗自己，就像我骗自己已经解脱了一样……"

孟宇对所谓"就像我骗自己已经解脱了一样"并不是听得很懂，便就着前半段话回答着："依我之见，你肯定有欲望，但是大部分是爱。有欲望很正常，你难道希望爱情里没有欲望吗？这不可能的，对于妙龄少女的欲望，是正常十八岁少年都有的欲望，你为什么不能接受呢？"

龙文沉默了，不得不说孟宇说的是事实，而且是他一直不愿意承认的事实。半晌他说："是啊，你说得对。我记得你之前在学校电视台工作的时候，出过一期节目，讲心理问题的，我觉得我现在就陷入了一种心理困境。我既希望得到解脱，甚至还不由自主地想方设法欺骗自己已经得到了解脱，但是却一次又一次陷入没有解脱的困境之中，就这样周而复始地折磨自己。眼看着就要高考了，我却似乎自己挖坑把自己埋了。"

"说到那个心理节目，我还真不太清楚，我是台长，做一些宏观的事情，内容什么的我也就只是浏览了一遍，现在也忘记了。"孟宇想着以前在电视台的工作，"录节目那会儿还算有些事情干，不像现在。不说我，说说你的事情。其实我觉得，这还是你自己的思想在拧巴。就像你自己说的，是你自己挖坑把自己埋了。又是个老生常谈的问题，四个字'不可执著'罢了。"

龙文想起吴承文也对他说过类似的话，那时候他不屑一顾。后来从孟宇口中无意间得知吴承文和夏奇瑞的事情，促使他下定了决心，了断这份感情。结果自以为解脱却仍旧耿耿于怀，以至于和吴承文再次掐架。到如今，再次听到这四个字，他已然不敢再不屑一顾，但却依旧不愿认同。

"一生就执著这一次。"龙文回应着，和那天晚上与吴承文所说的一模一样。不变的说辞却是变化的心境，不屑一顾没有了，取而代之的是最后的倔强。

"那你找我干啥呢？"孟宇哑然失笑，"既然还是执著，就只能自己扛了。这世界上，最牢固的枷锁莫过于自己给自己定下的道德戒律了。可是爱情这个东西从来都是捉摸不定的。道德、价值、理想、本质、人性这些东西，古往今来都有名家著作进行讨论和论述，唯独爱情，或许有人去说有人去写，可又有哪一套理论能说服大多数人？不过是因人而异罢了。若是选择执著，便必然要痛苦万分。"

龙文看着眼前这位大谈古今的少年，由衷地感叹道："你不读书，真是可惜了。"

"这话你说了好多遍了。不过我不是不读书，恰恰相反，我读的书或许比你们还多些。我不过是不想高考而已。"孟宇仰头看天，幽幽地说道，"今日畅谈不比刷题痛快？"

"那是自然，不过为了前程，我不敢抛弃高考。"龙文道，"都快考试了讲这些没啥意义。我倒想说，你就像以前青楼里的风流才子，倒是潇洒得很！"

孟宇苦笑着，颇有些意味深长地说："有些事情不是我们自己能决定的。"

龙文忽然想起，两年前和吴承文商议解决宿舍熄灯问题的时候，他对吴承文说的话和今天孟宇对他说的话一模一样，不觉哑然失笑。半晌，他才道："要是她一直不来和我说话，我也不和她说话，或许就好了。反正以后也难见面了。一个星期没说话或许熬不住，要是一年没说话，也就真忘了吧。要是她……"突然手机一阵响动，打断了他的发言。

二、春夏秋冬　131

36. 读　诗

听到"诗"，夏奇瑞便想起龙文来。那个时候龙文就是学校里的大诗人了。不过她并没有说，她不想把轻松愉快的氛围变得沉重。陈阳阳却先说道："喜欢读诗，学习累了就读读诗，感觉蛮不错的。"

"你是这个时代的另类哈哈。"吴承文笑着说，"我以为现在这年头除了考试要考的那几首诗以外，其他的诗歌已经没啥市场了。"

"你说的倒也没错。"夏奇瑞说，"什么娱乐方式不比读诗强。诗，已经成为一种精神奢侈品了。"

"精神奢侈品……"吴承文若有所思地说，"现如今经典文学都成了奢侈品了，更别说诗歌。不说这个，我给你们读诗吧，我突然有了灵感。"

"好啊，好啊。"两个女孩子异口同声地说。

"我给这诗拟了个题目，叫做《春华之繁》。"

"现在是夏天，为什么叫《春华之繁》？"

"因为我遇见你们就好像我的生命开启了新的篇章，就像春天，预示着生机勃发，万物都显得那么迷人、繁茂。我以为，季节是什么并不重要，重要的是人。没有人，哪来的春夏秋冬？"吴承文说着，从灵魂的最深处吞吐出文字来，那是他第一次为别人作诗，或许也是最后一次：

　　遥望，
　　远方的青草在春日的润泽中萌发，
　　潺潺的小溪比巴赫的音乐还动听。
　　一声生命的呼唤，

一曲春日的赞歌,
赞我们的故事,
在阳光下,繁华而茂盛。

江边的游鱼也扑腾着吧,
我们的路还漫长着,
在春光的沐浴中,
吸取着万物的芳华,
抒写着动人的篇章。

转眼间,
前方的群山,
身后的丛林,
都为我们欢歌。
从古老的西弗吉尼亚,
到年轻的珠穆朗玛,
我们跨遍宇宙山川,
走遍名山大川。
鸿江水与我们同行,
我们的真诚,
照耀远方的路。

我们不离不弃,
不远不近,不亲不爱,却永远同行。
曾因为孤独而哭泣,

也曾为寂寞而揪心,
如今,
因为你们,
我看见了远方繁华的春天,
春华之繁。
那是属于我们的繁华,
那是属于青春的乐章,
在奏响的一瞬,
便激荡起万千的波澜,
于我们的脚下和心中,
迸发出只属于我们的火光,
一瞬间,
便洒满那目光所及的一切角落,
从巴塔哥尼亚到伊犁河谷,
从西伯利亚到乞力马扎罗,
点亮着,
这属于我们的世界,
属于友谊万岁的,
所有的夜晚。

我心怀希望,
看着鸟儿归巢去,
思念故人,奔赴远方。

他吟罢长出一口气,才发觉已然是日薄西山,夜晚将至了。

行人逐渐多了起来，他们顺着江边走着，待到行人又逐渐稀少，他们才在江水的转弯处停了下来。眼看着要分别了，陈阳阳从包里拿出一盒礼物递给吴承文，说道："小吴，感谢你邀请我出来玩，还请吃饭，还送诗，这个小礼物送给你啦！友谊长存！"夏奇瑞却没有想到送礼物的事情，不过都是好朋友，也就不在乎这些虚礼了。

　　等吴承文接过礼物，陈阳阳开玩笑似地说着："以后你也要给我准备礼物，六一节送给我，我还是个小孩。"

　　"哈哈，好的啊，"吴承文说，"每年都给你送哦。"

　　夏奇瑞在一旁笑："你们好幼稚，都几岁了还过六一。"

　　"我就要当宝宝。"陈阳阳靠在夏奇瑞肩膀上说着，那极为可爱的声音刺激着吴承文，他似乎后悔了，为什么放弃了对这样一个可爱女孩的爱？不过事情就是这样，如果不是放弃了这种爱，陈阳阳永远都是那种高不可攀的存在，而只有纯粹的友谊才能让她放心。这或许并不是吴承文想要的，但却或许是他能得到的最好的结果了。如果越界，吴承文很清楚，等待他的可能就是持续不断的冷淡了。

　　"再见，我们走啦！你怎么回去？"女孩们问道。

　　"啊，我走路回去，往那个方向走十几分钟就到了，离这不远的，拜拜！"

　　"拜拜，高考完再来这里啊！和你出来玩真开心！"

　　"好，一定，高考完再来，我请你们喝酒！"

　　"不准反悔！"

　　"君子一言，驷马难追，我说到做到！"吴承文说着，看着两个女孩手牵手消失在视线之中，不觉有种莫名的失落感。或许是欢声笑语就这样过去而无法得到延续，抑或是黑暗的到来令他恐惧，即便有星星灯火，也无法完全照亮自然的黑暗。吴承文靠在栏杆上，

二、春夏秋冬

把手伸到外面，让江风更加彻底地浸润自己，他闭上眼，不再动，而是享受静止带来的奇妙的感觉。

两年后，当他离开宁静轩寝室的时候，看着手机上的时间，想起这天的出游，发觉自己忘记给陈阳阳准备礼物了。高二的六一他买了个抱枕，高三的六一他却忘记了许下的诺言。他苦笑着，就像说爱陈阳阳要爱十年的誓言一样只坚持了一年，那"每年都给你送"的承诺也就记住了一年。吴承文想，到底还有多少的话是随风而去的？到底还有多少的事情是虚无缥缈的？是他一个人这样，还是所有人都这样？是男人这样，还是女人这样？他不敢想了，但他可以肯定的是，就在那天，陈阳阳把礼物递给他的那一瞬间，他有着无与伦比的激动，那是他亲手接过一个他曾经深深爱过的女孩给他的礼物。

夜已深了，步道上已经不见了行人，只有几盏路灯还亮着，指引着少年回家的路。眼看着暑假就要过去，新的一个学期就要开始。吴承文目光所及之处，路上的灯变成了宿舍里那些很早就会关闭的灯。王为民在暑假里搞了个大调研，利用线上的平台广泛征求学生对于校园建设的意见。除了和高考有关的事宜不在商量之列之外，其他所有事项包括食堂和宿舍的问题都在征求改革建议。于是他把宿舍的问题又再提了一遍，希望这次能有效果。看着这临近午夜还亮着的路灯，吴承文想，要是宿舍里的灯能像这里的灯一样，一直亮着就好了。

37. 欲　　望

吴承文想起六一节给陈阳阳的礼物没有准备的时候，恰好收到陈阳阳的信息，问他给自己买了什么礼物。吴承文一阵心急，本来就慌乱的心更加慌乱了，心怦怦直跳。他平时没有买那些小东西的习惯，所以家里是肯定没有可以用来应急的物件的，现在要去临时买，可这附近也没什么商场店铺之类。要是他和陈阳阳还是原来那种井水不犯河水的朋友关系，那他倒可以说一句忘记了下次再补的话对付过去，毕竟高考就在一个星期之后，大家忙于复习也可以理解。可偏偏动了感情，那心境就完全不一样了，他所想的并不是如何搪塞过去而是如何解决问题。

他翻着自己有些乱的包，先翻到了那盒印章，一看"龙文之印"四个字，便知道这无法代替陈阳阳的"六一节"礼物，何况这还是别人的东西。他把印章放好，又翻到了那个八音盒，那个他和夏奇瑞第一次出游的时候，她送给他的礼物。他打开过，却没有放在家里或者寝室，而是就把它放在包里，这或许是个令人不解的操作，但这也冥冥中暗示着他对于夏奇瑞的喜欢。当他再次拿出这个八音盒的时候，一种深深的罪恶感席卷着他的内心，因为不论他是否真的这么做了，他至少想过用这个八音盒来暂时代替给陈阳阳的"六一"礼物。

吴承文看着这八音盒，尽管已经过去两年了，但本来就是黑色的八音盒并没有什么磨损或者褪色的痕迹，还算比较崭新。吴承文心里想，自己这么做是不是在犯罪？已经是违背了承诺，却用另一种很不道德的方式将它补上，越长大越看不清自己是谁，越开始明了语言的虚伪。是自己虚伪吗？吴承文不敢想，就像龙文不敢想一样，每个人都害怕直视自己内心深处的幽暗，却又在某些时候知道得清清楚楚，可当白天到来太阳升起的时候，又收起自己真实的一面，以一副尽可能完美的面具示人。这很正常，却不尽如人意。

清冷的月光洒在吴承文的脸上，他转动着八音盒，里面的悠扬的音乐传出来,却并不是常见的《天空之城》,而是他并不熟知但却听起来悦耳而宁静的音乐。音乐在寂静的黑夜显得格外柔和,平缓的音调就好像自然的抚摸,纯粹的灵魂发自心灵的歌唱。可他,配得上这纯粹的音乐吗?吴承文感到内心一阵绞痛,不是肉体上的,而纯粹是精神上的,腿上的伤口已然痊愈,却时不时隐隐作痛,这是不是上天对我的惩罚?吴承文想着,恐惧在舒缓的乐曲中萌发着,曾经的一幕幕像刀子一样不断刺痛着他的心,他的灵魂在滴血,他的良知在流泪。

不过这又算什么?他早就看到,那被冠以"礼尚往来"的重复赠礼,虽然中文里并没有一个很好的词汇来形容这种行为,却无时无刻不在中国的家庭中上演着。小时候,他看见长辈包给自己的红包被家人直接转手送给了另一个孩子,他看见别人送来的礼物被分成好几份重新送给另一些"别人"。他小时候就在内心里唾弃这种或许极为平常的行为,可当他有一次在年夜饭的饭桌上鼓起勇气说出他的想法的时候,所有亲戚长辈都用一种不可理喻的眼神看着他,然后用一种和他们的眼神极不相称的很温柔的语气开玩笑似的说:"你以后就会懂了。"从此他在饭桌上再也没有说过一句话。

不过,其实就算和陈阳阳实话实说,说自己真的是忘记了,过两天或者高考后再补,这真的没什么,可是他害怕的是陈阳阳心中对他不满。虽然他可以预见到,就算自己实话实说,陈阳阳也不会对他怎么样,因为从理智的角度来说,他们只是朋友关系,朋友之间不能要求对方太严,忘记实属人之常情。可是,潜意识里会怎么想?明明知道都不愿意做朋友,而希望再升华,在这种时候"忘记"送礼,"忘记"承诺,那岂不是断送了再度发展的可能?至少有这种可能性吧。可是,夏奇瑞呢?自己喜欢她,却要把她送给他的东西再送给他喜欢的另一个女孩,这于情于理都说不过去,虽然夏奇瑞可能已经忘记这个八音盒或者他可以想办法做到让她完全不知道这件事情,这在逻辑上是通顺的,但在灵魂上是罪恶的。理性的冰冷砸在他炽热的灵魂上,结果是两边都是悬崖,却必须选一个跳下去。

走着走着,一下子就又来到鸿江边上了。从育德高中走回家,并不需要到鸿江边,可这一晃神的工夫,就自然地走到这来了。他找了张椅子坐下来,很巧的是,两年前,刘君放也是坐在这张椅子上,看着自己的文章被删掉,如炽热的心被泼了冷水一般煎熬。而今天,吴承文也坐在椅子上,和自己的内心作争斗,那种来自灵魂深处的审判,拖拽着他,令他寸步难行。

可是和夏奇瑞和陈阳阳的拥抱深深印在他的脑海里,没错,他不仅想接着抱下去,还想和她们亲吻,亲吻一整夜,最后做爱一整夜。他还想和她以及她再次出去玩,一起走以后的路,他想每天晚上有个他喜欢的女孩对他说晚安,他希望痛苦的时候能有个喜欢的女孩抱着他,陪着他一起哭。这种对于她们的欲望已经到了不可能消减的地步,爱已经深入骨髓,欲望已经在身体里燃烧了。他或许早就知道这一点,或许早就看透了自己的内心,可就是不愿意承认。所以当他看似和孟宇开诚布公谈话的时候,他还是隐去了很多他和她们的细节,很多微小的但重要的细节,或许正是那些细节让他的爱深刻,让他的欲望膨胀。

他的决定是什么?看着手机里陈阳阳的消息,脑中夏奇瑞和陈阳阳的影子交错着出现,在眼泪中,他最终没有抵抗过内心那强烈到极点的欲望。他或许不愿意承认,但他确实不想失去两个女孩,而且罪恶地希望和她们都能更进一步。他有些癫狂地站起来,在灵魂的拷问之下放弃了灵魂,而让冰冷的理智支配了他的头脑。谁能想到这欲望的强烈可以摧毁灵魂的审判，他心中的撒旦在微笑，微笑地看着他在和陈阳阳的聊天框中发出了"我准备了，明天带给你，给你个惊喜哦"这条消息。

不过，令吴承文吃惊的是，上帝跟他开了个大大的玩笑。当第二天他带着八音盒和陈阳阳约好在鸿江边见面的时候，却远远地看到夏奇瑞就站在陈阳阳的旁边。

38. 工 作

高二开学的时候，学校里的一些部门开始紧张运转起来。对于高二的学生们来说，学校的各个部门需要他们作为中流砥柱来支撑运转。夏奇瑞本想报名到宣传部，结果许德私下里跟她说，不要参加学校任何部门的招新活动。夏奇瑞想问为什么的时候，许德却转身走了。直到后来，夏奇瑞才明白许德的良苦用心，那些部门都是浮夸的宣传胜过实际的职能，不觉感叹遇上了贵人。

孟宇就没有许德私下里嘱咐的待遇了，他作为班级里的垫底学生，很多人都怀疑他是怎么进到提高班里面来的。不过孟宇倒是无所谓，任凭成绩往下跌，却总是在重要考试的时候加一把油，用兜底的分数留在提高班里苟延残喘。虽然学校和家长反复督促，但他总是表面上迎合规则，实际上却总是在规则的限度内做自己想做的事情。有一次许德问他："孟宇啊，你很守规矩的一个孩子，从来不见你调皮捣蛋，但是为什么学习上就不肯上点心呢？"孟宇回答说："我不是在学习上不上心，我只是不在考试的科目上上心罢了。其实，更准确地说，我只是在不惹事的范围内做自己想做的事情，这一直是我的想法。"许德看着这个时代的异类，视高考为无物却严格遵守各项规矩的奇葩，摇了摇头，至少他成绩还算过得去，从此之后也就随他去了。

孟宇报名了电视台的职位。育德高中的电视台成立的时间并不长，一方面是在学校重大事件的时候实现全校同步播出的目的；另一方面是中午放些节目给大家娱乐。不过由于午间测验，电视台后一种功能就名存实亡了，只能留在公众号上。每个学期仅有一次播报心理健康教育的时间，这是在国家严格要求重视学生心理健康的大背景下，为了填补被占去的心理课而做的一个"工程"。孟宇倒并不是为了要做什么，只是觉得这算是个有意义的工作，便主动报了名。结果倒是好得很，一年到头没什么工作，从小做起做到台长的位置，除了一次心理健康教育的内容之外，就是给高三的学长学姐们录了一次高考加油的视频。除此之外就是下雨天的时候国旗下的讲话在电视台举行，全校班级转播，干了一年下来，不能说全无收获，就是和进入电视台之前花里胡哨的宣传大相径庭。也就是在高三他卸任电视台的职务之后，回想起高一时候刘君放的那篇文章，不由得感慨十分。

龙文这种放浪的家伙自然不会在意这些正经的工作，只是有时候嘲讽他们几句："你看看那学生会主席还有手下一大帮人，空有虚名而已，团委那些人也差不多。有这时间不如充分释放自由意志。"每当这种时候孟宇就会出来反驳："自由意志，又来了。你不工作还嘴大，没有那些人工作，学校很多东西都要瘫痪的。"

"切，瘫痪个鸟。老孟，你说你在其他事情上那么成熟，怎么偏偏在这个事情上很幼稚？"龙文一副久经世事的语气说着，"你看看我们现在，每天都排得满满当当的，哪有什么时间搞这有的没的？"

孟宇便不再多说，内心深处，他或许是认同龙文的。自己可能就是被那些虚假的宣传告示给骗了进去，上面说加入电视台可以获得新闻报道方面的知识，而他认为这些实用知识比高考考的那些东西更为有价值。结果事实是他几乎没什么机会进入电视台，因为如果没有节目播出或者没有任务排下来，电视台就是关门的状态，而"无事可做"恰恰是电视台的常态。不过他不得不承认这一点，毕竟当初刘君放成为学生们心中的英雄的时候，是他第一个提出批判的，而如今若是证明刘君放的观点正确，那不是自己打自己的脸吗？他之所以反对刘君放，是因为刘君放和龙文一样破坏了现行的秩序，而这就像初中时候被无理殴打一样，是不正确的。孟宇虽然很敏锐地发现了刘君放的自以为是和以理想为掩护的冲动，然而他却没有仔细去看他文章内容的合理性。

不同于孟宇一开始的信心满满，吴承文又着实被打击了一次。王为民搞的大调查信息繁多，提出意见的不在少数，有些意见开学就见到了一些成效，可是偏偏他提的这个宿舍熄灯的老问题，还是没有要改动的意思。他把最后的希望寄托在家委会身上，可眼看着家委会也开完好久了，学校公众号上发的文章说"加强家校合作，切实促进学生发展"，吴承文也只能是一笑了之。眼看着一年时间过去了，原来那份解决问题的热情没有了，加之也已经习惯了这样的生活，作业做不完就不做，抄抄别人的也就这样一个学年混过来了，于是乎吴承文打算就此停下申诉的脚步。也是啊，想想所有的手段都用上了，已经是束手无策，干脆还是把心思放回到更加有价值的事情上吧。夏奇瑞虽说也没少抱怨宿舍熄灯的问题，但她试图偷偷带台灯，并且摸清了查寝的一些规律以后，一年时间也就这样过来了。

寝室里，当吴承文和大家宣布自己苦心经营一年的事情就将要结束的时候，孟宇向他投来肯定的目光，龙文却嗤之以鼻："你说你之前不按照我说的去做，我也懒得再说了。反正晚上也不是我要灯，你看看现在整的，大调研、家委会全都结束了，结果呢，一点动静都没有。我早就料到了，你还不信。"

吴承文沉默了，之前他还能用"还有其他途径，为什么非要如此"的说辞来为自己的失败开脱，但现在是彻底失败了，因为已然是没有了其他的途径。吴承文不想就拿个台灯鬼鬼祟祟地学习，还要承担被没收的风险，他在给王为民的信中是这么写的："学习是学生的权利，学生们有在晚上开着灯安心学习的权利。"

看着吴承文不说话了，龙文讥讽地说了句："迷信陈腐的规则，就不要想着改变，接受不就完了吗？还想着搞有的没的，笑死了。"

39. 冰　释

龙文一看手机，是夏奇瑞给他发的消息，问他下午怎么不在大礼堂，是不是生病了或者什么。龙文苦笑一声："为什么她要来找我？为什么要关心我啊？"说着一把把手机摔在桌上。他站了起来，不住地摇头，脑中夏奇瑞的形象越来越清晰，却始终是近在咫尺又遥不可及。

孟宇让他坐下来，对他说："你也不要太激动了，就像我说的，很多事情不是我们自己能决定的。如果你真的放下了，就不用担心她来找你；而如果你没放下，你自己也会忍不住去找她的，对吗？"

"啊，对啊。"龙文长叹一声，对着星空，喃喃说道，"说到底，我还是没有放下她，我还是想她来找我，也想去找她。可是我跟她说了不会再打扰了,那时候我说的是真心话,可是到头来,却只是自己欺骗了自己。"

"这是人性。"孟宇喝了口咖啡说着,"我以前也这样,总是自己欺骗自己,说到底是不肯承认自己内心的幽暗。我想,人都是一样的,总是隐隐约约知道自己那不可见人的小心思,却每当想要仔细梳理的时候就找寻各种理由放弃了自我剖析。这很正常,不过总要找个方法解决。转移注意力是个方法,比如把心思花在高考上,就不会感觉那么纠结。"

"高考,没办法完全把我拉走。"龙文已经平静了许多,他很平静地回复了手机上的信息,接着说,"我天生就不在高考这条线上走,要不是未来非得靠这个,我是不会在意的。话说回来,为什么你一点都不在意高考?未来怎么办?"

"未来?这是个奢侈的名词。我还以为我和我曾经喜欢的女孩子有未来,结果是狗屁。往事不堪回首,只教会了我两件事情,一个是就刚才我说的,直面内心的幽暗,可以使人解脱;第二个,就是在意当下,未来和过去,那都不是真实存在的。高考对我来说,就像枷锁,如果我可以选择抛弃它,意味着我找到了在合适的范围内解脱的路。这和破坏校规不一样,校规需要每个身处学校的人遵守,反之就会受到惩罚;但高考,并不是所有身处其中的人都需要参与,这完全在于你自己的想法。至于它被捧得那么高,并不是你真的认为它有多重要,而大部分是来自于他人灌输的思想,对吗?"

龙文并不敢苟同完全不在意未来和过去的这种说法,要真是如此,那怀旧和憧憬岂不都是一无是处的东西了?这恐怕是不完全对的。然而他对于高考的一番论述,却不由得让龙文想起他自己总是挂在嘴边的"自由意志",他喃喃说着:"这么说,你这才是自由意志……"

"或许是的,但我想我保有的自由意志,并不是真正意义上的。它是在规则之下,受到规则保护的自由意志,本质上还是不自由的。不过这并不重要,我并不是尼采的信徒。"孟宇说着,"扯远了。所以,你打算怎么解决你和她的关系?"

"不只是我和她,还有吴承文。"一说到吴承文,龙文便感到有些堵得慌,有点气不打一处来的味道,"你说,这小子在背后打黑枪,算什么本事?亏我把他当兄弟,他可倒好,和我抢人!我知道,逻辑上说他没什么问题,但我就是,我就是咽不下这口气!"

孟宇拍了拍他的肩膀,心想这时候就安慰他两句:"龙哥,我之前就是那么一说,也是个推测,不当真的。"

"我之前也没当真,"龙文气冲冲地说,"高二上学期那会,我想起来了,我都想起来了!他来找我解决宿舍熄灯的问题的时候,说漏了嘴。因为当时我喜欢夏奇瑞这个事情没人知道的,是后来我追得不那么紧的一段时间,夏奇瑞也就不再想保密了,于是人尽皆知。但那时候,他口口声声就说出了我喜欢夏奇瑞,还说是什么流言,现在想来不是这样的,他估计那时候就在背后捅我刀子!那时候夏奇瑞和他关系就很好了!这小子还好意思找我帮忙,真不要脸!还有,你知道我今天看到啥了吗?吴承文和夏奇瑞和陈阳阳三个人在操场上手拉着手,我就在寝室里看着,什么都做不了,我差点想下去打人。后来我想想就算了,结果你猜这么着?我一出寝室门,吴承文就上来了,我们又打了一架,他也承认高一那会他们就很熟了。我骂了两句,后来懒得跟他多说,就来找你了。"

孟宇一惊,手拿着咖啡又把咖啡放了下来:"又打架?没伤着吧?我说你们两个真的是,为了个女孩搞成这样……"

龙文喘着气，来回踱着步，他把自己哭以及和吴承文吵架的细节略了过去，正如孟宇所说，人们总是不愿意接受自己内心的幽暗，更不愿意在旁人面前展示出来，就算要剖析，也会用拐弯抹角不引人注意的方式。就像说到"爱和欲望"，他能向孟宇发问已然是莫大的进步了，他是断然不想承认引发这个问题的就是他的情敌吴承文。

孟宇接着说："照我说，不值得。眼看着就要高考了，你也说了，你不会不在意它，那我觉得既然在意一件事情，就不要掉以轻心，你在这个时候情感问题缠身，要是考场上还这样，怎么办？不管怎么样，牵手也好还是什么，不是暂时也没什么特别的关系产生吗？等考完试再说不好吗？"

"道理都懂，不过就是心魔难治。就算我能接受我对于她的爱中有着一部分是欲望，我却不能接受吴承文这家伙后来居上。而且我觉得，他们真有可能是两情相悦的，而且我甚至感觉他们是碍于我所以不敢大肆张扬，鬼知道私下里他们干了什么。虽说学校里啥都没发生，但离开学校之后呢？从高一那会就开始了，我都不敢想……算了，不说他了。话说回来，今天和你一交流倒是收获不少，虽没有完全释然，但已然好多了。之前怼了你三年，今天给你道个歉。"龙文说着一举杯，"我干了，你随意。"

"哈哈哈，那我也该给你道个歉了。打心底里我们还是惺惺相惜的，对吧？"孟宇一举杯，"你倒是有意思，把咖啡喝成了酒的感觉。"

"酒还是咖啡不重要，重要的是人，"两人碰杯而饮，龙文望着已然远去的月光，悠悠说道，"没想到临分别可冰释前嫌，也算是天作之合了。"

40. 商　议

　　眼看着刘君放事件已经过去了好几个月，俨然成为一段没有什么人关注的历史了。不过吴承文却不能漠不关心，毕竟他也是其中的一分子，且深受刘君放在高一新生入学前《育德精神》讲座的影响，否则也不会为了宿舍熄灯之事奔走许久。出于此，他倒是很想去看看消沉的刘君放，放暑假前却一直没有什么机会。开学之后，刘君放的课规矩了很多，不再有天马行空的非考试内容。不知道是他自己的改变，还是学校有要求不得在课堂上做与高考教学无关的"教学"。

　　吴承文借着询问政治问题的机会找到了刘君放，本来想说些什么，到了现场却没有说出口。刘君放尽可能保持了良好的状态，但吴承文细腻地观察还是能察觉到他的眼神发生了微妙的变化。这也可以理解，毕竟刘备三顾茅庐都把诸葛亮请出来了，他刘君放三次进言却落得个文章被封、教育局约谈的下场，这也算是够惨的了。

　　从刘君放办公室回来的路上，吴承文脑中就一直回荡着刘君放略带黯淡的眼神和龙文那些类似讥讽的话语。想来想去还是心有不甘，毕竟花心思这么久，到现在说结束就结束了有些说不过去，就像喜欢一个女孩很久了，说不喜欢就不喜欢那是很困难的事情。于是，趁着放学的一点空隙时间，他找到了龙文，打算用他早就建议过的方法试一试。

　　"哟，终于开窍了啊？"龙文倒是有些惊异，"还以为你永远都是一条路跑到黑。"

　　"我是一条路跑，可这不，跑到黑了，那你说怎么办，只能推倒重来喽。"吴承文有些无奈地说，"龙哥，这么看来还是你高明，你再说说你打算怎么办。"

"我记得我高一的时候就说过一次，不过刘君放事件出来以后，我又有了新的想法。"龙文沉吟道，"我打算先找孟宇借一个话筒和扩音器。他不是在电视台工作吗，找他方便一些。"

"不是，等一下，你这是什么操作？"吴承文疑问道，"我们是要解决宿舍熄灯问题，你搞个话筒算是怎么回事？"

"你别急，你听我说。"龙文便把自己的想法和吴承文说了，吴承文一听直摇头，"不行，你这样又搞得风生水起的，刘君放的前车之鉴就在前面，你还要踩着尸体上啊？"

"哪里就和刘君放一样了？不过是利用一些科技手段罢了。你知道的，我这人不怎么喜欢科技，但是不得不承认，很多时候科学技术能有大作用，比诗人文人的一张嘴一支笔好用。"

吴承文想了半天，吐出一句："孟宇是不可能借给你的，学校的设备哪能说借就借。他虽然是电视台的，但也没有私自挪用学校设备的权力，除非学校有活动。还有，如果你非要这样，我可不支持。"

"老吴，我跟你说，这次如果不来点猛的，按照钱有军和王为民两个老头的风格，你觉得能有所改变吗？你看暑假里搞了个调研，你不是提意见了吗？不是照样屁用没有。如果搞了半天还是没有变化，那我们弄那么长时间干嘛呢？"龙文看上去有些来气。

"你说到调研，我倒是得给王为民证明一下，并不全是虚的。有些问题还是落到实处了，比如食堂问题，现在就好多了。只是宿舍问题，哎，太难了。"吴承文摇着头。

龙文拍了拍吴承文的肩膀，说："有些事情不是我们自己能决定的。"

吴承文听到这句话的感觉，就像两年后龙文从孟宇口中听到这句话的感觉一样，很有道理却有些伤感。吴承文想，人生或许就是如此，有太多的事情不是我们自己能决定的。那怎么办？无非是"尽人事，听天命"罢了。虽说"有些事情不是我们自己能决定的"这句话从桀骜不驯的龙文口中说出来的感觉有些怪怪的，但他或许知道这也是经历创伤之后的结论，只不过龙文选择了一直用"自由意志"在抗争，而孟宇选择了融入世俗而解脱罢了。不知为什么，吴承文想到夏奇瑞，遂下意识地说："是啊，有些事不是我们自己能做决定的，就像你和夏奇瑞。"

"什么？"龙文一愣，突然间感到胃一阵绞痛，他微微抿了抿嘴唇，眼睛死死地盯着吴承文道，"你说什么？"

吴承文一个激灵，这才幡然醒悟过来，这件事情还是个秘密。要不是他和夏奇瑞走得很近，他也不知道这件事情。只是夏奇瑞在和他的聊天中会时不时提到龙文，让吴承文对于"龙文喜欢夏奇瑞"这件事情耳熟能详，便顺口说了，一看龙文那有些过激的反应，才想起来自己好像穿帮了。不过这时候怎么也不可能把夏奇瑞卖了，他便故作轻松地说："没什么，最近有些风言风语，随便说说而已。"

龙文其实并不怕事情"败露"，这本来就是光明正大的事情，是夏奇瑞不想说出去。她害怕初中里的谣言，她害怕那"钓鱼"的名声再次落下，因为她知道龙文的执著，也知道自己无法放下他，因此这就很容易变成旁人口中的"钓鱼"。不过吴承文这无意中的一说，倒是让龙文震惊：自己从来没和任何人说过，夏奇瑞应该也不会和别人说，怎么就有流言出来了呢？他看着吴承文，一个念头闪过：不会是夏奇瑞和这小子说了吧？想想又觉得不太可能，这两人平时也没啥交集，应该不至于。他脑子一阵乱，也就不再想了，接着说回宿舍熄灯的事情。

"那就这么定了。你去找找孟宇吧，我和他天天杠，他不待见我。"

"这样吧,你也别借那玩意了,还是把事态控制一下,免得出大事。就这一条你听我的,其他的全听你的。怎么样,我请你吃饭!"

"嗐,你还是胆小!行吧,那就这样,既然你开口请客了,我就不推辞了,蹭你一顿!"

"哈哈,你小子倒是不客气……"

"要是成了,你还真得请我吃顿好的呢!你想想,你一年时间搞不定的事情,要是被我搞定了,那我可真是太厉害了!"

"是啊,龙哥,你最厉害,你最厉害了!"

"别拍马屁。走了,回教室了,要晚自习了。"

吴承文点点头,两人便从操场往回走。有道是"朝霞不出门,晚霞行千里",今天的晚霞格外漂亮。龙文感慨道:"好久没有看到这么美的晚霞了。"

良久,吴承文意味深长地道:"景不如人。"

41. 误 会

当吴承文看到陈阳阳的边上还有夏奇瑞的时候,不觉心中一阵发凉,手中的八音盒都差点掉在地上。他很希望她们没有看到他,这样他就能转身跑走然后另谋他策,可是眼看着陈阳阳一边向他招手一边还给他手机上发了信息,这回算是躲不掉了。

他把八音盒放在身后,内心忐忑但表面上依旧装得很平静,挪动着脚步走了过来。夏奇瑞仿佛发觉了他有些不对劲,但是并没有点破,毕竟她今天不是主角,也就没有先说话。陈阳阳先开口了:"文文,你给我带了啥礼物啊?你昨天说是个惊喜,赶紧拿出来吧!"

吴承文看着陈阳阳,其实眼神一直瞄着边上的夏奇瑞。而当夏奇瑞有所察觉的时候，他就赶忙把余光收住，心怦怦直跳，不过也没有退身的余地了，只好佯装镇定，把八音盒拿了出来，对陈阳阳说：“你看，喜欢吗？”

陈阳阳接过来一看，连声称赞：“哇哦，这个八音盒真不错，让我听听里面是什么音乐。”随着她手的转动，里面婉转悠扬的音乐随风而动，在喧嚣的人群中营造出一小片安静恬淡的氛围，吴承文却冷汗直冒，他看着夏奇瑞却并没有发现她有什么异样。夏奇瑞看着八音盒不住点头：“这不错，这不错，这音乐也很特别。啊，你们先聊着，我去上个厕所。”

吴承文一看顺利过关，长长出了一口气，笑着对陈阳阳说："阳阳，你喜欢就好。"

陈阳阳点点头说："文文你真好，等高考完了，我给你送毕业礼物。"

"好啊好啊，你要送什么？"

"暂时不告诉你哦，我也要给你个惊喜！"陈阳阳那满是青春的脸在阳光下显得更加生机勃勃，具有那种男人难以抵挡的魅力。他们又东拉西扯聊了半天，吴承文想上去抱着她亲她，但是远远看着夏奇瑞走过来，他一激灵，便止住了。

夏奇瑞笑着跑过来，抱住陈阳阳，拿着那个八音盒仔细端详着。见此，吴承文的心跳又开始加速，心想千万别看出什么破绽来。好在把玩了一会儿夏奇瑞就把八音盒还给了陈阳阳，一边还不住地点头："这小盒子做得挺好的，我好喜欢。"

吴承文想说：你喜爱那下次也送你一个，话到嘴边又怕她想起这个盒子就是曾经她送给自己的，遂改口道："瑞瑞，高考完我给你送小礼物。我想亲手做一个送给你，你觉得怎么样？"原本他没有这个打算，但心中实在过意不去，便想方设法在不暴露的情况下补偿夏奇瑞。这种补偿或许是无力的，但至少对吴承文来说，他可以安慰自己，免受灵魂的拷问。

陈阳阳看着夏奇瑞，心中有种莫名的骄傲之感，大约是吴承文给她送了礼物而没有给她送，令她有种罪恶的高兴。陈阳阳早就看出来夏奇瑞喜欢吴承文，也好几次开玩笑似的提起这件事，但夏奇瑞却不愿意承认。对夏奇瑞来说，或许是因为前男友给她带来的伤害太深而导致她对于恋爱有一种很强烈的恐惧感。而对于吴承文来说，则是高一时候追求陈阳阳不得而产生的对于恋爱的自卑感束缚着他再往前进一步。实际上，作为他们共同好友的陈阳阳早就看出来了，如果双方只要有一方再进一步，那两人在一起就是迟早的事情，但可惜双方都不愿意，也因为他们对于感情的保密，让外人不得而知，也就没有人能作为助推剂推动他们继续发展了。这两年来，就算是陈阳阳也只能零星听到一些他们的消息。

然而，当陈阳阳发觉自己喜欢上吴承文的时候，有种罪恶感在心中产生着。一方面，她或许希望吴承文把她看作最重要的女人；另一方面她又不想伤害夏奇瑞，可这很明显就是矛盾的。她今天本来想避开夏奇瑞和吴承文单独相处，这个机会是顺理成章的。谁知夏奇瑞突然提出要来看看他送她什么礼物，这让陈阳阳吃了一惊，但以她们的关系她没法拒绝，只能同意了。其实，陈阳阳还有更深层次的心思，那就是她想看到在两个女孩一起出现的时候，吴承文对谁更好一些。这又是矛盾的。矛盾就这样充斥在陈阳阳的思想中，就像所有人一样，无论看似高冷还是平易近人，在某些问题上，都有着一个矛盾的内心。

吴承文的眼神却始终没有离开过夏奇瑞，虽然是余光，但还是被陈阳阳敏锐地捕捉到了。她原本产生的那种"胜利感"就好像被暴雨冲洗了一样荡然无存起来,不过她又不能表现出太过敏感,因为她和夏奇瑞还是特别好的闺蜜,而且早在吴承文介入之前,她们就是最好的朋友。夏奇瑞倒显得很自然,这倒让吴承文很庆幸自己今天涉险过关了。三个人就这样在树荫底下聊了会天,很巧的是,这恰恰是他们之前出游的时候一起坐着休息的树荫。也就是在这棵树底下,吴承文即兴创作了《春华之繁》。吴承文注意到了这棵树的特别,便想起那诗歌中的内容,不觉心中一阵绞痛。

三人心中都有着或多或少矛盾的心态,加之随着时间的临近,高考的压力越来越大,于是没说几句话,就要说再见了。吴承文想,终于在高考之前,把该处理的事情都处理完了,两个女孩的感情问题,就留到高考之后吧。或许,他一直在逃避这个问题,因为他认为,可能高考的浪潮击打而来的时候,大家都会忘记这些儿女情长,而选择为自己的未来而奋斗。不过高考过后是什么呢?那几天的考试过后,生活会变成什么样子呢?没有人告诉过他,那里充满着未知和迷惘,也充满着希望和光芒。

在回家的路上,吴承文想,不管怎么样,纠结与矛盾,欲望与良知,所有这一切在高考之后都会烟消云散的。若不是考试的压力,陈阳阳也不会来找他,也就不会出现"脚踩两只船"的事情了;同样的,吴承文、夏奇瑞和陈阳阳包括龙文所展现出来的欲望的强烈,谁敢说不是因为有外力的冲击呢?高考就像一把剑一样,悬在所有认为它有意义的人的头上,唯有如孟宇此类漠视它的人才能完全脱离出去,寻找完全意义上的属于自己的生活。当压力来临的时候,人性中的某些部分或许会发生变化和扭曲,而当压力退去的时候,那些因为压力而造成的改变,就会随之而消退了。

42. 成　效

　　王为民搞的暑期大调研成果颇丰，诸多问题得到新的思路并开始逐步落实起来。自行车停车点增加了车棚、下雨天学校开始提供爱心雨伞、楼梯口和厕所门口的位置加装了放置餐巾纸的装置、下雨天学校的主干道上将会有地毯——还有很多这类涉及到学生生活的意见得以解决，此外，还有关于学生会和团委体制建设的调整。有意思的是，虽然事先说好与高考有关的事宜不在讨论范围之内，但还是有很多学生隔着屏幕提出了自己的意见，虽然大部分都被否决了，但的确有一些建议被学校采纳了。

　　最令人满意的是食堂问题的解决。那天中午龙文提出了将饭送到高一的班级里以减少食堂人数，吴承文留了个心眼，在暑假里把这个意见提了上去。他知道以龙文的秉性是不屑于提出意见的，正因为如此，尽管龙文有时候有些真知灼见，他也都是随口一说而不愿意向上报。而吴承文这一报本来是抱着试试看的心态，却没想到获得了成功。正所谓"有意栽花花不开，无心插柳柳成荫"，讲的大约就是这种情况了。

　　这学期再次步入食堂的时候，秩序便井然了起来。所谓哪个年级去哪层楼吃饭的规定也撤销了，大家可以随意选择就餐的楼层。因为学生人数少了三分之一，食堂排长队的现象得到了解决，同时新增加的一些菜品也让学生们十分满意。吴承文坐下来吃饭的时候，就在想着宿舍的问题。他很不理解，为什么食堂问题已经得到了解决，而宿舍问题却悬而未决，这大约是他最后一块心病了。他嚼着米饭，对龙文说："龙哥，你那边安排好了吗？"

　　龙文略得意地看着吴承文，神秘兮兮地说道："嘿嘿，没啥问题了,人都准备好了。怎么样,效率够高的吧,今天晚上就行动!"

吴承文点点头:"好,真有你的啊,整得挺利索。我说,那设备啥的都弄好了吗?"

"除了话筒你说不要的,其他的都搞定了。手电筒人手一支,效果不会差。"龙文说着,喝了一口汤说着,"唉,今天这汤可以啊,有咸味了,不是洗锅水。"

"听说有人提意见了,也是暑假里调研搞的,你不觉得食堂大变样了吗?"吴承文道,"现在还有点面条炒饭之类的,以前全都是盒饭。"

"嗐,我看倒不是什么调研的原因。你想这开学也一个多月了,怎么最近几天才开始好起来?"龙文又盛了一碗汤,边喝边说,"你想啊,前两天市里面报出来初中学校食堂克扣学生伙食那件事,你看了没有?"

"没看啊,不怎么看新闻。"吴承文说,"什么克扣伙食?"

"初中不是定食制度嘛,就是固定交饭费,然后每个人吃的都一样,没有选择的余地。结果呢,有个学校把中午的饭弄得很糟糕,实际的饭菜价格和公示出来的大相径庭。被学生家长举报了,后来发现有幕后交易,克扣的伙食费被校领导拿走了。本来上微博热搜的,后来给压下来了,但是有些不权威的媒体还是有报道的。"龙文"哼"了一声,"我看啊,就是被这事给弄的,官方的说法是要来个全面的排查,学校在这个时候肯定要防止出事。"

一旁的孟宇点点头:"这说得在理,逻辑是这么个逻辑。不过有一说一,我们学校的伙食还可以的,就算是以前的洗锅水,至少也还是有肉有菜,而且价格也便宜。我们食堂的大问题是人太多了,现在看来已经解决了。"

"嗯,确实。那个打饭的老家伙换了没有?"龙文突然想起这事来,脑中夏奇瑞苍白的面孔一闪而过,他的眼神朝四周看去,食堂里的人明显少了很多,却没有看到夏奇瑞的影子。想到她可能在下面的楼层吃饭,便把眼神收了回来。吴承文说道:"我注意了一下,这一段时间没看到他,估计换了。"

"大概换后厨去了,我最近吃的菜里面有些把糖放成盐的,估计就是他的手笔。"孟宇淡淡地说,"你们是不知道,那咸的,都有苦味了。"

一席话惹得龙文和吴承文大笑。龙文拍了拍孟宇的肩膀:"老孟,晚上的事情你不会反对吧?"

"我当然反对。"孟宇说,"不过我也不会阻挠你们,你们该怎么办就怎么办,这是你们的自由。我呢,在床上睡大觉就行。反正你们在一楼,我应该听不到。"

"行,猜到你不会一起,不过没事,到时候你就看好戏吧!"龙文胸有成竹地说着,"这一次,必定马到成功。"

吴承文看他激动那样,赶忙说道:"喂喂喂,你小点声,你搞得好像要干什么似的。你可是大名人,低调点。"

"说实话,我还就喜欢万众瞩目的感觉。"龙文说了实话,"这一次这么卖力地帮你,也是想体验一把众星捧月的感觉。我跟你说过的,我的小梦想,在全校师生面前,吟诗一首,而且要站在宁静轩的天台上,那个我常去的地方。"

孟宇倒是头一次听说他有这个想法,笑着说:"没想到你还有这种想法,这可是惊天动地啊!很符合你龙哥的气质,不过也危险得很,且不说你在上面读诗下面能不能听到,就说你可能挨的处分,估计就不会轻。这事情影响这么大,处理起来肯定比翻墙要严厉得多了。"

"我倒不是很在乎处分的问题。"龙文仿佛略有所知地说着,"你要是在情感问题上能这么守规矩,三好学生非你莫属了。"

孟宇眼眉微微动了一下,旋即又恢复了平静,他从很早以前就习惯了龙文对于他感情生活的讥讽,遂打趣似地说道:"三好学生?我考试成绩不行,拿不了三好。"

谈笑间三人吃完了饭,日月移位,一天也就这样过去了。今天晚上的宁静轩一反常态,倒是真的出奇般的宁静。九点一到,所有的灯准时熄灭,黑暗笼罩着所有的人。

43. 爆 发

爆发有时候只在一瞬之间,或者说是在某些事情刺激之下,突然间产生的。就像夏奇瑞看到那个八音盒的一瞬间,她就爆发了。为了忍住心中的怒火,她花费了几乎所有的气力。不过,还是有一种窒息的感觉席卷全身,以至于她不得不找了个借口离开了现场。

她跑到厕所里,几乎想要呕吐。但或许是没吃什么东西,所以呕吐不出来。一阵恶心过后,她由衷地感到吴承文和陈阳阳的恶心,他们仿佛是在她眼皮底下调情。她认为,他们明明知道自己喜欢他却还这么做,显然就是故意恶心她的。一开始,她还心存些许幻想,说不定是吴承文觉得自己送的礼物好,于是又买了一个类似的送给陈阳阳。可是当她拿过来看的时候,发现底座上写的"友谊长存"四个字的时候,她就知道那就是曾经她亲手交给吴承文的礼物。

夏奇瑞感到胃里一阵绞痛,而且疼痛感越来越剧烈,本就身体虚弱的她受到如此的刺激便更加感到不舒服。原本她今天来的目的说起来是看看吴承文会送给陈阳阳什么礼物，但她的小心思却是想来盯着他们两个人的。她不希望他们单独相处，却不能明说。没想到，自己却经历了这么一出好戏。

在厕所的包间里，夏奇瑞忍不住哭出来，却又不能放声大哭以免别人听到。夏奇瑞的内心在煎熬着，如果换成是一个不认识的女孩和吴承文，她或许会上去大骂那个女孩甚至把她暴揍一顿，可偏偏那个女孩是陈阳阳，是她最好的闺蜜，是她最为信任的人，这令她只能以一种躲避的方式对待这件事情。可是她还是经不起这样的刺激，从小到大众星捧月似的成长环境让她没有遭受过这样的"挫败"，心爱的男生，而且是曾经喜欢过她的男生，和别的女孩当着她的面调情，这是一种什么感觉呢？没有经历过的人那是很难想象的，就连她自己事后想起来，也难以描述那种感觉。

当他们在育德的操场上最后一次相会的时候，一切都还在夏奇瑞的掌握之中，她安排他们手牵手，她安排他们互相拥抱，那时候她还感觉自己是三人关系的主宰因而感到说不出的激动和兴奋；而到了第二天，却又是彻彻底底的反转，可谓是雪上加霜了。

三人在一起的时候，她能感觉到吴承文一直在看着她，她把那种眼神认为是一种警告，一种"你要是敢说我就揍扁你"的警告。一旦有了这个心理预设，她看吴承文的一举一动都觉得格外恶心和虚伪，可越是恶心和虚伪越是激发她强烈的爱意以及占有欲。那种情感的萌发就在这样一种心境中显得更加强烈起来，以至于不断接近最后的爆发。而当她认定吴承文虚伪的同时，陈阳阳脸上那种并不明显的胜利者的姿态也刺激着她，类似于一种世界观崩塌的感觉，她想迅速逃离这个现场，却又更加不希望吴承文和陈阳阳单独相处哪怕一秒钟的时间。最后，当吴承文对她说亲手给她做礼物的时候，她更是感到一种由衷的恶心，仿佛是男人喜欢上了另一个女人却不愿意放弃她，还用甜言蜜语来哄骗她，仿佛试图让她屈从于他的怀抱。

女孩的心思是复杂的，有时候连她们自己都看不清楚，更别说自以为躲过一劫的吴承文了。从他的视角来看，六月一号的早上是个幸运的日子，而他本以为终于可以放下一切烦恼进行最后的复习的时候，夏奇瑞的消息打破了所有的宁静。

其实倒也没有什么炸雷，她只是在家里一边吃着胃药一边问他为什么送给陈阳阳的礼物和她送给他的是一样的。发完消息她就打开边上的学习资料，有一眼没一眼地看着，却时不时打开手机等着吴承文的回复。她或许很愤怒，但却希望吴承文跟她道歉，哪怕只是一个敷衍的道歉说他做错了，她都会消气并且继续沉陷于爱情，尽管她知道这是盲目的，但这就是她的想法。她甚至希望吴承文能来她家当面和她说，然后牵着她的手在鸿江边的步道上跑步，然后坐在树底下乘凉，她就靠在他的身上，对他说一万遍"我好喜欢你"，和他一起看日落，看月升。当然，所有这一切她都不会和任何人讲，任何人都不会知道。

当她听到手机屏幕上闪出新消息的提示时，她的内心是焦虑而欣喜的，一瞬间，仿佛那冰冷的手机都有了温度，她打开手机，看到的却是比冰块还要冷酷的消息。那不是真诚的道歉、不是敷衍的道歉，甚至不是一个正常的回应，而是一句温暖到极点的谎言：瑞瑞，因为你之前送的礼物真的很好，所以我就再买了一个。这几乎是所有回答中她最不想看到的，打破了她的所有幻想和涵养。一瞬间，夏奇瑞觉得手机屏幕后面这个自己深爱的男人，变成了极度虚伪无耻的家伙，她的胃开始剧烈疼痛起来，神经受到的刺激让她

二、春夏秋冬　　159

的手不受控制地把手机摔了出去。手机的屏幕发出一丝丝的断裂声，仿佛针扎一样刺进她的胃里，已然长时间没有进食的她却还是呕吐了，全是胆汁。一时间，一种无穷无尽的无助涌上心头，曾经当她前男友抛弃她的时候，陈阳阳在她身边陪她；当她生病住院又恰巧碰上外公去世的时候，龙文在床边陪着她；当她因为龙文的追求而感到压力的时候，吴承文又出现了。可如今，她却一无所有，以至于当她父母进来问她为什么的时候，她只说是高考压力太大，有些支持不住了。

她想到龙文，想着要是这时候龙文在身边该多好啊！她躺在床上，想着龙文和她的故事，龙文送她的笔记本里的诗篇，眼泪夺眶而出。在那一瞬间她知道，她真的爱上了龙文，然而龙文已然说了不再打扰，自己已经失去了他。那吴承文呢？或许她早就该忘了他，但她没有，她的内心或许更加爱他了，一种占有的爱，一种报复式的爱。

44. 苦　闷

自从高二开学之后，刘君放就陷入了一种前所未有的消沉状态之中。并不是像吴承文想的那样是因为几个月前的公众号文章被封杀的原因，恰恰相反，导致他迷茫和困惑的原因是王为民在暑假里搞的这次大调研。或者说，是他所认为自己十分了解的学生们给了他迎头一击。

他虽然看不到大调研的全部情况，但因为平时平易近人，和学生相处得很不错，使他得知了很多学生试图向学校提的意见，和他之前的想法大相径庭，学生们不像是他所熟知的那些朝气蓬勃的青年，而是让他看到了两种极端相反的思维。这也让他怀疑自己所谓的和学生关系好，不过是一种假象罢了。

一方面是一些学生提出需要增加课程，向兄弟学校学习实行十四天学习制度，也就是十四天为一个周期。一个周期休息一天，提出取缔音乐课美术课甚至体育课，换成高考要考的科目，内卷的风气已然是渗透到学校的各个角落，生怕落后于他人；而另一方面是抱怨学习压力太大，希望取消午间测验，减少课程之类的意见。后者的意见自然不会被学校采纳，但令刘君放没想到的是，前者提出的一些意见被学校采纳并且作为新的要求下发给了老师。当然取缔艺术和体育课程是国家明令禁止的，但是要求任课老师上课时必须教授和高考有关的知识这项内容，却被校方采纳，这意味着刘君放不能够再在自己的课上天马行空地讲授他想要讲的知识而不顾及后果了。

这种结果是让刘君放没有想到的，自己煽动了学校改革的一把火，最终火焰烧到自己身上的时候却猝不及防，而且这团火还是学生们烧的，最后烧死的却是他自己。曾经踌躇满志地想要改变学校的某些事情，现在看来或许有些成效，但大调研带来的浪潮也不可避免地将他裹挟了进去。令他不能理解的是现在的学生们，身处同一个环境中却有着截然不同的思想，躺平的是真的平，卷起来的是真的卷。刘君放想，经过这一系列事件也算明了了一点，真是时代在进步，虽然和学生们只相差几岁，却早就不能以自己的那套观念来衡量现在的学生了。

刘君放打开电脑，在茫茫文件中翻出那篇精心打磨了数遍的演讲稿，那是《育德精神》。尽管他的电脑里有很多的文档和文件，而且随着时间的推移越来越多。但无论怎么多，他都能准确找到那份对于他意义非凡的演讲稿，那是他以老师的身份第一次给新入学的同学们做演讲。当他第一次走上大礼堂的讲台，看着台下还显得稚嫩的新高一学生，想起自己几年前也坐在下面，不觉一阵激动和感慨。

"同学们，大家下午好，我是刘君放。今天我要讲的题目是'育德精神'。你们都是刚踏入育德校园的学子，所以第一件事就是要了解我们的校训，想必大家早已知晓，那就是'崇真尚实'。

"同学们，所谓'崇真'，就是崇尚真理，追求真理，这是人类最高的精神追求和自我实现的目标。我希望每一个育德的学子，都能够终生追求真理，弘扬真知，摒弃虚伪，那么人生的价值就得以体现了。而'尚实'，就是脚踏实地学习，认认真真工作，在未来能为祖国做出自己的贡献。

"那么说到这，什么是'育德精神'？在我看来，所谓'育德精神'就是以'崇真尚实'这个校训为核心，充分发扬育德学子自由、上进、团结、宽容的优秀品质，此即为'育德精神'！三十年育德，在'育德精神'的指引下，培养出无数的仁人志士，为国家民族建设贡献了自己的力量，成为闪亮的明星。

"不是所有人都能成为名人，也不是所有的育德人都是惊天动地的人才。不是的，但我相信，我们所有的育德学子，从你们加入育德高中这一刻起，你们就会明了'育德精神'的意义和价值，并且会让它伴随你们终生。

"进入育德学习，并不仅仅是学习书本知识。同学们，学习的目标不仅仅是为了三年后的那场考试，而是为了修炼健全的人格，收获有深度有广度的人生。我相信在育德，你们会收获比知识更为宝贵的财富，那就是属于育德人的'育德精神'。有朝一日，你们会忘记你们学习的一些知识，但你们不会忘记，你们是育德人，你们在育德度过了三年最宝贵的青春时光，这些都会成为你们人生中最有价值的财富，属于纯粹的精神财富。

"未来的三年，你们将开启你们的青春时光，那将是人生中最美好、最富有诗意的一段年华。我希望我们在座的每一位新育德人，都能够拥有'独立之精神，自由之思想'，成为一个大写的'人'，这也正是育德三十年来所坚守的理念。所谓'育德'，实际上也就是培养有德之人，而一个有德之人是必然富有我前面所说的'育德精神'的。"

刘君放想起同学们的反应，那时候是全场掌声雷动，他也是第一次听到掌声为他而响起。然而，那些掌声真的是为他响起的吗？那些崇尚内卷的斗士们怎么会认同他的观点？而那些跪倒在躺平之下的学子们更不可能与他有一丝交集。可他们当时就坐在台下，为他的演讲而鼓掌。当然鼓掌本身就是出于礼貌的，可也总是有些真心的吧，不然"崇真尚实"从何而来？

刘君放苦笑着关上文档，他不知道学生们早就习惯用伪装掩盖他们的想法，还是进入高中之后，这种环境促使他们变得如此。这个问题困扰着他，让他消沉，让他看不见青春的影子，只能看到高考在遥远的方向注视着他，一步一步地逼他就范。

眼看着又是一个秋天的到来，温度开始逐渐下降，刘君放也开始感到丝丝凉意。他看了看课程表，到了上课的时间了。

45. 沉　默

夏奇瑞的手机被摔坏了以后，她本想好好在家宅着复习，等着考完试再找吴承文算账。她既不想自己受到影响，也不想吴承文因此错失了最后几天的复习时间。说到底，恨也好怨也罢，她骨子里还是爱着他的。她内心还是希望他们能考上同一所大学，然后名正言顺地走到一起。虽然她知道以吴承文的成绩很难和她考上一样的学校，却还是心存着那一丝希冀。对于龙文，她实在太想他，甚至希望她在被吴承文伤害的时候他出现在她的身边，可是她或许有资格要求吴承文怎么做，但她却绝对没有理由要求已经离她而去的龙文为她做什么。

吴承文却没有给她清净的机会，手机也一样，虽然摔坏了屏幕，但还是能正常地运转着，因此总是能时不时收到吴承文的消息。好几次发消息不回后，吴承文意识到事情不对。回顾这整个的过程，他越来越感到后怕，一边是和陈阳阳不怎么用心地聊着，一边是夏奇瑞不理不睬，他开始反思自己的错误，曾经想到"脚踩两只船"就感到恶心的自己，在现在却正在做这件事情，而且还因为不能踩到两只船而伤心，这究竟是因为什么呢？他想不通，怎么也想不通，却只是停不下给夏奇瑞发消息的欲望，一整天魂不守舍，一整天的几百条消息地发着，发着。终于到了高考前两天的时候，夏奇瑞同意在家门口见他。

夏奇瑞仿佛感到自己神经衰弱了，却实在耐不住吴承文的软磨硬泡。她的心里是爱他的，但每每想要同意他要求见面的请求的时候，脑中就会不自觉弹出6月1日吴承文和陈阳阳当着她的面调情的情形。这仿佛成了一种魔咒，一旦想起就会让她全身不适，可想要忘记却是绝无可能。她最终还是下定决心要和吴承文见面，不是因为吴承文卑躬屈膝的态度感动了她并令她原谅了他的行为，她只是想骂他，她想把对于他和陈阳阳的恨都发泄在他身上。

两个人见面的时候是下午，夏奇瑞就站在小区门口等着他，心中酝酿着十分尖酸刻薄的话。她想用这世界上最为狠毒的话敲打他，用以缓解她内心憋了好几天的苦闷和痛苦。她快要支持不住了，眼看着高考的钟声已经近在咫尺，可她却每天晚上因为回忆起6月1日的事情而惊醒。在厕所里那种想要呕吐但却呕吐不出来的痛苦折磨着她，那种哭了半天却还得装作无事发生的面具禁锢着她，令她每天都处在精神崩溃的边缘。这种时候，所有人都在为自己的前途而努力，因此她更加处于极度孤独的状态之中。

吴承文到了，他看到夏奇瑞的时候，着实愣了半响。仅仅几天时间，她已然不是他认识的那个女孩了，极力睁大的双眼中透露出无神的光芒，却在掩饰那已然无法掩饰的黯淡。那是一种可以用憔悴来形容的脸庞，本不属于十八岁的少女，却真实地在吴承文的眼前浮现着。他感到一阵心酸，悔恨和痛苦一时间涌上心头，他跑到她的身前，就这样看着对方，两人都没有说话。半响，吴承文抬起手，试图去抚摸夏奇瑞的脸。可刚触碰到的一瞬间，就被夏奇瑞猛地推开了。她有些发白的嘴唇颤抖着，仿佛有千言万语想说，却什么也没说出口。

夏奇瑞确实是有千言万语，至少在他来之前已经预演了好几遍批判他的说辞，可真正见到他的时候却只能愣在那里，不仅说不出一句话，身体也好像定住了一般不能移动。直到吴承文的手触碰到她脸的一刹那，她瞬间感觉到了电击般的触动，她下意识地推开他，却又想他再伸过手来。但她不能就这么认输了，只是因为他来到了她的身边，她就该原谅他了吗？当然不是，明明是他犯的错，犯下的还是永远不能弥补的错误。

吴承文被推开的瞬间感到心中一阵的冰冷，那种凉意从心底渗

二、春夏秋冬

透到全身。他看着夏奇瑞，那种感觉就像是他们初见时的陌生和冰冷。他不知道该怎么办了，只是站在原地盯着她，良久倒是夏奇瑞先开了口："你，你陪我，你陪我走走路吧。"

"啊，啊，好啊，走路，走走路，挺好。"吴承文有些语无伦次，但时隔多天第一次听到夏奇瑞的声音还是让他感到兴奋，"你声音好好听，真好听，好久没听到你说话了。"

夏奇瑞低声说了句"谢谢"，然后两个人就这样在路上走着，一句话也没有。眼看着日薄西山夕阳西下，转眼间已然是夜晚了。家家户户亮起灯火，繁华的街道映衬着熙熙攘攘的人流，也见证了无声的两个人就这样走着走着走到了育德高中的门口。

育德高中已经处于不能进入的状态，两人就在学校的门前停了下来，看着校门上方拉着的巨大横幅，吴承文终于开口说话了："我们，认识三年了。"

"是的。"夏奇瑞感到一种莫名的伤感涌上心头，她不知道是因为他们还是因为自己就要离开这个赋予她无数青春回忆的地方。在这里她经历了前男友的抛弃、外公的离世、与陈阳阳的友情、龙文的追求、和吴承文说不清道不明的关系。或许是上天的安排，在高考前最后一次来到这个学校门前的时候，陪伴她的是那个给她带来无数爱与恨的吴承文。

一时间又是死一般的沉寂，在车水马龙的街道的映衬下，两个少年却仿佛什么也听不见。校门上方红色的横幅随风飘着，牵动着无数的少年心事。那几十秒的沉默里，蕴含的是怎样一种复杂的情感呢? 夏奇瑞不知道，她只是无意识地靠向吴承文，两人的距离越来越近。吴承文感觉得到，那种特有的气息离自己的身体越来越近，他的心脏越跳越快，最后他自己已经感觉不到自己还在呼吸，只是尽可能压制着不断上涌的气息。

就这样，一切的一切都在沉默中，悄然进行着。

46. 灯　火

沉默的宁静轩里仿佛蕴藏着极大的能量。吴承文在被子里蜷缩着，内心却无比的紧张。这时候倒不是因为夏奇瑞和陈阳阳的问题，而是等待着灯火的辉煌。今天晚上的宁静轩，宁静得有些吓人了，这或许是这一届学生入学以来最为安静的一个晚上。熄灯的瞬间，没有任何人偷偷拿出照明设备，这使得宿管查寝的速度都快了很多。待到确认宿管已经离开之后，龙文的床上闪出一片灯光来。

"各位，开始了！"龙文低声说着，第一个爬下了床。紧接着整个寝室一片灯火，有几个人也开始掀开被子下了床。看吴承文还在犹豫，龙文轻声叫着："老吴，等啥呢，开始了！"看得出，吴承文还有些胆怯，不过眼看着众人都动了起来，他作为事件的发起人也不好缩头缩脑，便拿着事先准备好的手电筒，下了床问龙文："你确定没事？"

"我说了，你要是怕处分，那还真的跟你说清楚，这事不挨处分的概率很小。"龙文说着，也不管吴承文怎么回应，就直接往门口走去，其他人也跟在后面。吴承文还在犹豫着，脑中一年来的种种事件浮上心头，从始至终为了这个熄灯时间的延后他都没有放弃过努力，连最难啃的食堂问题都用一种很戏剧性的方式得到了解决。如今宿舍熄灯问题已经成为他最后一块心病，如今已到了山穷水尽的地步，眼看着龙文的背影离开了寝室的门，这柳暗花明或许就在前方，当然也可能是再次的无功而返。

吴承文深吸了一口气，最终还是下定了决心。他拿着手电筒，

二、春夏秋冬　167

随着人群，无数微弱的灯光聚集成一束挺强的光芒，他和龙文走在最前面，别的寝室也有很多人慢慢汇集起来，一下子人流挤满了整个寝室的走廊。灯光越来越亮，有些刚要入睡的学生或许被光晃了眼睛，咒骂着盖上了被子，有些学生本来被龙文说动了要来的，但最终还是选择在被子里度过这个夜晚。

人很多，灯光很亮，人流慢慢涌向一楼，不一会就到了宿管办公室的门前。宿管室里还亮着灯，但是因为拉着窗帘，灯光显得十分黯淡，完全抵不过那么多手电筒光照的强度。宿管室里的人似乎发现了外面的异常，遂拉开窗帘查看。随着窗帘的缓缓拉开，龙文知道即将面对的是宿管阿姨，他早就想好了说辞，胸有成竹地等待着。一切都在预料之中，在龙文的轨道上平稳地运转着。虽然有些说好一起来的人临阵当了逃兵，回头一看后面跟来的有那么十几个人，也就是有十几个手电筒，龙文虽略感到有些失望，不过至少还在预期之内，无伤大雅。

于是当钱有军的脸出现在龙文面前时，他着实吃了一惊，这才想起钱有军会挑些有空的时间来宿舍里看看，这段时间正在向宿管了解寝室里的情况。钱有军正在了解寝室里偷带手机和照明设备的人数情况，却感到外面灯光一下子变得特别的亮，疑惑地拉开窗帘时，却是龙文那熟悉的脸映入视线之中。一瞬间，空气变得紧张起来，钱有军的眼睛瞪得老大，一时间僵在原地。龙文倒是没什么反应，但他后面的几个同学却被这眼神逼得倒退了几步。吴承文眼看着最前面只剩下他和龙文两个人，刚刚下定的决心又被慌乱的内心取代。十几秒的时间，没有一个人说话，倒是手电筒的灯光在微微地颤动着，打在不同的位置，或许从艺术的角度来说还是个不错的组合，但从钱有军的视角来看，却是晃眼得厉害。

僵持过后,钱有军缓过神来,啪的一声推开房门,那震天响的声音把宁静轩最后的宁静给打破了。火药味充斥着整个走廊,跟在最后的两个学生似乎被这声音给吓住了,呆呆地站在原地一动不敢动,待看到钱有军走出宿管办公室的门的时候,就吓得一脸惊恐地跑回了寝室,连手电筒都没顾得上拿便摔在地上。那手电筒经不起强烈的撞击,发出几声微弱的呻吟后,便彻底失去了光亮,如一坨废铁一般躺在了黑暗之中。

钱有军一见龙文就气不打一处来:"干什么?干什么?干什么?熄灯时间理应在床上睡觉,你们倒好,非但不睡,还拿着这么多违禁的产品,脑子有问题啊?"

龙文大义凛然地答道:"钱老师,宿舍熄灯的问题我记得我们提出过意见。去年学代会上就提了,在很多场合用了很多方式也在提,可是呢?结果却是石沉大海杳无音讯!九点熄灯,你想想这合理吗?还不允许带照明设备,学生们怎么学习?再说了,九点正是精力旺盛的时候,谁这时候睡得着觉?"

"这么说你违反校纪校规和宿舍管理条例还有理了?"钱有军严厉而掷地有声,"你说到学代会我记起来了,之前我不是讲得很清楚了吗?高一入学前,全体家长都签过字同意了这个宿舍管理条例,而且这是我们育德高中的老传统,被证明是行之有效的!你们这么瞎胡搞,不好好休息,怎么好好学习?"

"我们在这里,就是为了好好学习。"一旁的吴承文忍不住接话了,钱有军这话着实属于老生常谈。一年来这样的说辞被讲了无数遍,他早就厌烦了,因此一听到这些心中就憋着一团火。原来的胆怯被隐藏了起来,尽管心是一直在怦怦直跳,却还是趁这个机会把埋藏多年的话说了出来:"我们今天在这里,就是为了好好学习的。

这一年来，学生们为了在熄灯后学习，不得不自带台灯，被发现没收的不在少数，难道这就是学校对待学习的措施吗？难道'挑灯夜读'也成为了不允许甚至是违纪的事情？"吴承文的语气中透露着些许悲凉和紧张，和龙文不同，他毕竟是第一次和老师当面对峙，语气中明显带着颤音，但即便如此他还是坚持说完了自己的意见。

钱有军沉默了，一时间，没有人说话。只有那星星点点的手电筒汇集成的灯光照亮了整个走廊。

47. 亲　吻

沉默中，吴承文用手搂着夏奇瑞，他的手能感受到她的头发在风中微微飘动着，见夏奇瑞没有拒绝，便轻轻地抚摸着她的脸。严格来说这不算抚摸，而是用搂着她的那只手去触碰她的脸。尽管夏奇瑞消瘦了好多，但用手碰到她的脸，对于吴承文来说，却是有一种说不出的滋味。

无声胜有声，这并不是空想出来的哲学命题，而是实实在在存在的现象，只是用语言仔细地去描述这种现象着实是一件困难的事情。无声的世界蕴藏着无数丰富的信息，就像吴承文和夏奇瑞，就这样无声地站着，可心境的变化却是无穷无尽的。

就在这瞬息万变的世界中，夏奇瑞先开口说话了："你，你真的喜欢我吗？"

"是啊，当然是真的。"吴承文几乎没有思考，喉咙里的肌肉就代替脑子做出了反应而直接说出了这些话。

夏奇瑞扭过头看着他，看着这熟悉而又陌生的脸，那带给她温暖和痛苦的吴承文，现在正用手轻轻抚摸她的脸。她想说些什么，吴承文却先开口说了:"瑞瑞,你还记得吗,我们刚认识那会,你和我说你喜欢的男孩,那个时候我就想啊,哪个男孩这么幸运,会让你一直念念不忘。"

夏奇瑞笑着看他,眼神中透露出一种可爱的呆滞,那是一种信任的目光,她把头靠在吴承文身上,轻声说:"你啊,你就是那个幸运的男孩,让我念念不忘。"

吴承文感受到了一种前所未有的幸福,那种感觉是伴随着夏奇瑞的肩膀靠在他身上而逐渐产生的。一开始他接触到她的手臂,肉体的碰撞带来的是灵魂的火花,随着她往他身上靠,两个人越靠越近,她的身体仿佛嵌在他的身体里一样,一瞬间的情感爆发让他不由自主地抱紧了她,仿佛一刻都不能分离。

吴承文抓着夏奇瑞的手,让她把手放在自己的心上:"瑞瑞,你感觉得到吗?我的心跳。"

"你,你跳得好快哦。"夏奇瑞用手抚摸着他的胸口,感受着胸腔里欲喷薄而出的情感,她把整个身体依偎在他的怀里,小声说着:"我好紧张,马上要考试了,我好紧张。你多抱我一会吧,这样我会很有安全感。"

吴承文没有说话,只是把她抱得更紧了。他努力抑制着内心的兴奋,突然间,一股难以抑制的冲动往上涌着,他的理智无法抵抗那突如其来的欲望,他开始亲吻夏奇瑞的脖子和后背。可是当他的嘴碰到夏奇瑞肌肤的一刹那,他的理智告诉他应该停下来,但他并没有,而是直接亲了上去。夏奇瑞却并没有反抗,只是任由他亲吻着她。她想说,他的亲吻能给她带来极大的慰藉,甚至比拥抱有着更多的安全感,但她最终并没有说出口。

虽然之前也亲过陈阳阳,却并没有那么彻底,因为陈阳阳推开了他。但这次夏奇瑞没有,因而这种亲吻是彻底的,是彻底的爱的释放,也是彻底的欲望的释放。可是爱总是会越来越强烈,欲望也总是越来越凶猛,他仿佛不能停下来,而希望将这种"仪式"继续进行下去。

夏奇瑞的心中仿佛升起一团火,一种沉默了许久但终于要升起的爱情的火。她想到了他们第一次出游,他们一起漫步在鸿江边,那时候他们还保持着朋友的距离。而此时此刻,她却想象他们是手牵着手一起跑着步,欢声笑语充斥在她的世界中,最后他们走累了,就在一棵树荫下坐了下来。那正是她和吴承文以及陈阳阳在暑假里乘凉的那棵树,陈阳阳的形象浮现在她的面前,接着就是八音盒,接着就是他们两个当着她的面调情。

一时间,愤怒席卷了她的全身,她猛地一用力推开吴承文,而吴承文却还沉浸在那种肌肤之亲的欢愉当中,完全没有预料到她会突然就把他推开。吴承文一个踉跄,被推出去好几步远,他一激灵,仿佛从梦中惊醒一般,一副不知所措的表情。他看着夏奇瑞,却看不出有丝毫异样。

就在这转瞬之间,夏奇瑞已经恢复了平静。她总是不愿意让别人看出她的小心思,她微笑着看着吴承文,打趣似地说着:"你亲够了没有?"

吴承文松了一口气,心想这小姑娘还真是吓人,每次心跳加速都是因为她,不论是紧张还是爱。这或许也是机缘中所注定的事情吧。他做了个鬼脸说着:"没有没有,再亲亲,再亲亲嘛!"

"不行,不能乱搞。"夏奇瑞笑着说,"你就陪我走走路呗,眼看着快晚上了,再过一会我得回家了。"

"好。"吴承文点点头,两人就又走在了路上,不过这一次却不是沉默，而是欢声笑语。夏奇瑞想，如果他们保持这种关系，就像是初次出游时的关系，那也是一种不错的选择。可是偏偏爱的魔力是难以抗拒的，如果没有爱，就没有恨，如果没有恨，就不会再爱。她心里并不认同今天他们卿卿我我的行为，她认为作为朋友这是不应该的，但她又太需要有人安慰了。龙文的安慰是沉重的，是她所不喜欢的；吴承文是虚伪的，是当着她的面和别的女生调情的男生，但他的双手是能够带来安全感的。

吴承文却早就把她当作了自己的另一半，他或许依旧喜欢陈阳阳，但他知道他根本离不开夏奇瑞。仅仅是一天的不说话就足以把他逼疯，这好几天的煎熬不仅是属于夏奇瑞的，还是属于他的。吴承文想，等高考一结束，他就要向夏奇瑞表白，他要告诉她，自己只爱她一个人。

天色渐渐黑了下来，到了各自回家的时间。临走时夏奇瑞对吴承文说："好喜欢你哦。"

吴承文有些色眯眯地说："瑞瑞，我也是。真喜欢瑞瑞。让我再亲亲你呗！"

"不要……明天陪我去江边散步。"夏奇瑞露出一种挑逗似的眼神看着吴承文，然后转身跑了回去。吴承文嘴角露出青涩的微笑，这不到半天时间的相处，让他感到无比的幸福。

48. 溃 败

钱有军看着眼前这些还显得有些稚嫩的少年们，心中也有着不少的苦衷。虽然平时总是极为严厉地训斥，但他内心还是热爱学生、热爱学校的，不然也不会选择在育德贡献了二十多年的大好时光。

从这个意义上来说，他算得上是育德的元老级人物了，虽然平日里总是感慨无法再进一步，而且管理能力也饱受学生的质疑，但他至少还是兢兢业业地在工作。学校里的行政本就是地位不高的，不怎么受重视，还偏偏破事贼多。只是这食堂也好宿舍也罢，都是学生群聚之地，人多嘴杂，想法也都不同，很难有一种合理的管理模式使所有人满意。因此，最好的措施就是维持现状，遵守传统，这样即便出了事情，责任也会轻很多。怎料到这个执行了好些年的传统，在今天晚上被彻底地挑战了，这倒让钱有军有些措手不及。

钱有军心知如果今晚的情况处理不好，那将会是个大事情，因而沉默片刻之后立马接上了话："我说这位同学，你说的或许有道理，但是你要考虑到很多其他因素。规则制订出来怎么能随便修改呢？如果是这样，那规则还有什么意义呢？所以啊，不要冲动，要好好想想，三思而后行。为什么这个规则这么多年来都行之有效，到了你们这里就不行了呢？有些事情要学会反思自己的问题，你们这样不仅扰乱了宿舍管理，还影响其他同学休息，你自己说，这样做对吗？"

一看钱有军一改往日严厉和咄咄逼人的语气转而成了讲道理的长者，龙文便也收起了想要剑拔弩张当面对质的心态，尽可能心平气和地说道："钱老师，规则自然不能随便打破，但也要考虑时效性吧。据我所知，这个规则是好几年前订的，那时候作业没有这么多，学习压力没有那么大，所以九点之前大概就能写完作业。现在呢？每天课程排得满满的，中午也没有做作业的时间，就靠一个晚自习的时间哪里来得及？一回寝室还没整理完东西就得熄灯睡觉，还不允许挑灯夜读！你知道这一年时间有些同学是怎么过来的吗？为了在熄灯后偷偷学习，还要防止宿管没收台灯，只能躲到阳台上甚至别的地方学习，有些人因此有了各种各样的毛病。"

吴承文一看龙文振振有词，也被调动起了发言的积极性："一年时间我可是亲自见证，我们找寻了几乎所有的方式，结果却是一场空。老实说，我们看到了学校的进步，有很多东西都在向好的方面发展，但宿舍熄灯的时间标准还是按照十年前的标准订的，这太不合理了，我们今天这么做就是希望校方能有个说法，同学们想要光明正大地学习！"

钱有军叹口气，他没有对着龙文，而是面对后面跟随的学生们说："你们啊，就是太年轻，很多事不懂。学校这么安排就是为了让你们有更好的状态学习，你们每天五点多就要起来，早上有晨跑，早读，各种学习项目，再加上一天这么多课，晚上要是不睡好怎么得了？九点睡觉五点起床有什么不好？你们啊，就是没有好好利用各种学习时间，你看那么多同学都在睡觉，就你们几个人在这，能说明什么问题啊？行了，赶紧回去，不要在这里添乱。学校始终是为学生考虑的。"

龙文刚想反驳，却听到后面的队伍里响起了哈欠的声音。有些同学原本就只是被龙文怂恿，现在过了平时的睡觉时间，倒觉得有些累了，看他们争论不休感觉没啥意思。钱有军的一番话也着实点醒了一些人，于是不自觉地打起了哈欠，还有一些直接放下手电筒回寝室睡觉去了。龙文不住地摇头，心想这帮人实在是不靠谱，一开始说好的要来，结果却是临阵脱逃的占了大多数。他回头一看只有零零散散几个手电筒还亮着灯，还都是那些和他一样晚上不学习的闹事的家伙，见此情此景，龙文不禁唏嘘长叹。

眼看着精心组织的一场活动就要失败，龙文着实有些不甘心。他转回头对着学生们说："同学们，我们今天就在这不走了，不解决问题我们就坐一个晚上！"没有人回应，只是有几个略显呆滞的目光点了点头。钱有军心知只要再加一把火就可以彻底获得胜利，他没给龙文接着说话的机会，而是接着说："同学们，你们要相信学校，一定是为你们着想的，都回去歇着吧。明天还要接着学习，现在回去我既往不咎。"

"别，别走，同学们……"龙文想挽回败局，但却于事无补。眼看着除了吴承文和他两人还站着，剩下的人都关上了手电筒，默默地退了回去。一时间，灯光又暗下来，除了宿管办公室里的灯光，只剩下两个手电筒还在倔强地挣扎着，吴承文感到一种凄凉之意上涌。钱有军完全占据了主动，他心中暗自得意，果然从后面击破是最佳的选择，要是刚才选择和龙文这刺头正面对峙反而未必有好结果。眼看着事情已经尽在掌握，钱有军说："二位，还站着吗？现在回去，念及你们也是为了学习，我算你们没违纪。要是再站着顽固不化，那就只能开违纪单了，后果你们就得自己承担！"说着他便转身离开了寝室，临走前督促宿管看好这两个挑事的刺头。

"走吧。"吴承文无奈地说，"走吧，回去吧。"

"不行！"龙文感到胃里开始作痛起来，他强忍着不让别人看出来，咬着牙关说，"最后的机会我不能放过。那帮人，真不靠谱！来的时候一个个好好的，现在倒好，都滚蛋了！"

"那帮人……"吴承文沉吟着，突然灵光乍现，"等一下，我有办法了，走，回去休息！还没到山穷水尽的地步！"

49. 放　弃

距离高考只剩下最后一天的时间了。整座城市的气氛都仿佛变得紧张起来,所有的考点都严阵以待,学校上方都拉起了横幅,所有的学子都在紧张的复习当中。当然这只是老一辈人们的刻板印象罢了,而所有的媒体也都在渲染这种刻板印象,因为媒体不是属于年轻人的,更不是属于高三学子的。诚然,高考前的那一天,那一夜,并不是所有学子都在为高考而努力着。

龙文在和孟宇的一阵畅谈之后,心结解开了不少。最后几天,他也算是终于静下心来好好看了几页学习资料。其实倒不是说孟宇真帮了他什么,而是他对着别人把有些憋在心里的话都说出来了,这就能让他畅快不少。当他意识到这一点的时候,不觉哑然失笑,心想心理咨询的作用,很大一部分也不过是如此而已。可这看似毫无用处的宣泄,却是最好的解决心理问题的良方,这也算是很奇妙的事情了。

可是下午当他整理东西的时候却发觉夏奇瑞送给他的印章不见了。他翻遍了书包的所有位置,却都没有找到。他十分努力地回忆,想到他原来把印章放在床头,这样晚上可以不去天台和自然对话而在床上就能感受到夏奇瑞的存在。可是或许是习惯了把这个象征着夏奇瑞的印章留在床上,他最后临走的时候居然忘记拿了。他懊恼地瘫坐在地上,用手打着自己的脸,一边打一边骂:"龙文啊龙文,你自认为自己很爱她,可是连她送的东西都能弄掉。你算什么男人……"他一想这两天寝室大扫除估计那盒印章已经当成垃圾被扔掉了,不禁更加懊恼。

他想着吴承文最后还进过寝室,说不定这小子看到了就会拿着而免去它受到大扫除之苦,不过想来他们刚刚闹掰,吴承文在气头上也没那么好心,一阵绝望之感席卷全身。他想,这三年来所做之事,爱情上磕磕绊绊点到为止,食堂里搞了半天却被王为民几句话了结了，宿舍熄灯问题自认为胸有成竹，但却功亏一篑，最终还是吴承文这家伙想到了解决的办法。到如今，真正意义上的高中生活只剩下一天的时间，自己却依旧困扰万分。

龙文想起夏奇瑞说过自己以后写诗的时候可以盖个印章，可是现在自己既没有写诗的灵感，连印章都能弄丢，怎么好意思说自己爱她？欲望和爱在拷问着他，事到如今，他不得不承认，自己或许早就没那么爱她了。无非是持续了好几年的惯性在推动着他，但那推力已经开始不足以支撑爱的表象了。

这几天时间他和夏奇瑞并不是没有联系，但都是有一句没一句的问候和加油，没有什么实际的内容。他不知道的是，她其实希望他能多找她，可是又不想直接告诉他。今天又发觉自己弄丢了她的礼物，他更加失落起来。家里待着觉得闷，于是他走了出去，来到鸿江边散散心，就当是高考前的最后放松。如果能借助江边的清风吹走那无数的纠结，也算是有了一个好的兆头，预示着高考应该能旗开得胜。

可是天有不测风云，当他远远看见吴承文抱着夏奇瑞倚靠在江边的栏杆上卿卿我我的时候，他的心理防线彻底崩溃了。他停了下来，确保他们没有看到他，下一秒就看见了吴承文把嘴贴到了夏奇瑞的脸上，他的胃一阵刺痛，那种痛感是前所未有的。

一瞬间，仿佛他看到了吴承文在挑衅地微笑着看着他，说着："小子，你看看，你喜欢的女孩在我手里，你羡慕嫉妒恨去吧！哈哈哈哈……"龙文感到眼前一阵眩晕，他不再躲在暗处，而是冲到两人面前，一把推开吴承文，一边骂着。

吴承文正沉浸在亲吻的欢愉中，却被这突如其来的一击弄了个晕头转向，脚下一下子没站稳，摔倒在地上。龙文还不解气，眼见一脚就要踢上来,夏奇瑞吓得一闭眼,却用手死死拉住龙文:"不要,别,别这样,龙文!"

当夏奇瑞的手抓住龙文的那一刻,龙文感受到了一种生物电流侵袭着他的全身。说来讽刺,喜欢夏奇瑞这么多年来,第一次和她身体接触却是在这种场合,一想到这,龙文不禁感到无限悲凉。他抬起的脚又收了回来,用一种温柔的目光看着夏奇瑞。吴承文趁着这个时间从地上爬起来,揪住龙文的衣领子,破口大骂:"你小子没事找事是不是?三次了!三次!有没有点素质,见面就打人,算什么男人!老子还好心好意给你拿了你落在寝室里的印章,本来想考完试还你的。你见面就打人,滚吧!"说完一把推开龙文,然后下意识地把夏奇瑞搂在了怀里。

龙文一听到"印章"两字,不由得心中震颤,他一愣神的工夫,就被吴承文推出去好几步。他看着在吴承文怀里吓得脸色苍白的夏奇瑞,不觉感到一阵愧疚,自己总是把什么事情都搞砸,夏奇瑞原本应该是快乐的,可现在却是这样一副惨白的脸。她送的印章最终落到了他的手里,这或许也是天作之合吧。自己本来就说了不再打扰,可今天却直接大打出手,要不是夏奇瑞拦着,他刚才真想把吴承文打死。他喘着气,用最后的气力对夏奇瑞说着:"夏奇瑞,你亲口告诉我,你要亲口告诉我……"

夏奇瑞知道他想问什么,她看了一眼吴承文,有些结巴地答道:"龙文,龙文,我,你,你是个好人。但是,但是我和他在一起的时候,在一起的时候……很开心……"

"好,我知道了,我知道了……对不起,是我无理取闹了,对不起。"龙文说着,头也不回地离开了江边。

吴承文此时也缓过神来,看着龙文的背影消失在视线的尽头,他喃喃地说道："他是个执著于爱情的人。"他本是发自内心地发出感慨，但夏奇瑞却不由想到吴承文的"脚踩两只船"，她挣脱吴承文的怀抱，说："走吧，该回去了，明天要考试了。"

吴承文从夏奇瑞的语气中听出来些许的不对，但他也没有工夫考虑那么多了，夏奇瑞说得对，应该回家去准备明天考试的必备物品了。

50. 成　功

想到那些临阵脱逃的学生们和一盏盏黯淡下来的手电筒，吴承文也和龙文一样感到失望，但从所有这些事情中，他也悟到了更好的解决办法。

吴承文花费了不少的时间起草了一份十分详细的提案，并且向夏奇瑞要到了这一年学代会的名额。不过这次，他学聪明了，不再是孤身一人。他知道那些学生们，并不是反对把熄灯时间后延，也不是喜欢现在宿舍的制度，只是因为学习的压力之下，没有心思和精力来管这些事情。但是让他们签个名的时间还是有的，于是他动用了一切可以动用的关系，学生联系学生，就这样，这封联名提案下面获得了无数学生的签名。吴承文还设法说服了审核提案的团委的学生，让这封颇有点"违规"的提案成功递交到了学代会上。这些过程看似简单，却是不经历那些失败所无法悟出的，就这一点来说，吴承文认为，之前所有的付出都是值得的。

这阵势着实吓到了钱有军。虽说是和一年前提出的内容相同，但这份提案的内容更加丰富，不仅有对于现行制度不合理的论述，还有如何解决的方法，整份提案是所有提案中最详细最具体的一份，而且附议的人数超出他的想象。他虽然疑惑这玩意是怎么通过审核的，但既然提交上来了，他只能认真对待。毕竟整个学代会是公开的，不似去年的敷衍，他这次松了口，说是校方研究之后会给出答复。

他第一时间找到王为民，向他请示究竟该怎么办。王为民喝着茶，看着那长篇大论的提案，悠悠地道："看你急得那样子，来坐。这件事情好像已经好久了，一年时间，这届学生真是不简单。我本来以为他们就是随便发发牢骚，所以以前都没有采纳，但这回看来是动了真格了。确实，时代变了，管理制度也需要改变。如果真如学生们所说，'挑灯夜读'成了违纪，那恐怕不是我们想要看到的结果。

"我想需要先落实这个情况，如果真的属实，我们就拟定新的规则，发给学生和家长。规则，也是要因时而变的。"

钱有军点点头，看王为民的意思是已然有改变旧有规则的态度在里面，遂说道："校长说的是，那我去落实这个情况。其实啊，这么多年，这方面的意见也不少，今天说到了我就说了吧，其实学生们说的情况，确实存在，我干了那么多年后勤，还是知道的。"

"嗯，嗯。"王为民站起来，走到窗户前长出一口气，意味深长地说着，"谁写的这提案啊？好好学习的学生能有时间搞出这么一堆长篇大论？我倒觉得是另有原因。不过有勇气把想法付诸于实践，也算是不容易了。老钱啊，看来是我们低估了这一届的学生啊！是我们的工作出了问题。"

"确实，那我马上去落实情况。"钱有军说完推开玻璃门退了出去。

王为民看着这玻璃门，不住地摇头。他上去推了推门才发觉这扇门是真的有点重，平时出入匆忙都没注意到，现在才发觉这玩意

二、春夏秋冬

着实是个障碍。他推开玻璃门,外面清新的空气扑面而来,他猛吸了一口,顿觉神清气爽。于是从此开始,王为民定下规矩,以后这扇玻璃门,没有特殊情况,不得关闭。这样一来,新鲜的空气就能一直滋润他的办公室了。

一个月后,学校宿舍管理的新条例出炉了。新条例规定熄灯时间为十点半,学生可以在熄灯以后到宁静轩一楼新配备的自习室学习,这样一来就不会影响宿舍里想要睡觉的同学,同时也让"挑灯夜读"成为历史。而自带照明设备也被允许,在寝室里学习也不再受到熄灯时间的约束,只需要寝室里的室友商量好没意见,那自带的灯可以一直开着。手机自然还是不允许携带的,但这条就像是摆设,没有学生提出抗议是因为他们早就熟悉如何对付那定时定点的检查,所以从学校的角度来看,偷偷带手机的越来越少,其实只有越来越多。

吴承文心中的大石头终于放下了,忙活了一年多,终于算是有了结果。这天周五他对一起出校门的龙文说:"兄弟,辛苦你了。"

"没什么。不辛苦。"龙文有些懊恼,虽然支持事件发展到最后的确实是他龙文,没有龙文在寝室里的那番冷嘲热讽,吴承文在大调研失败后就已经打算放弃了。但最后解决问题的却还是吴承文而不是自己,这倒是有些遗憾的。他并非是嫉贤妒能,而只是曾经在吴承文面前夸下海口,现如今却一场空,有些脸面上过不去。

沉寂了片刻,龙文看着天空,喃喃地说着:"你的事情实现了,我的梦想却还遥远。"

"你是说读诗吗?"吴承文道,"无论如何,我总是支持你的。虽然这个操作难度确实有点大。"

"心中有梦方为少年。你看宿舍熄灯这件事情,虽然历经千辛万苦，但还是平稳实现了，我看换个别人都不行，这需要有毅力和决心。"龙文的目光望向远方。诗和远方，对于少年们来说，都是奢侈的追求。

"就这点来说，你绝对比我强。"吴承文拍了拍他的肩膀，"要是没有你，我早就放弃了，哪来今天的感悟和成果？所以说，这次是你帮了我，我也一定会帮你的，只要你有需要。"

"好兄弟！我真的很喜欢读诗，可却没有什么机会，如果有在众人面前读诗的机会，而且是全校师生面前，还是站在宁静轩顶端的话，那将会是我人生中最大的快乐。"龙文露出了久违的微笑，脑中就想象着他话语中描绘的场景，那梦境一般的欢愉让他陶醉，让他痴迷。

他们就并肩走在街道上，眼看着灯光开始亮起来，时间也开始以飞快的速度行驶着。一转眼的工夫，高二上学期结束了，高二下学期结束了，高三前的暑假结束了，高三上学期也结束了，眼看着就到了高考前，距离高考只剩下三个星期的时间了。

春夏秋冬交替进行，学生们的故事不断向前。那春夏秋冬不仅属于自然，也属于诗歌，属于那四首以"春、夏、秋、冬"命名的，承载着不同情感的诗歌。

三、龙文的梦想

1. 好朋友

高考之后的日子对于学生们来说算得上是纯粹的新生活了。紧张地在纸上书写自己未来的故事的经历想必会让人终生难忘,在考完试到出成绩的这段时间里,是人这一辈子最快乐的时光。不过,对于有些学子来说,快乐的时光意味着越陷越深的痛苦,在高考前压抑着的些许问题,都在长辈们认为学子们理应无所事事的时间里,逐一凸显出来。

龙文算是彻底斩断了和夏奇瑞的藕断丝连,删除了她所有的联系方式。高考前鸿江边的场景始终刻在他的脑子里,一想到心爱的女孩和别的男生相拥,而且是和好兄弟相拥,他就感到一阵地痛心。不知为什么,高考后他的胃不见好转,反而越加严重起来,或许是随着天气渐渐变热,他忍不住多吃了些冷饮的缘故。不过他总是认为自己是因情所困,于是整日裹挟在诗歌中,聊以自慰。

他大约不欠夏奇瑞什么,除了那被吴承文碰巧拿去的印章令他感到不是滋味，其他的一切他也都不在意了。因为见不到面，也没有联系，所以也就慢慢地淡忘了。但他依然希望和夏奇瑞做朋友，只是一直没有找到机会。

心中那个诗人的梦想恐怕也是无法在育德高中里实现了，最后一次全校师生都在的场合大约是拍毕业照的那一天和毕业典礼的时间。学校的安排是上午拍毕业照，下午毕业典礼，而毕业典礼的第二天就是高考出分数的日子。

龙文耐不住寂寞，他还是去找了夏奇瑞，想和她说清楚，做最后的告别。想起来他曾经也做过一次这样的告别，不过那次是自己骗自己，而这次是纯粹的，不掺杂感情的道别。

当他们再次在鸿江边见面的时候，夏奇瑞的气色不是特别的好，看上去是大病初愈的感觉，龙文问道："你怎么了，气色这么差。"

夏奇瑞苦笑着说："我气色很不好吗？好吧，我和吴承文闹掰了，除此之外我的胃病加重，我还受不了这温度越来越高，怕中暑。"

"和吴承文闹掰了？"龙文心中已然并没有什么波澜，只是好奇地问，"你们不是在一起了吗？"说到这，他就想起高考前一天晚上在鸿江边的遭遇，不过也只是心头微微一紧，没有过多的反应。他知道，这近十天的不相见不联系已经让他彻底不再在意了。他感觉这很可笑，仅仅十天就能改变四五年的追求，不过或许那四五年中的后半部分时间，爱已经变了味。

夏奇瑞道："其实也没什么，算了，不说他。说说我们吧。"其实她很想说，但是对面站着的是龙文，她生怕自己说了什么触动了他的某根神经，导致事态进一步恶化，于是只能打了个马虎眼就这样过去了。龙文看出来她的这点心思，却也不再多问，只是悠悠地道："十天时间足以改变人啊。真是对不起你，把印章弄丢了，高考

三、龙文的梦想　　**185**

前还在你面前失态了，丢人哈哈。"

"没有，没有。"夏奇瑞已经听出了龙文语气中微妙的变化，她想问他是不是已经不喜欢她了，却感觉这样有些突兀，便换了种方式，"你别喜欢我，就不会感到丢人了，哈哈。"

龙文微笑着看着她，似乎是不经意间地说了句："不喜欢了，新的生活，新的开始。"虽然他说得很随意，夏奇瑞却知道他是不想把不喜欢说的那么正式，若是还有一点点的喜欢，也是不会说"不喜欢"这三个字的。

"我和吴承文，我们，就像是在作孽一样。"短暂的沉默之后，夏奇瑞还是忍不住想说，"本来好好的，可是他，也不瞒着你了，他和陈阳阳一直很暧昧，让我觉得不舒服，我们吵了几次，后来也就闹掰了。"

"这小子'脚踩两只船'？"龙文气不打一处来，"这事多久了啊，是不是很久了，他一直瞒着你啊？要是早一点知道我踹飞他！"

"不不不，没有，就是高考后。"夏奇瑞感到有些紧张，虽说她完全可以把罪责都推给吴承文，但她心里其实清楚，她自己也是个"脚踩两只船"的人。只是龙文一直不知道，她心底的这个秘密，永远只有她一个人知道。或许在高考前，她一直没有当着吴承文的面爆发的原因，就是她心底里默许了"脚踩两只船"的行为，既然都是"两只船"，那也是可以接受的。不过在高考后，龙文彻底删除了和她的所有联系方式以后，她也就在几天之内忘掉了龙文，于是也就不允许吴承文再对陈阳阳有任何她认为越界的举动了。自以为一往情深的夏奇瑞，发觉自己忘记龙文只是几天之内的事情的时候，不觉感到一阵痛心。

这么多复杂的心思龙文当然领会不到，他本以为自己会火冒三丈,然而却仿佛偃旗息鼓一般,火冒不出来。他心中明了,因为不再爱,也就不再恨,也就不再在意两只船还是两百只船了。不过,他还是关心地问道:"那你们现在怎么样了?"

"没怎么样,就反正不怎么说话了。这些天不是刚考完没什么事嘛,本来约好出去玩的,后来也因为关系的原因都吹了,估计要等到拍毕业照的那时候才能见着了。"夏奇瑞的语气有些颤抖,看得出,虽然说得云淡风轻,但她还是没有完全放下。

龙文点点头说:"这几天我在想,后面的生活怎么过。脱离旧的环境,进入新的生活,和过去的朋友们告别,和过去的自己告别,这是件困难的事情。可是谁能逃得过呢?你看我们这些同学,吴承文我算是和他彻底闹掰了,孟宇倒是近来走得很近,还有你,我们最后大概率不会走相同的路。这既是我们的志向所在,也是高考分数所决定的。考完了,意味着和少年时的稚嫩作别。

"这几天我喝酒、抽烟、逛夜店,写写诗、论论文,也想开了很多。高考一过,不显得轻松,反而变得迷茫起来。回首过去的生活,大约没有什么遗憾,除了那吟诗一首的梦想越来越模糊和虚幻,总归有些不甘心的吧。"

夏奇瑞点点头,赞许地说:"你真的很棒的!你的梦想虽然不是什么惊天动地的大事,却是属于一个人的独一无二的梦想。我会支持你的,我们是好朋友。"

龙文欣慰地笑了,本来他还想再次提出做朋友的要求,却没想到夏奇瑞先说了。不过转瞬间他又想起吴承文曾经也说过会支持他,可现在已经彻底决裂,不觉又是一点刺痛。"吴承文也说过,会支持我,可如今呢?时过境迁,人事变化,十天时间就会有新的感悟,何况超过一年呢!那时候谁会想到我和他会变成现在这样?"

夏奇瑞沉默了，她知道他们关系的破裂纯粹是因为她，虽然她和他们的关系并无直接关系，但总归是局内人。一时间没有人在说话。江风轻抚，人潮川流不息，两个少年就站在那里，从远处看去，他们的轮廓渐渐消失在茫茫人海中。

2. 脚踩两只船

吴承文的考后生活显得"多姿多彩"，除了和夏奇瑞吵了几次之外，他和陈阳阳的关系越来越暧昧起来。不过维持这种关系的代价是他欺骗陈阳阳说他和夏奇瑞已经没有什么关系，而另一边却还和夏奇瑞搞不清楚。

被两个女孩包围的快感胜过了原本占据上风的罪恶感，让他更加肆无忌惮起来。原本打算和夏奇瑞在一起的想法被心安理得的"脚踩两只船"所代替，可是谎言总有被拆穿的那一天，况且，陈阳阳作为优等生在感情上也是相当的精明。考试前她没有来找吴承文，而是专心致志地冲刺备战高考；而高考之后，虽然吴承文对她十分照顾，但她已然隐隐约约感觉到吴承文发生着微妙的变化，于是她便提出要三个人再来一次出游，却被吴承文委婉地拒绝了。

从这一刻起，陈阳阳就知道吴承文的心思，她倒是见怪不怪了，曾经有多少渣男贪恋她的美色接近她。她曾经以为吴承文不是那样的人，现如今时过境迁，他也变成了这样的角色。有时候，陈阳阳想起他们三个在暑假里出游时，吴承文给她们读的诗，那时候，还是多么美好而纯粹啊。现如今，夹杂了非友谊的情感，就显得恶心而虚伪，不过她早就明白，这也不是什么罕见的现象。

于是她开始和吴承文保持距离，吴承文一开始还想通过死缠烂打来挽回关系，却发觉他们之间的关系开始逐步降温，最终甚至退回到高一时候的样子，冷淡和冷漠的回应拍醒了吴承文，让他在一段时间内活在内疚之中。陈阳阳在手机里质问他："你好意思吗？同时喜欢两个女孩，还骗人，渣男！"吴承文无言以对，只能尽力为自己辩解，可是辩解的说辞连自己都觉得无力。而另一面，夏奇瑞和他的关系也逐渐展露出裂痕。夏奇瑞本以为自己可以真心收获爱情，却被吴承文的两面三刀所浇灭，并按压不住心中的怒火，把高考前的、高考后的所有一切都宣泄在他的身上。一时间，吴承文陷入了四面楚歌的状态。

吴承文拿着那并不属于他的印章，看着上面刻着的"龙文之印"，不觉羡慕起龙文来。曾经以为他执迷不悟，现如今被喜欢的女孩们所唾弃，才知道纯粹的爱情才是永恒的真理。这时候，他想起孟宇来，想起孟宇曾经和他说过最恨"脚踩两只船"的人，当初没有在意，这时候才感觉孟宇所言，是字字珠玑了。他想去找孟宇，但是又有些抹不开脸。本来觉得孟宇的十三段恋爱是对于爱情的亵渎，但现在看来，他至少在每个时间段还是专心致志的，而自己，才是那个真正亵渎爱情的人。至于龙文，他就更无法直视了。

一时间，仿佛所有人都离他远去。这短短的十几天就经历了极度的欢愉和极度的痛苦，吴承文心中可谓是五味杂陈。那些日子里，他想过如何处理这些关系，却遭来一次又一次的冷眼旁观、冷语相待。孤独再一次席卷了他，而这一次，是更为强烈的，因为曾经享受过温暖，就更经不起孤独。他一改往日到处发消息深夜聊天的习惯，而是把自己埋头到书堆里，他看了马尔克斯，读了赫尔曼·黑塞，十几天的时间，他把自己人性最深处最幽暗的地方暴露在光天化日之下，让阳光灼烧他们。他原本试图从名家的著作中找到自己那些行为的合理性，但看到的却是痛苦和绝望席卷在所有纵欲狂欢人的身旁。

这些独处的时间让吴承文重新审视自己，自己原来是和龙文一样的人，一样忠于爱情，一样执著于内心的梦想。而如今陷入泥潭，失去了爱的勇气，被剥夺了追逐梦想的权利。仔细想来，这高中三年，最值得骄傲的事情莫过于以惊人的毅力解决了宿舍熄灯的问题。可现在，就是忠于爱情这么简单的一件事情，却变得无比困难。他能忍受一年来陈阳阳的冷淡，他能忍受一年来无数次奔走却没有成效，却无法忍受一天不和两个女孩拥抱亲吻，或许到某一天，不是两个，而是两百个。

这是可怕的，好在两个女孩的行为点醒了他。在极度孤独的时刻，他认清了自己，他承认了自己的幽暗。一度他想给龙文发消息，向他道歉顺带把印章还给他，但总是一打开聊天框却失去了勇气。是的，他还不能直面龙文，曾经的好兄弟如今渐行渐远，错却不在龙文的欲望，而在于他自己的虚伪。

眼看着拍毕业照的时间就要到了，相见之时又会是怎么样一番光景？吴承文不敢想，只是每日读书，从文字中让时间变慢。一度，他曾经希望时间像某些特殊的无穷项等比数列求和一样，收敛在某个极端，虽然一直向前，却永远不会等来明天。

3. 孟宇的支持

龙文大约已经释怀，除了他那诗人的梦想。夏奇瑞的鼓励给了他最后的决心，他决定抓住拍毕业照的最后机会，给自己的育德生活画上句号。他知道这件事情单凭自己是不可能完成的，所以他去找来孟宇。本来已经想好一番说辞来说服遵守规矩的孟宇破例一次,没想到他刚一开口,孟宇就爽快地答应了。

"我愿意帮你。"孟宇对着看上去有些惊讶的龙文说着,"我是电视台的元老了,虽然已经卸任了一年,现任台长和我关系不错,我可以帮你问他借东西。"

"这么多年,终于肯打破规矩了?这可不是你的风格。"龙文看着他,不敢相信他的话。

"最后一次,为了梦想破例,我没有这个勇气自己去做,但我支持你去做。我想,很多像我们这样年纪的人都有梦想,但是都埋在心里或者随时间而流逝。只有你,坚持到了离开的前一刻。我不想看到梦想的种子被浇灭,尽管这确实是违规的事情。但我们转眼也要离开育德,育德的规矩也治不了你了,哈哈。"孟宇的眼神里,透露着异于常人的坚定。

龙文点点头,感激地说:"真是谢谢你。没想到最后助我一臂之力的会是你啊!本以为是吴承文,呵呵,有意思。"

"尊重梦想,少年的梦想。等过几年,就没有梦想了。"孟宇说着,"我借来东西之后会递给你,你上去就行了。到时候拍毕业照的时候,学校电视台会有人航拍,我到时再想办法给你录个像,你就在宁静轩上面等着就行。"

"好啊,能录像就更好了。"龙文的脑中想象着这壮观的场面,自己站在宁静轩的顶端俯视所有的人,手中拿着话筒,全场所有的扩音器都播放着他的声音,他就站在顶峰,为诗而歌唱,为梦想而欢呼。那是多么宏大而壮阔的场面啊!相比起在宁静轩里面拿着手电筒的情景,站在顶端的他会更加接近自由,接近梦想。他还想着无人机就在上方,航拍这所有的一切,记录在育德的史册上,特立

三、龙文的梦想

独行的梦想者，三十年来，他是第一个。他当然并不是第一个有梦想的人，他是第一个把梦想付诸实现的人。

孟宇看着他脸上闪过陶醉的表情，笑着说："你能成功的。我支持你，也相信你。"

龙文的思绪中闪过吴承文的影子，却没有说出来，只是点点头。追忆起那段时光，感觉还蛮不错的，兄弟两人共商解决宿舍熄灯问题的办法，在为问题得到圆满解决而高兴的时候，自己还在内心里嫉妒吴承文先行了一步。他喃喃说道："谢谢你了，老孟。"

"我是个俗人，我可能没啥梦想，我也不怎么高尚。但我知道什么是珍贵的，因此我保护梦想，我尊重高尚。"孟宇说着，"我记得我初中老师曾经说过，那些有梦想的人连中考都考不过。这是个普遍的事实，不得不承认。但总有些例外的，我想你就是那个我遇见的，第一个例外。"孟宇略有些感慨。

"希望不是最后一个。"龙文拍了拍他的肩膀，"走了，明天见。"

4．无人机

拍毕业照的那一天，天气很好，阳光明媚。唯一不足的是，阳光太晒。所以，当大家拍完集体照之后，都已经大汗淋漓了。接下来的时间是自由拍摄，学生们可以用这几个小时的时间在校园内随便拍照。

吴承文很尴尬，他本想找夏奇瑞和陈阳阳拍照，却实在不太好意思。有几次和两个女孩的目光对碰，人家却没有来找他的意思，他也就只能尴尬地走开了。他的手里握着那属于龙文的印章，目光搜索龙文，却始终没有找到。

倒是无意中看见孟宇在操场的边缘，便走过去找他拍照。

"老孟，你干啥呢？来拍照！"吴承文一边说着一边走了过去。

"吴承文啊！"孟宇停下手中的活，擦了把头顶上的汗，气喘吁吁地说，"我在弄无人机，等会搞航拍。"

"啊？"吴承文疑问道，"你不是已经退了吗？现在电视台的事情还是你来干？"

"倒也没有，我是暂时顶替一下。龙文不是想要读诗吗，我帮帮他，给他弄了个话筒。我刚才啊，趁大家拍照的工夫去了趟电视台，把操场上的频道全部给了这个话筒。过一会你就能看到，宁静轩顶上，龙文大显身手啦！"孟宇略显得意地说着，"当初去电视台，龙文还说我，说我混了个没用的差事。这不，现在有用了吧，没我这个电视台老台长的身份，他今天这事情完不成。我现在是在调试无人机，整个高中就这么一架，本来是电视台今天要来航拍毕业照的盛况的，我就让高二那几个不要来了，我自己来干，顺带也拍拍龙文大学士。"

吴承文愣住了，说起这诗人的梦想，龙文倒是绝对不止一次和他提过，他也当面承诺一定会支持他。可如今已然是分道扬镳各奔东西了，别说什么支持，连过去归还那印章的勇气都鼓不起来。一时间，吴承文显得黯然失色起来，他有些失落地说："啊，那不错，挺好挺好。来，我们拍一张。"孟宇其实知道龙文和吴承文的过节，却不想在这种场合再去过多地说这些事情，也没有那些时间再细细交谈，遂答道："好啊，来……三二一，完美！"

看着吴承文离去的背影，孟宇心中也难免有些不是滋味。毕竟都是同班同学，还做了三年的室友，这算是不浅的缘分了。可如今闹成这样，自己夹在中间，这并不是什么令人愉快的结局，眼看就要分别，却不能够愉快地说再见，也算是一种遗憾了。不过此时却由不得他多想，他的眼睛盯着宁静轩的方向，眼看着龙文已经进入了宿舍，他也在抓紧熟悉已经一年没有使用的无人机。

烈日当空，时间越来越接近正午。大汗淋漓的孟宇坐了下来，等待着龙文的声音响起在育德的每个角落。

5. 寻　找

夏奇瑞和陈阳阳总是走在一块的。尽管之前因为吴承文的事情有了些小摩擦，不过历经此事后，她们也就更加明白了"男人没一个好东西"的真正含义。这种没有什么爱情成分的友谊和同性之间的友谊比起来，是十分脆弱的。

夏奇瑞感到有些不舒服，一方面是胃病又犯了，最主要的是这个天气实在太热了，而且她在学校里有很多好朋友，需要一一拍照；不过她倒不是特别在意那些事情，她想找到龙文和他合影，可是茫茫人海，人头攒动，始终找不到龙文的身影。她感觉头有些发晕，便靠在陈阳阳的身上，轻声说："阳阳，你真好，我真爱你。"

"我也爱你，瑞瑞。"陈阳阳亲了夏奇瑞一下，夏奇瑞在一瞬间感到无比的惬意，却又在下一个瞬间闪现出吴承文的影子，他之前也是这么亲她的，不觉一个激灵把头移开了。陈阳阳赶忙问道："你怎么啦？"

"没什么。"夏奇瑞强作笑脸，"好热啊，我感觉头晕。"

"要不咱们找个地方坐坐吧，找个没太阳的地方。"陈阳阳说着，就拉着夏奇瑞到了教学楼里面。夏奇瑞用凉水冲了把脸，感觉舒服多了，她对陈阳阳说："阳阳，我想我们全班再拍一张，不要那么正式的，就随便一点，你去帮我找找人吧，我也在群里发一下。"

"哇哦，这个创意不错。"陈阳阳点点头，"你这是临时想出来的？"

"不是。"夏奇瑞喝了口水说，"以前就想了。虽然已经有一张班级集体照，但大家都很严肃，而且站的位置也是固定的，穿的衣服也都统一，不够自如。如果能拍一些个性化的，那会很不错。"

陈阳阳点点头，转身去操场上找人了。她却没有看出来，夏奇瑞是刚刚才有的这个想法，自然她说的是真心话，作为班长，她确实想留下一点不一样的集体照，但更深的目的，却是为了找龙文。只要龙文一出现，她就可以拉着他一起拍照了。经历了吴承文事件之后，她更加珍惜龙文，也感觉自己多年来的刻意回避或许伤害了他。此时，她真的以为，应当早些拒绝他，或者就和他在一起。

高考前鸿江边的最后一面，当龙文黯然失色地离开的时候，她的内心有些许波澜，可吴承文当时就在边上，又让她缓解了许多。现如今再想起的时候，才感受到那时候的龙文是多么痛苦和绝望啊。紧接着，龙文的笔记本和从前的一切都在她的脑海中回放着，那些不好的、带来痛苦的被她自动过滤掉了，只剩下美好的、感动的一切。她一个人坐在地上，对着空无一人的走廊，眼泪从眼角流下，她没有表情，只能看到眼泪在往下流，默默往下流。

听到脚步声越来越近，她赶忙止住了眼泪，陈阳阳身后跟着一帮子同班同学。夏奇瑞有些激动地站起来，扫视着人群，却没有看见龙文。她的内心感到焦虑，却只能装作无事发生的样子。她不敢去清点人数，害怕最后数出来少了一个就是龙文，所以对陈阳阳说道："阳阳，你帮我数数看，点个人数，看看还缺谁不。"

陈阳阳点点头，数了两遍对夏奇瑞说："少了三个。"

夏奇瑞对大家说："同学们，大家帮忙看看，少了哪三个人。"

三、龙文的梦想　　195

人群中一阵骚乱，大家都在寻找哪个熟悉的面孔不在身边，不一会有人说："孟宇！"又过了一会有人喊道："吴承文！"没等最后那个声音喊出来，夏奇瑞自己说道："龙文。"

6. 最后的抉择

一拍完集体照，龙文就趁着操场上一阵忙乱跑到了电视台，刚好孟宇先他一步到了。孟宇手里拿着话筒，对龙文说："拿好了，先别开，一开起来全校都听得见。我刚才已经帮你弄好了，所有操场的广播都会放你这个话筒的声音。千万可拿好了，这是违规操作，要是弄坏了话筒我担待不起。"

龙文接过那沉甸甸的话筒，点点头说："没想到最后你这个电视台的老台长倒是发挥了作用，当初是我小看这个职位了。"

"哈哈哈，别废话了，时间紧急，你赶紧去。"孟宇说着，把无人机从电视台里面拿了出来，"我还得搞无人机，这是学校要求的，现在整个电视台就我一个人。"

"行，你继续干，我先去了。我还得从后面绕过去，免得遇上熟人问来问去要拍照，麻烦。"龙文说着，急匆匆下了楼，从操场后面直接绕到了宁静轩。走到宁静轩里面的时候，就看见了曾经翻墙出去的那个长久不开的后门，现在上面已经是装了电网了，估计就是他翻出去之后为了防止类似事件发生。他停下脚步，看了看熟悉又陌生的门，那门上面已经长满了杂草，倒是更容易攀爬了，就是上面的电网阻碍了最后出去的希望。说熟悉，那次翻墙醉酒又被警察"请"回学校的经历，换成谁都不可能忘记；说陌生，他也三年没有翻出去过了。他翻开杂草，寻找曾经的痕迹，早已消失得无影无踪。龙文想，草犹如此，何况人？三年前的自己，和现在的自己，又有多少相似之处呢？

不过现在不是念旧的时候，现在是最后的机会。时间在一分一秒地流逝着，他赶紧定了定神，让思绪回转到现实。说实话，当初高谈阔论的时候，还感觉豪情万丈，可真当要实施的时候却又有些胆怯了。没写稿子，没有排练，却要在这最为特殊的舞台上吟诗一首，操场上的人只要一抬头就能看见他，手中的话筒会把他的声音传到学校操场的各个角落，而他却还不知道应该说些什么。

这是最后的抉择了。在进一步之前，除了孟宇，没有人知道他在做什么，他现在退回到操场上和大家伙一起拍照，也不会有人觉得有任何的异样；如果真的进一步，那就是成王败寇，如果失误了那可是丢人的事情。

龙文就站在门口，一只脚踏在宁静轩里，一只脚在宁静轩外，手里的话筒越加显得沉重起来，一时间，仿佛拖拽着他前进的步伐。不过短暂的犹豫之后，眼看着太阳越升越高，想到自己多年以来的梦想，"梦想"这两个字驱动着他，给了他最后往前进一步的勇气。

飞快地跑上消防楼梯，来到那熟悉的杆子前面，只要顺着杆子往上爬就可以到达梦想的终点，可是龙文似乎忘记了一件事情：他手里有个光秃秃的话筒。以前上去的时候，要么是一个人，要么是带着笔记本和笔，笔记本可以先行挂在凸出来的一个杆子上，笔可以放口袋里，上去之后再从杆子上拿笔记本就可以了。但现在话筒没有地方放，而要爬杆子上去必须要两只手。

一时间，龙文仿佛感受到了绝望的滋味，顺着视线看下去，操场上全是欢声笑语的学生们，自己离梦想的终点只差一点点了。他怎么能甘心呢？就算是奋力一搏也要试一试。他一只手拿着话筒，另一只手抓住杆子，两条腿一起用力往上爬。就在快要到顶的时候，已然支持不住，一种要往下掉的感觉席卷了全身，他感觉手掌心全是汗，眼见就要滑下来，情急之下来不及多想，拿话筒的手自动扔掉了话筒转而抱住杆子，往上一用力，人上了天台。

回头看时，话筒已然落下。

7. 拍　照

夏奇瑞眼看着三个人暂时是等不来了，没有人看到他们去了哪里。心中虽然有无限的失落，但也只能先安排大家拍照，后期再考虑把剩下的人补上去。

这张毕业照可跟之前的有许多不同，或许更加能展示出每个学生在当时环境下的心境。明天就是高考出分数的日子了，陈阳阳还是满怀希望的。作为班级里顶尖的学霸人物，她也是学校重点培养的对象，在高三时期没少给她开小灶，当然学校重金聘请来的外校或者外面的知名教师给优等生补课是完全保密的，以免引发所谓"不公平教育"的社会舆论。可越是抱有很大的期望，越是感觉到紧张和压力，因而她虽然极力地笑出来，但那种笑容很不自然，完全不如往日那种偏可爱的迷人的笑。

夏奇瑞倒是显得十分自然，这或许是她的天赋，所有的小心思都深深埋藏在心底，就连对于龙文那短暂但强烈的喜欢都完全没有表达出来，以至于龙文到现在都不知道她曾经在高考前的那段时间里暗中喜欢过他。就在这时候她看到了角落里吴承文的身影，他仿佛想出来却又不敢出来，他们的眼光对视了一下，夏奇瑞下意识想叫他赶紧过来拍照，但话到嘴边又说不出口了；而那边的吴承文也隐去了身形,躲在墙角的另一边。

他看到了夏奇瑞在群里发的消息,但却始终没有勇气直视夏奇瑞。他想着龙文去实现他的梦想,孟宇则为兄弟的理想而努力着,唯独自己,里外不是人。他蹲了下来,手里紧紧攥着那枚印章,一时间不知道如何是好。听着同学们吵吵闹闹的声音俨然是已经准备好了,就听到延时摄像机倒计时的声音,仿佛在给他敲响灵魂的丧钟,嘀答、嘀答,一声声钻入他的脑海和心房。不一会儿,同学们又开始喧嚣起来,他知道照片已经拍完了,他却没有勇气和夏奇瑞和陈阳阳同框出镜。

夏奇瑞的余光一直盯着墙角,这个给她带来爱恨的男生在她心中究竟是什么呢?她恨他?那是当然,但她也爱他,爱他的手搭在她的肩膀上,爱他的嘴唇落在她的脸颊。拍完了照,她愣在原地,还是陈阳阳拍了拍她:"瑞瑞,你怎么啦,拍照的时间马上结束了,我们去食堂吃饭吧。下午还有毕业典礼呢。"

"哦,哦哦,对对,吃饭去。"夏奇瑞才缓过神来,这时候她意识到,或许是自己真的身体不大行。燥热的空气充斥着整个走廊,刚才冷水洗脸的缓解也逐渐失去了作用,这种天气,即使在教学楼内,依然感到闷热十分。夏奇瑞虚汗直冒,遂靠在陈阳阳的肩膀上说:"阳,我感觉我生病了。头好疼,怎么办呀……"

"要不去医务室看看?"陈阳阳关切地问,"你的脸色很不好。"

"好吧,那你陪我去。"夏奇瑞感觉到脑中一阵空白,热浪带走了她的记忆,她的灵魂在烈火中灼烧而变得残缺。在走向医务室的路上,她看不见眼前的路,只有龙文的影子若隐若现,好像在前方向她招手,指引她回家的路。

夏奇瑞有点迷糊地说:"想他了。"

三、龙文的梦想

8. 破碎与重圆

龙文呆呆地站在天台上,他看到话筒落地,一瞬间就明白什么都完了。损坏公物要赔偿这件事情自然不会让他感到害怕,但距离实现梦想一步之遥却不得,这令他痛苦万分。他闭上眼睛,不敢看着那话筒摔下去粉身碎骨的场面,因为那不仅仅是一个破碎的话筒,还是他诗人梦想的分崩离析。

热风吹着他的身体,眼泪从眼中流出。就这样大白天站在宁静轩的顶端,他还是第一次,以前都是坐着,而且是在晚上。在上面感觉操场上的嘈杂声都小了些,有种居高临下的快感,也不乏独自一人的寂寞。他叹口气,坐了下来,这时候他倒是不想直接下去,而是选择最后一次再体验一把宁静轩顶端的美妙时间。曾经就在这里对着月光写下无数歌颂爱情的诗篇,曾经就在这里和吴承文享受黑暗和宁静,也曾经一个人度过无数个相同又不同的夜晚。时间仿佛静止,空气也凝结起来,不知过了多久,一个声音忽远忽近地响起:"龙哥!"

龙文一个激灵,仿佛梦醒一般,他睁开眼一看,却啥也没看到。他感觉到声音是从下面传上来的,不过也有可能是自己幻听了,那声音是来自梦里的。他探出头往外看,第一眼却看到了话筒正在半空中悬着。他一阵苦笑,知道是自己的幻觉,遂漫不经心地答道:"我在呢,谁找我啊?哈哈哈……"

"我,龙哥,我是吴承文!"

"什么?"龙文瞬间清醒了,因为那声音确实是吴承文无疑,他赶忙又往下看去,这才看到吴承文拿着那话筒,正往上给他递过来。一瞬间,龙文仿佛又复活了似的,他揉了揉眼睛,抹掉了眼泪,确保自己没有眼花，再定睛看时果然是吴承文。两人再次对视之时，心中有着无数说不出的滋味。龙文还想说些什么，吴承文却先说道："不多说了，眼看着没有时间了，有些同学已经陆续回班级了。话筒拿着，还有这个印章，物归原主。等你梦想成真，我们再聊。"

龙文点点头，他郑重地接过话筒和印章，看了看操场上大部分的人还在，但已经有些人进了教学楼，他点点头，说了声："谢谢！你终于没有食言！"

吴承文看着他的身影消失在上方，心中一块大石头也算是落了地。在墙角纠结半天，想起曾经承诺过龙文会支持他，便不想袖手旁观。他想到带着话筒一个人很难上去，遂直接赶往宁静轩从消防楼梯一路向上走。龙文爬杆的情节他看得一清二楚，真怕龙文就这样掉下来，于是加快了脚步，当话筒落下来的时候他其实已经到了，于是稍微一用力就接住了话筒。

在叫龙文之前他还是犹豫了一会的，不过既然都已经上来了，手里还拿着两个对于龙文来说极为重要的东西，那上天注定他们的命运就不可能完全分割。于是，他还是迈出了最后一步，总归是三年的好同学，总归是三年的好兄弟。况且自己已经违背了那么多次承诺，这或许是在育德的最后一次，他不想再给自己的良心上眼药了。

9. 诗人的梦想

龙文拿着那印章，又仔仔细细地端详了一遍，用嘴轻轻吹掉上面落下的些许灰尘，在这枚印章回到他手中的一刹那，所有的事情仿佛都开始有了转机。

龙文看着那破败的些许花草，想起数个星期前自己曾经坐在天台上开启了所有的故事。那已经腐败的植物或许象征着从前某个学长学姐被扼杀的梦想，或许曾经也有人想为梦想而拼搏，却最终免不了残破的结局。龙文或许知道这确实就是事实，但他不愿意承认，至少在现在，他手握话筒和印章的时候，他不愿意承认自己的梦想会破败；相反地，他只看到曾经想象中的壮观画面，他只是往前走着。

他走到天台前方正中央，看着操场上欢笑拍照的学生们，他的手微微有些颤抖。这时候，他大约能领会到那种"高处不胜寒"的感觉了。不过，也就是在这个时候，他深切感受到了天地为庐、万物为宾的高远意境。

不过龙文此时却有着另外的想法，他的眼睛在操场上搜索着夏奇瑞的存在。可以说，他诗人的梦想，阐发于对于爱情的渴望，也就是在他初中第一次见到夏奇瑞的时候，写下《舞者与守望者》，那时候他才开始诗歌创作的。所以，他自然希望这梦想的实现，需要夏奇瑞的见证。从宁静轩顶端辨认操场上的人是十分困难的，但对于龙文来说，辨认夏奇瑞是非常简单的事情。然而他搜索了一整圈，也没有看到夏奇瑞的影子。

眼看着离开的同学越来越多，操场上只剩下半个年级的学生还在拍照，而且还不断有人离开。龙文心中感受到莫大的失落和焦躁，却心知再不开始就再也没有机会了，可是夏奇瑞不在场，缺少了重要的一环，他不知道他还能不能真实地还原心目中那种波澜壮阔的场景。他犹豫着，握话筒的手越握越紧，手心冒出细细的汗珠，眼神浮动间看到操场角落里的孟宇也在往这边看着，他对自己点了点头，仿佛在说："加油！我相信你能行，我会支持你的！"龙文点点头，算是做出了回应。其实孟宇根本就没有点头也没有说话，只是单纯地往宁静轩的屋顶上看着，所有的一切都是龙文内心的挣扎和抉择。

操场上的人越来越少，眼看着只剩下稀稀拉拉不到三分之一的人了。龙文的气息开始变得急促起来，他轻轻地把手里的印章放在地上。他原本的想法是在吟诗结束之后，在宁静轩的屋顶上印下"龙文之印"这几个字，纪念夏奇瑞的赠礼和三年的屋顶生活时光。可是眼看着操场上的人越来越少，所有的安排仿佛都失去了意义。现在还没有人知道他在酝酿着什么，偷偷爬下去也不会有人发现。可是这终究不是龙文的作风，尽管纠结万分，他最后还是拿起了话筒，一时间，声音在整个操场上回荡着。

"同学们，我是高三（8）班的龙文……"

10．掌　声

夏奇瑞来到医务室的时候，医务室里空无一人。陈阳阳扶着她，躺在床上，夏奇瑞感觉到头昏脑胀，胃也开始和她较上劲来。她忍着不呻吟起来，陈阳阳就坐在床边，抚摸着她的额头，说着："又想到外公啦？"

夏奇瑞其实在想龙文，但她口中却说："是。当初我也是生病被送到医院里，都没机会看他老人家最后一眼。"她的眼泪从眼角流下来，划过惨白的脸颊，浸润失去血色的嘴唇，陈阳阳用餐巾纸轻轻为她擦拭着。夏奇瑞微弱的声音说着："阳，谢谢你陪我，每次都是你陪我……"

"别说话了，好好躺会吧。"陈阳阳给她盖上了医务室里仅有的一层薄布，"等会医务室老师回来让她帮你看看怎么回事，很快就会好起来的。"

"我大概是,中暑了。"夏奇瑞苦笑了一下,"胃也不舒服。老毛病了。"她完全平躺在床上,闭上眼睛,听着操场上的人声越来越小,大约大家都拍完照片去食堂吃饭去了。突然间隐隐约约听到操场上响起整齐的声音:"我是高三(8)班的龙文……"

夏奇瑞以为自己幻听了,可是再仔细听确实是龙文的声音,还在不断地说着话。

"今天是我在育德高中的最后一天,也是我们所有高三学生在育德的最后一天。我一直有一个梦想,那就是在宁静轩,这个我们生活了三年的地方,在它的顶端吟诗一首……"

夏奇瑞明白这并不是梦,而是实实在在正在发生的事情。她想起龙文说过的他的梦想,她亲口和他说会支持他,本以为他说的是个乌托邦式的幻影,没想到他真的就这样向或许他人看来遥不可及的地方跃进了。她挣扎着坐起来,虽然心中已经有了答案,但还是想确认一下,于是问一旁的陈阳阳:"阳阳,操场上是谁啊?"

"好像是龙文吧。"陈阳阳仔细听了听,"确实是龙文。"

就听得龙文的声音接着响起:"我相信,我们所有人都有梦想,或者说至少曾经有过梦想。可是有些梦想夭折了,就像我边上枯萎的残枝败叶,在无数的摧残中失去了生命和活力……"

夏奇瑞下了床,说:"走,我们出去看看吧。"

"你当心点,外面这么热,你别真中暑了。"陈阳阳有些忧虑地说着。

"没事。能撑得住。"夏奇瑞感觉喉咙有些肿胀,发音都不利索,但她还是在陈阳阳的陪伴下来到了操场。

操场上的学生们都放下了手中的手机和相机,欢愉的气氛仿佛一下子凝结起来，只有一架无人机从操场的一角迅速升空，飞过宁静轩的顶端，镜头向下记录着这不平凡的一切。

龙文接着说："我还怀有梦想。至少此时此刻，我依然有勇气站在这里，直面自己的理想。我们的理想，未必是高大上的。很多人的理想一辈子埋在心底，只因为不被人们认为这是应该有的理想。我的这个小小的理想，或许也是，不入流、没出息。但我依旧相信，拥有梦想的力量是……伟大的！"

短暂的沉寂，人群中一阵骚动，转眼间爆发出一阵阵排山倒海般的掌声。

11. 意　外

龙文看着头顶上空的无人机，和下方惊愕地朝上面看的人群，听着自己似乎快要蹦出来的心脏产生的心跳声，尽可能放慢语速，让别人听不出颤抖的声音。好在开场白仿佛行云流水一气呵成，这给了他莫大的鼓励，但当他看到操场那边夏奇瑞的身影闪现的时候，他还是愣了一下，所以那"伟大的"三个字出来前，他足足停顿了五秒钟。可歪打正着，这五秒钟仿佛蓄势一般，让他最后的那三个字显得格外铿锵有力。

操场上的学生们为他的梦想鼓掌，也为自己的梦想鼓掌。原本已经走进教学楼的学生们，听到声音又都退回了操场，还有那些走向食堂的，回归教室的，甚至在食堂里已经吃起饭的学生们都纷纷停了下来，来到操场。一时间，操场上人流密集起来，除了高三学生，甚至还有刚下课的高二和高一的学生们，大家议论纷纷，却无一不仰着头看着宁静轩的屋顶，看着那似乎遥不可及的梦想成为现实。

孟宇激动地几乎要叫出来,但他还是控制住了,毕竟无人机还要由他来操控。他很想高喊一声:"你是好样的!"但话到嘴边感觉这样有些失态,遂哑然失笑起来。听着龙文那慷慨激昂地演说,孟宇也仿佛回到了初中时代,回到了曾经的自己。而这时候,他想起的并不是和吴承文吐露的悲惨遭遇,而是那锲而不舍的执著的回忆,那他或许早已经背弃的"幼稚"的执著,在这一瞬间仿佛又回到了他的身上。

吴承文就站在消防楼梯上,这个位置能享受到龙文的原声夹杂扩音器声音的奇幻组合。他知道待会龙文下来的时候还是得需要人搭把手的,所以他就没走。当那梦想的呐喊响起,当那排山倒海的掌声响彻育德的整个校园的时候,他不禁感到热血沸腾。他把手围成喇叭状,对上面喊道:"你是好样的!"

龙文听到了吴承文的声音,只是微微一笑便心领神会。当然,其实他一直在盯着夏奇瑞的方向,他看见夏奇瑞走到操场的正中央,他看见夏奇瑞为他鼓掌,他看见夏奇瑞的脸,在阳光下显得格外耀眼。

霎那间,一切的阴霾仿佛已经散去,无人机记录下龙文脸上那久违的笑容,记录下操场上的学生们难得的欢乐。龙文感觉到一种前所未有的满足感充斥着全身,拿话筒的手微微颤抖着,他看着那放置在地上属于他和夏奇瑞的印章,定了定神,接着说道:"我今天想要读的,是我自己创作的诗歌,也可以说是即兴创作吧……"他突然停了下来,因为他看见夏奇瑞好像在人群中摔倒了,然后紧接着人群里发出一阵骚乱,几个学生抬着一个学生往医务室跑。虽然人群密集,但他还是能知道这就是夏奇瑞。他感到一阵凉意上涌，随着他的声音的突然停止和操场上突然晕倒的夏奇瑞，整个育德高中的操场开始出现了骚乱。

12. 爱与梦想

　　夏奇瑞晕倒在地的时候，太阳光正直射在她的脸上。她看着高处的龙文，由衷地佩服他的勇气，那是一种无与伦比的勇气，或许是比承认人性幽暗还要巨大的勇气——将梦想变为现实的一种勇气。或许是因为敬佩这种勇气她才选择抱病也要来到操场中央和龙文站在面对面的位置，也或许是因为上面的这个人是龙文，所以她敬佩这种不平凡的勇气。

　　她感觉到天地间就剩下他们两个人，所有的其他事物和人都显得无关紧要起来。她虽然看不清龙文的眼睛，但她能感觉到他就在那个地方看着她，他会在茫茫人海中找到她。可是天有不测风云，如此火辣的太阳似乎预示着什么，果然，她还是倒下了。陈阳阳赶忙和其他几个同学把她抬到了医务室，医务室的老师稍微检查了一下，得出的结论是，让她们赶紧叫救护车，并且去找班主任许德通知家长。

　　龙文看着夏奇瑞被抬走，抬出操场，离开了自己的视线。一时间，仿佛地动山摇一般，心中那股燃烧起来的火焰被瞬间浇灭了。他的脑中在纠结着，他不明白，为什么自己已然不爱她了，却仍然无法摆脱她的牵绊。但他来不及多想，这个时候是实现梦想的唯一契机，意外的产生并不能代表梦想的破裂，况且，又不是他本人晕倒在地上。

　　看着夏奇瑞消失得无影无踪，他在第一时间想到的，却不是和夏奇瑞的那些往事，而是不知什么时候和吴承文的一次对话。那时候吴承文问他:"你靠写诗过日子?"龙文淡淡地说:"也不是不可以,追梦嘛,总得有些代价。想看月亮,就不能太在意人民币。"在面对月亮与六便士的抉择的时候,他或许还能坦然说出追梦的豪言壮语,且不说这是不是他一生的信条,至少在少年时代,这番话是龙文的心声。然而从来没有人问过他,他也未曾想过,在爱与梦想的抉择中,他到底会选择哪个。

这几乎是艰难到极点的抉择,所以他的内心或许一直在逃避这个问题,即使有时候冒出来,却也在它被思考之前就将其深深掩埋在心底。而当这个问题真的出现的时候,又显得那么突兀而猝不及防。或许,这也不是爱和梦想的抉择,而本质上是一种人类感情与人性欲望的斗争,就像爱可以是一种欲望,梦想也可以是,至少夹杂着些许欲望在其中推动着某些想法成为人类口中的"梦想"。不过这些更深一层的东西,当时的龙文是没有工夫想那么多的。

他在那里站了好久,一时间不知道该怎么办,是离开这个梦想的舞台去看看夏奇瑞,还是圆梦之后再作打算?或许后者是一个更为理智的决定,因为他就算要关心夏奇瑞,现在过去也帮不了什么忙,反而失去了实现梦想的最后机会。可是龙文从来就不是什么理智的人,当他的脑中想起自己梦想开始的地方的时候,再看到身边那枚静静等待他圆梦成功的印章,他没有再犹豫,而是放下话筒直接顺着杆子滑了下来。

下面的吴承文一脸疑惑地看着他:"怎么还没开始就结束了?"

"话筒在上面,还有印章。"龙文急促地说着,"找个人帮帮忙把它们拿下来吧,多谢了!"说完不等吴承文回答,便以飞一般的速度下了楼梯。

13. 悔　恨

　　吴承文眼看着龙文下了楼梯，想要叫住他却没来得及，话到嘴边的时候龙文已经连影子都没有了。他并不知道龙文为什么如此着急地离开，但当他回头看向操场，看到一片混乱的人群，虽然并不能知道引发这骚乱的源头就是夏奇瑞，但他也知道这应该就是龙文急匆匆跑下去的原因。

　　他倚靠在栏杆上，心情无比复杂。眼看着今天就是最后一天，却没办法再见曾经的爱人。从龙文的眼神中他能看出来，这位诗人已经不再计较他们的过往，而希望开启新的篇章。可夏奇瑞和陈阳阳，他却永远无法直视她们。

　　早上拍集体照的时候，夏奇瑞和陈阳阳紧挨着，就站在吴承文的前面。他几度想伸手抚摸她们的秀发和脖子，但这只能是内心的想法罢了。又是一个夏天，距离他作下《春华之繁》的那个夏天也就过去了两年不到，可时过境迁人事变化令人措手不及。他看着操场上骚乱的人群，却混乱不过他的内心。转瞬间，整个宁静轩只剩下他一个人，孤独席卷了心灵，直达灵魂的最深处。

　　他拿出手机，想给夏奇瑞和陈阳阳发个消息，向她们道歉，可是点开对话框的时候却没有这个勇气。手一滑却看到了相册里属于夏奇瑞和陈阳阳的那些照片，那是他们在暑期出游时候，他亲手拍下的。看着女孩们笑容灿烂的脸，吴承文感到的是无尽的惆怅。随着操场上的人群逐渐散去，一时间，整个视野之内空无一人。

　　吴承文感到悔恨，即使是在阳光最为明亮的时候，他的内心却依然被黑暗吞噬着，他想冲破这黑暗，可是总归是困难的。直到此时此刻，他才明白极度的快乐之后必然伴随着极度的痛苦，而要避免这无法忍受的孤独,他就必须放弃想要尝试极度快乐的欲望。这本是一个极为简单的道理,但当他在一天之内连续亲吻两个女孩并对她们说"我爱你"的时候,看着她们在他的怀里露出微笑,他抚摸着她们的额头和脸颊,那时候,所有的道理都显得无力起来,荷尔蒙的爆发压制了所有的理性。

而当无人问津、无人理睬、无颜面对他人的时候,理智才回归到他的身体,让他痛苦,给他审判。他忍受不了这种痛苦,于是飞一般地跑下楼梯,跑到空旷的操场上。烈日当空,灼烧着吴承文的内心,却透出丝丝寒意。他想起曾经的诗歌,那时候还是纯粹的少年,现在他已然不是从前的自己,也再也没有能力用诗歌装点精神的殿堂。

吴承文来到食堂躲避灼人的阳光。食堂里冷冷清清没什么人,当初在这三味堂发生的种种不寻常的故事,又一幕幕浮现在眼前。只不过,此时人很少,再也没有机会享受一次排队到食堂外面的机会了。他苦笑着,买了份饭独自吃着,心想这是在育德的最后一顿饭了,于是他吃得格外慢,一直吃到整个食堂只剩下他一个人,一直吃到距离下午的毕业典礼只剩下没几分钟的时间,他才依依不舍地离开了这个充满故事的地方。到了大礼堂,没有看见龙文、夏奇瑞、陈阳阳,只见到了孟宇,便问道:"那几个人呢?"

"不知道。"孟宇说着,"刚才很乱我也没看清楚,好像是有人晕倒了,然后就看到我们班的几个同学抬着一个人离开了操场,后来龙文也赶过去了,我本来想叫住他,但是当时太乱,我没找到机会。"

吴承文一怔,说了句:"天台上有话筒,你陪我去取一下吧,一个人拿不了。"

14．焦　急

龙文花费九牛二虎之力挤出人群的时候，已经没有了夏奇瑞的影子。他焦急地四处张望着，一想她们应该是去了医务室，便急匆匆往医务室的方向赶去。当他赶到医务室的时候却一个人也没有看到，只是看到有些不整的桌椅床垫，他就知道这里刚刚还有不少的人。

听到外面有声响，龙文赶忙往外跑，听到的却是校门那边传来救护车的声音。他赶紧拔腿就往那边跑，结果到了校门口，却发现只剩下一些同学，而救护车的声音渐行渐远了。他也来不及多想，直接往校门外奔去，却被门卫拦了下来，说是学生不能随意出校门。他好说歹说也没让他出去，只能悻悻而归。

龙文感到无比焦急，越是出不去，就越想要出去。他想到学校里唯一能够翻出去的地方，就是宁静轩下面那个小门，于是也来不及多想就直接往宁静轩方向跑去。来到那扇被植物覆盖的废弃小门的前面时，龙文才意识到，这上面有电网，而且全都是杂草，自己刚刚扒开杂草的痕迹还在。龙文感到一阵懊恼，偏偏越是着急越是办不成事情，但是作为对学校环境十分熟悉的学生，他知道这个地方是唯一一个有可能翻出去的地方。

龙文坐在地上，急得哭了出来，他用纸巾擦着眼睛却止不住那悲痛和懊丧。其实，他或许知道，就算等毕业典礼结束之后再去也没什么区别，毕竟他又不是医生，没法用医学解决夏奇瑞的问题。他顶多只能用自己的灵魂去抚慰她，可是那是多么无力的事情啊！他感到胃里丝丝绞痛，痛感比以前任何时候都要来得强烈，他摸着兜里，却发现药已经吃完了。他咬着牙关站起来，想要离开这个阻碍他实现梦想的地方，离开这个充满着腐败杂草和现代电网的牢笼。

"龙文？"一个声音从背后响起，龙文恍惚间一怔，回头一看，却是孟宇，边上是吴承文，他们的手中拿着话筒和印章。龙文苦笑着说："谢谢了，刚才下来得着急，啥都拿不了，麻烦你们了。"

"为什么突然下来？"孟宇疑惑地问道，"你表现得很不错啊！掌声为你而鸣啊！"

"夏奇瑞。"一旁的吴承文鼓足勇气说出了这句话。

龙文的眼泪已经干了，只是在脸上留下的痕迹依旧清晰可见，他看着吴承文，这位冤家对头却也是最好的兄弟，点点头说："是啊，没错。"他顿了一下，眼睛盯着吴承文说着："你不恨我吗？为什么？和你抢女孩，还动手打人，你应该恨我。"

"恨啊，恨死了。"吴承文伸手把印章递给他，"但我答应你的事情，不会食言的。我答应了要来帮你，那在你梦想实现之前，我就会一直帮你。"

龙文的嘴角露出一丝欣慰的笑容，说了句："谢谢了。"

一时间没有人说话，良久，孟宇问道："你来这干嘛，再上去？可现在已经没有人了。"

"我想出去，但出不去了。我自己的学校，我出不去，呵。"看着那杂草和虎视眈眈的电网，龙文懊丧地说着。

吴承文看着那电网，不由分说踩着下面的杂草，伸手就抓了上去。"没事，没电。"吴承文笑着说，"我们把你抬出去，外面也是杂草堆，你稍微看着点，应该没大事。"

"你真要出去？"孟宇犹豫着，"我今天可是已经打破了校规，擅自动用话筒和无人机为你服务了。现在你又要出去，还是翻墙。"

"不为难你,把话筒还了吧,谢谢你。改天请你吃饭。"龙文说着,便踏上了杂草。

吴承文看着孟宇:"你真要走啊?"

孟宇摇了摇头:"哎!做好事就做到底吧!都是好兄弟!"

吴承文犹豫片刻,还是对龙文说了句:"帮我向她问好。我,我对不起她。不,不对,我,我对不起她们。"

15. 消 息

陈阳阳是陪着夏奇瑞到医院的,还有卫生老师以及几个帮忙的同学。许德已经知道了消息,赶忙通知了夏奇瑞的家长到市立医院。万幸的是,夏奇瑞只是轻度休克,等送到医院的时候,已经恢复了意识,只是十分虚弱,还需要进一步治疗。

陈阳阳坐在医院走廊的椅子上等着,听到手机消息提示音,打开一看却是吴承文。她犹豫了一下,还是点开了。好久都没有来找过她的吴承文怎么在这个时候给她发消息呢?她感觉到疑惑,可点开的时候,看到的却不是一两句话,而是长篇大论的一条消息:

阳,你现在应该在医院陪着瑞吧。我很担心她,但我没脸见她,也没脸见你。今天你们组织再拍一次毕业照的时候,我就躲在墙角,我想出来,我看到瑞了,但我又跑了。我是个懦夫,不像龙文那样有勇气,有勇气去追梦,有勇气去宣告自己的爱和理想。我甚至连给你们发这一条消息都纠结了好久。现在,我能做的唯一的事情,就是帮助龙文从学校里跑出去,我让他代我向夏奇瑞问好,我希望你们能原谅我做的蠢事。不过我也没有资格要求获得原谅了,是我一直在欺骗,一直欺骗自己告诉自己我是个好人,一边做着好人都不会触及的事情,还做得津津有味。今天是最后一天了,以后也没有机会再见你们了,希望你们能一切安好。明天就要出成绩了,希望我们都能考上好大学,开始美好的生活。谢谢你,阳。如果瑞好起来了,麻烦告诉我一声。我就不过去了,好好照顾她。你们都是好姑娘。

  这些话或许有些语无伦次,但能看得出其中饱含的真心。陈阳阳闭上眼,长出一口气,她再次睁开眼看这满屏幕的消息,倒是不知道该怎么回复了。她恨吴承文却也不恨,她知道他不是个恶人,否则也就不会在她失意的时候出来安慰她。或许他带有些许目的,但也不过是希望身边有一个女孩陪着他罢了。这或许很不道德,但她早就见过更多只为了她的身体而来的男人。对她来说,男人遵守道德是个奢侈的东西。

  她选择礼貌性地回复了句:"谢谢你,等她好了我告诉你,你是个好人。"她或许内心里并不认为吴承文是个好人,但至少可以说他还没有那么坏。

  就在这时候,龙文风急火燎地冲进了市立医院的大门。陈阳阳看到他四处张望,赶忙叫住他让他过来坐。龙文喘着气问道:"她怎么样了?"

  "轻度休克,已经醒过来了。"陈阳阳说着,"现在医生在里面。我们这些陪同的就在外面。应该很快就会好起来的。"

  龙文松了口气,但还是不住地向四周张望着:"什么时候能见到她啊?"

  "不知道啊。"陈阳阳也感到焦急。眼看着时间一分一秒过去,终于,夏奇瑞被推了出来,而龙文已经瘫倒在医院的椅子上多时了。

16. 毕业典礼

虽然出了事故，但毕竟是个人的事情，送了医院也通知了家长，不可能影响毕业典礼的正常举行。

王为民自然是要出席毕业典礼的，校长讲话作为毕业典礼很重要的组成部分，是必不可少的环节。随着一阵潮水般的掌声，王为民西装革履走上了大礼堂的讲台。而孟宇和吴承文也回到了大礼堂就坐。

"同学们，今天是你们作为育德学生的最后一天。从今天之后，你们就会是育德的校友了。

"高三毕业，是人生一个阶段的结束，却是更加广阔的人生的开始，你们正走在青春的康庄大道上，未来可期，韶华依旧。不要懈怠，不要躺平，要以更加积极的态度面对人生，承担责任，对自己负责、对家人负责、对社会负责。"

吴承文却没有在听王为民的演讲，他问一旁的孟宇："你今后打算怎么办？"

"未来从未有定数。"孟宇说道，"明天出成绩，我估计我是上不了大学了。我很大概率就要直接踏入社会，寻找自己的位置了。说实话，早就这么想了，但还是有些迷茫。"

王为民的声音回荡在整个大礼堂："同学们，不要感到迷茫，要敢于进取，做好你该做的，生命还很长，我相信，我们每一位育德学子，都有着美好的未来。"

"迷茫，谁人不迷茫。"吴承文淡淡地说着，"站在台上的人不迷茫？说着不迷茫，实则未必看得清。"

孟宇说道："他倒是说的没错，'尽人事，听天命'而已。"

三、龙文的梦想　215

"我最后要说的，就是我们的校训'崇真尚实'。"王为民说到高潮处嗓音也大了许多，"我希望无论大家走到哪里，都不要忘记自己是一个'育德人'，是在'崇真尚实'校训指引下成长起来的人。你们最终都将阅尽千帆、踏遍千山，但无论身在何方，育德都是你们的家，可以常回来看看，可以常常关注育德的动态。请记住，育德高中永远是你们坚强的后盾！

"同学们，祝你们前程似锦，乘风破浪！谢谢大家！"

台下响起掌声。同样地，或许是真心实意，或许是礼貌性的掌声。在坐的很多学子一辈子不知道要鼓多少次掌，然而，完全不掺杂礼貌性的一次，却只有当他们看见宁静轩顶上的那个男生高声喊出自己梦想的时候。在那个时候，所有的掌声都是油然而生的。

毕业典礼结束后，吴承文和孟宇走出大礼堂。孟宇问道："你打算去医院吗？看看你的女孩们？"

吴承文摇摇头："不了。从此各奔东西了。以前的事情，都当是过眼云烟吧。兄弟，来日方长！再见了！"

"再见！"孟宇拍了拍吴承文的肩膀，"前程似锦，乘风破浪！"

"阅尽千帆，归来仍是少年！"吴承文坚定地说着，然后转身离开了，离开了孟宇的视线，离开了育德的大门。他再一次回首望，看着那"崇真尚实"的四个大字，良久，迈步离开了。

17. 关　怀

夏奇瑞的中暑并不严重，而且送医院及时，到了晚上已经完全清醒，只需要输液进行治疗。其他的同学都陆陆续续地走了，只有龙文和陈阳阳还守在医院里。

龙文是从学校飞奔过来的,从电网上面翻下来的时候,腿还被下面的杂草绊了一下,没站稳,腿上摔出一个淤青。他感到疼痛,但是也顾不了太多,直接一路就冲了过来,因此已经是精疲力竭了。坐着等了不少时间,和陈阳阳又没什么话,于是就不自觉地瘫在椅子上睡着了。陈阳阳也睡了一会儿,但是她醒得比较早,于是当她看到夏奇瑞出来的时候,便叫醒了一旁的龙文。

龙文被叫醒的时候,正在梦境里挣扎。他幻想自己站在宁静轩的屋顶上,全场所有人都为他鼓掌,为他喝彩;就连教学楼的窗户里,也探出一个个脑袋,看着他,为他叫好。这时候夏奇瑞出现在他的身旁,把他往下拉,他惊愕地抗拒着,却没想到夏奇瑞的力量如此之大,一下子就把他拉下了天台。两个人就从顶端坠落下来,而就在还没落地前的那一瞬间,陈阳阳叫醒了他。

看着龙文一脸惊恐,陈阳阳疑惑地问道:"你怎么了?"

"啊,没什么。"龙文挠了挠头,"做噩梦了,现在好了。"他一看到夏奇瑞,便直接跑了过去。"瑞瑞,你好些了吗?"夏奇瑞看到龙文,第一时间想起的,便是外公去世那会,自己生了病,也是在这个医院里,龙文过来看他,但她却含蓄表达了希望他离开的意愿。而此时此刻,她又是多么需要他啊!虽然在没有见到他时并没有这么强烈的感觉,但当龙文真的出现在她的面前的时候,她才意识到,自己对他的感觉有多么的强烈。

她依旧感觉疲惫,却已然好了许多,想要开口说些什么,却最终没有想到合适的词汇。听到龙文的关心,她只是点点头,嘴唇微微张动着,没有说出其他的话。

龙文看出来她还是极为虚弱的,于是便说道:"你好好休息吧,我陪着你。"夏奇瑞点点头,她微笑着看着龙文,那是一种久违的微笑。她缓慢地伸出手,抓住了龙文的手。龙文感到惊愕,没想到第二次和夏奇瑞肢体接触居然是在这么一种场合。第一次是无尽的痛苦,而第二次是无穷的欣喜。他一时间感到不知所措了,任由夏奇瑞抚摸着他的手,那写满诗篇的手,充满着光明与爱的力量。

那是一种纯粹的爱,属于多少少年人第一次情窦初开时的执著。夏奇瑞感受到了那种爱,那种很容易被压力和沉重掩藏的爱,在这一时刻,对她来说,是有巨大的意义的。他轻声说道:"吴承文让我转告你,他对不起你,他让我代他向你问好。"

夏奇瑞点点头,从嘴唇间吐出一些话来:"好,他也好,你也好,我也好,还有阳,我们都好。"

"对,我们都好。"龙文郑重地点了点头。

"对,我们都好。"陈阳阳也从边上走了过来,轻轻抚摸着她的额头,"瑞,一切都会好起来。"

18. 再交谈

等到夏奇瑞的病完全好了之后,龙文又来看望她。高考成绩早就已经出来了,接下来就是填报志愿的事情,相比之下也不算特别忙。但他们再次交谈的时候,却完全没有去谈高考,或许是知道了分数之后就大概率知道了录取结果,或许是有些东西在少年人的心中,比高考更重要。

夏奇瑞问龙文:"你放弃了你的梦想吗?为什么还没开始就下来了?我听他们说的时候,我感觉是我连累了你。"

"我是到那个时候才知道,或者说到那时候才愿意承认,我写诗的梦想果真是来源于你啊。"龙文笑着说,"所以对我来说,你比梦想更重要。"

"谢谢你，龙文。"夏奇瑞有些哽咽地说着，"其实我一直没告诉你，当我看了笔记本，尤其是那篇《冬风之殇》的时候，我就感觉我其实内心里是喜欢你的。但是我一直没有说，我怕高考之前横生枝节。"

龙文已经没有波澜，经历了这么多，他已然发觉有些东西比他所认为的爱情更加重要。"那我真的感到很开心。我没有遗憾了，这么多年来，我或许分不清爱和执著的区别，直到最近，我才知道了，我可能一直是执著。不过经历这么多事情，倒是让我明了了，陪伴才是最闪耀人心的东西。我们都见识过我们这个年纪的人，分的多合的少，却忘记了长久的陪伴才是最珍贵的情谊。在少年的时光中，无言的陪伴胜过无数的承诺。"

夏奇瑞想到吴承文，那是个既有陪伴又有承诺的人，所以既带来了欢乐也免不了有痛苦。她点点头说："我们都成长了，我们会以另一种方式陪伴在对方的身边，而不是以爱情的方式。我想，阅尽千帆之后，我们依旧可以走在同一个轨道上。"

"是啊，眼看就要分别，但分别不等于割裂。"龙文感慨地说道，"我们有太多的故事了。"

夏奇瑞仰着头看向远方，良久说道："我想把我们几个关系比较好的同学集合起来，去鸿江边步道上散散步，说说话，就当是给我们的高中生活画上一个句号吧！"

龙文不住地点头："好，好啊，仪式感。分别也要有仪式感。那就明天怎么样？"

"好。"夏奇瑞说着，"我们不见不散。那，那我们拥抱一下吧。"在心里憋了好久，最后还是说出了这句话，夏奇瑞有些紧张地盯着

三、龙文的梦想　219

龙文。看到龙文惊愕的表情,她不禁害怕他会拒绝她,想说些什么解释一下,却一时间脑子里空白一片,什么也说不出来。片刻,龙文什么也没说,直接一把把她搂在怀里,靠在她的耳边说:"我想这场景,想了好几年了。"

夏奇瑞沉浸在他的怀抱中,嘴角绽放出最为纯美的微笑来,她没有再说话,而是尽情享受这属于他们的时光。好久好久之后,他们才分开,依依不舍地道别。

"明天不见不散!"夏奇瑞说道。

"等不到你,我就不走。"

四、结束和开始

1. 鸿江之滨

　　孟宇是第一个赶到鸿江边的。龙文邀请了他,高考前自己最纠结的时候是孟宇陪着他,所以这次分别前的见面,龙文第一个邀请的就是孟宇。孟宇倒是不常来这地方,除了和龙文一起交谈的那次之外。更多的时候,他流连于城市的繁华之中,在世俗当中获取更多的快乐。

　　但他依旧怀念曾经的同学们,那些为了高考奋不顾身的学子们,他虽不愿意成为那样的人,却着实敬佩他们的勇气。当他第一次望着那鸿江水滚滚流逝的时候,想到的一句诗是"滚滚长江东逝水,浪花淘尽英雄"。

　　他对这里的景象有些着迷,或许是因为新奇,或许是他感受到了诗人曾经的意味,以至于当龙文在后面拍他的时候,他都没有马上反应过来。

　　"喂,老孟!"龙文拍着他,"你怎么了?魔怔了?"

"哦哦哦。"孟宇这才转过头来,"没有没有,看看江景,陶醉,哈哈哈。"

"好一个文人。"龙文笑着说。

"就找了我一个人?"

"那倒没有。"龙文叹息一声说,"吴承文这家伙,看来还是没迈过这个坎,我邀请了他,他委婉拒绝了,说是还有些惭愧。他越是这么说啊,我倒觉得我之前动手打人,才更应感到惭愧啊!"

孟宇拍了拍他的肩膀:"有些事情不是我们能够决定的。有些遗憾也是好的,至少我看你们上次见面,已经是惺惺相惜了,这就足够了。"

"没错。"龙文点点头,看着鸿江水,听着那波涛声,感慨说道,"春夏秋冬,四季更迭,人心变化,时过境迁,唯有这江水,永不停歇啊!'哀吾生之须臾,羡长江之无穷',古人的智慧,放到如今依旧是闪闪发光。"

说着,夏奇瑞和陈阳阳一起走了过来。他们开心地互相打招呼,夏奇瑞说:"都来了。就吴承文,我给他发了消息,他说他还是不来了,有些遗憾哦!"

"不说这个了,"龙文说着,"我们先拍个照吧!就当是留念了。上次拍班级毕业照的时候,我和孟宇都不在,现在算是补上!"

"好,来!三二一,茄子!"

一张照片就这样被拍了下来,四个青春的孩子笑得很灿烂,那是发自内心的,不加修饰的,最美丽的风景。然就如人生一般,总是会有些遗憾。就如本该是五个人的聚会,少了一个人,最终留下的是四个人的笑容。曾经或许无法接受这遗憾,但人在成长,少年也在进步,接受了遗憾,便更加珍惜所有的美好。

四个人就在这江边漫步，随心所欲地交谈着，毫无压力地吐露着内心的想法，对未来的憧憬，对今后生活的渴望。或许，对于中国的很多学子来说，高考过后的那段时间里，他们想了很多，他们升华了很多。而正是在这失去束缚的短暂时光里，有些人发现了生命的意义，有些人寻找到了自己的价值，有些人绽放出最为美丽的微笑，有些人看自己的未来越来越清晰。

　　总之，当四个好朋友在无拘无束地诉说自己的故事的时候，或许并不是那么成熟，那么理性，但的的确确是他们人生中最为宝贵的精神财富。

2. 育德之人

　　王为民又一次站在窗前。木门开着，玻璃门开着，窗户也开着，空气通透了许多。这几年来，他无数次站在窗前思考学校的建设。看着那空无一人的操场，再转身看了看墙上刘国定老先生的照片，在那照片的后面，并不是市委书记的脸，而永远都是中国教育第一代奠基人蔡元培的身影。他对着那相框喃喃说道："蔡公、刘校长，我希望我对得起'教育'这两个字。"

　　微风轻抚，热中带着些许凉意。偌大的办公室里总是他孤身一人，时常感到有"高处不胜寒"的空虚孤寂。不过好在这是学校，是充满着生机活力的地方，是在高考之下依然保留着斗志昂扬和青春活力的地方。在这样一种地方，即便是老于世故、多次沉浮的王为民，也会在某些瞬间，感受到生命的回归。

　　对于此，许德的感受就更加深刻。虽然已经四旬，也接受了本不被他接受的规则和道理，但他心里的那团火，始终在默默地燃烧着。他虽然没有勇气把那些东西展现在外,却也在为数不多的几次演讲中吐露自己的心声。作为语文老师,他本就比旁人更早领会到生命的意义和人生的价值,只是在理想和现实中纠缠许久,他虽然选择了现实,但他从未忘记理想,那只属于青年人的伟大的理想。

所以,即使到现在快放暑假,他刚送走一批高三学子,并没有课要上,但他依然选择来到学校而不是待在家里。因为在这块他曾经成长的土地上,他能看到自己的老师刘国定的身影,虽然最后也没能如青春时候那般拼搏,但他始终感谢刘校长保护了他青春的梦想,给了他生命中为数不多的"肆无忌惮"的机会。

因此每当他送走一届又一届的学生的时候,他总是在心中默默祝福他们,他虽然知道这些迷茫而莽撞的少年们总有一天或许都会被现实所裹挟,而成为无数普普通通为生活奔走的人们中的一员;但他总是认为,会有那么一些,或者是一个孩子,能把自己的梦想坚持到底,能用梦想装点自己的生活,点亮自己的生命。或许正是从龙文身上看到了这样的影子,他才会尽自己所能,保护他免受规则的制裁吧。

钱有军却始终游走在规则和学生之间。从事后勤工作十几年来,一直是勤勤恳恳,兢兢业业,为维护规则和保护学生,他总是试图找到平衡,却难免失足。若是感慨自己仕途不能再进一步,很多人都会选择混吃等死,但他依然认真做着已经厌倦的工作。虽然被学生们吐槽脑子笨,但还是从未停下改革的脚步,为人师表,如他一般,或许不被学生们所理解,但始终还是"在其位,谋其政"了。

刘君放在经历了迷茫和困惑之后,也发生了转变。他不再以自己所认为的真正的"教育"来试图改变学校的发展,打着"为学生服务"的旗号行自己想行之事。而是真正地深入到学生当中,发掘他们真正想要解决的问题，并用自己的全力帮助他们。

当然，他依旧有很多问题没有思考清楚，没有实践明白。这很正常，他还年轻。不同于一般人随波逐流的态度，他还是坚持着在高考大环境下完成"教育"两字的内心所想。他看到功利的好处，却更加明了功利的恶果是多么的可怕。所以当有一次吴承文问他为什么喜欢管一些和高考无关的事情的时候，他笑着回答："因为我觉得，教育不仅仅是高考。虽然很多学生唯高考是图，但我始终觉得，不应该如此。所以我希望我的学生能有思想、有见识、有情怀、有担当。这些或许都不如高考分数来得诱人，却是我认为必要的事情。当然，学生们对高考的热情、对于进步的渴望，令人欣慰。但是你说诸如龙文、孟宇般的学生，就不算是好学生吗？我看未必，只是他们不是高考意义下的'好学生'罢了。"

眼看着熟悉的孩子们离开了育德的怀抱，刘君放还是倍感怀念的。他望向窗外，顺着视线一直看到鸿江边，穿越时间和空间的阻隔，几个少年正在欢笑交谈。

3. 无名之梦

眼看着已经到了傍晚了，夕阳西下，太阳掩去了余晖，留下的却不是黑暗，而是少年们光辉的内心。眼看就到了分别的时间，纵有无限话语要说，却已然不能再说；纵然有许多事情要做，却也只能各奔前程。大家互相挥手告别，正准备离去之时，突然间一个声音响起："等一下，我来了！"

吴承文的身影出现在众人的视线中，看着他气喘吁吁跑了过来，龙文的嘴角露出一丝微笑："你还是来了。"

四、结束和开始　　*225*

"不能不来啊!"吴承文喘了口气说,"想想吧,这可能是最后一次以高中生的身份相聚了。以后的聚会,大家的心情就都不一样了。"

众人沉默了,都隐隐感到他说的是对的。当然还有再见面的机会,可是再见面的时候,还是不是如今的亲密无间?还能不能敞开心扉肆意妄为?或许大家都明白,岁月带来隔阂,光阴带来芥蒂。吴承文一看大家都不说话了,赶忙缓解气氛:"嘿,怎么都不说话了。我今天来,是听龙文吟诗来的!"

龙文一怔:"啊这,说实话我有点猝不及防。"

"哈哈哈。"吴承文说道,"上次弄了半截,今天补上了,也算圆满了,我们都当你的观众,大家说好不好啊?"

"好!"夏奇瑞第一个反应,她知道龙文是因为她才放弃了自己追寻多年的梦想。刚才吴承文的一席话点醒梦中人,在这最后的时光里,她不想留下遗憾,尤其是不想让龙文留下遗憾。

"好!"龙文一看大伙都给他鼓劲,便也来了精神。黑暗逐渐降临,但再黑的夜,也无法掩盖那火焰的光明,积攒多年的梦想,比任何的黑暗都光明万分。龙文看着众人,听着身后那江水滚滚,朗声吟道:

长夜里,
少年相聚,相聚于鸿江之滨。
长空中,飞鸟翱翔,展翅于宏伟宇宙。

一场梦幻,
带走多少陈旧的伤痛,
换来点点少年的星光。

我为天地而歌唱,

我为生命而欢呼,

看那黑夜中的

无数的光,

荟萃在每个人的心头,

颂赞着盛世,

歌颂着未来。

春夏秋冬,

如梦似幻般,转瞬即逝,

却也永不消逝。

一往情深的痛苦,

自以为是的骄纵,

可遇不可求的迷惘,

努力执著的星芒,

在这一刻,

照亮在我的心头,

如穿越时空的箭,

连接着我们的过去,我们的现在,我们的未来,

直到永远。

御风而行,顺流而走,

感叹生命之浩瀚,

青春之伟大。

如万里长洪倾泻而出,

播撒润泽每一寸属于我们的土地。
我们的梦装饰着星空，让黑暗变得温暖，
让自由得以实现，
让哭泣化作欢笑，
让悲痛不再成为阻碍生命的绊脚石，
让撕心裂肺的呼号，代替哀叹感伤的悲凉。

我们歌唱，我们呐喊，
我们肆无忌惮，
我们无拘无束。
在天地间逍遥而行，
不畏风雨漂泊；
踏遍山川河流，
游走万水千山，
阅尽千帆，
归来仍是少年！

　　这一刻，万物都为龙文歌唱，所有的时间都在为他记录，记录那个有着梦想并实现梦想的少年。所有人为他鼓掌，所有人为他欢呼，欢呼每个人自己的梦想，追忆着遥远的曾经，自己稚嫩的内心，还有着那么一个幼稚的梦。

　　吴承文不住点头，拍手称快："好！龙哥，这诗叫什么名字呢？"

　　"没有名字。"龙文仿佛得到了彻底的释放，"每个人都有自己的名字，每个梦想也都有自己的故事。一个名字只能代表我自己。没有名字，那才是我们所有人的。我们所有的人都是少年，都充满阳光，都不惧黑暗！所以，每个人看到这篇诗歌，都会想一个属于自己的名字，那才是真正属于我们每个人心中的梦想。"

孟宇拿出手机，放了一段视频，那是龙文在宁静轩顶端为梦想而呐喊的视频。那声音掷地有声、铿锵有力。没有人说话，都在享受着这属于梦想的时刻。他们知道，龙文这一席话，点亮了无数无名之梦，也燃起了只有青春才有的、气势磅礴的掌声。

眼看着夜已深沉，众人又合影留念，这回是圆满的，属于五个人的照片。大家拥抱挥手，终于到了告别的时候了。这是结束，也是新的开始。生命中几乎所有的结束都意味着新的开始，尤其是对于那些十八岁风华正茂的少年来说。

龙文看着那远去的众人：陈阳阳、孟宇、吴承文、夏奇瑞，然后脑海中又浮现出王为民、许德、钱有军、刘君放，他们一个个都从他的世界中远去了。其他人背影越来越小，最终消失在远处的地平线上。唯有夏奇瑞，就定格在那里，不动了。他拿出那枚印章，那枚他一直放在口袋里的"龙文之印"，在鸿江边的栏杆上，印上了自己的名字，印上了只属于他和夏奇瑞的独家故事。

龙文对着天空，对着远去的朋友们，对着远方的少年们，对着生活了三年的育德高中，

在心中默默喊着：

"生命万岁！"

"青春万岁！"

2021.7.3-2021.8.5